HANS BEMMANN

Erwins Badezimmer

Buch

Ein Land steht unter der Diktatur von Sprachüberwachungsbehörden. Nur wenige leisten Widerstand. Erwin ist einer von ihnen. Denn Erwins Badezimmer ist ein Geheimarchiv mit verbotenen Schriften und Büchern in einem nahezu unzugänglichen Hinterhaus. Von hier aus wird unter Lebensgefahr die Literatur aus der Zeit vor der Großen Nationalen Sprachreinigung weiterverbreitet. Albert S., seines Zeichens Philologe und treuer Beamter der autoritären Regierung, trifft durch Zufall seinen alten Freund Erwin wieder und wird in die Geheimnisse der Bibliothek im Badezimmer eingeweiht. Fasziniert beginnt Albert, Nachforschungen über die Literatur der »Vor-Zeit« anzustellen, ohne zu wissen, auf welches Abenteuer er sich einläßt ...

Vom Autor des Weltbestsellers »Stein und Flöte«: Eine phantasievolle, mitreißende Geschichte, vergleichbar nur mit Georg Orwells »1984« und Ray Bradburys »Fahrenheit 451«.

Autor

Hans Bemmann, Jahrgang 1922, der schon mit »Stein und Flöte« und »Massimo Battisti« Bestseller der phantastischen Literatur geschaffen hat, hat mit diesem poetischen und spannenden Werk wiederum einen Welterfolg gelandet. Hans Bemmann begreift Kunst als ein wichtiges und ernstes Spiel, das dem Menschen hilft, sich selbst und die Welt besser zu verstehen.

Hans Bemmann bei Goldmann

Stein und Flöte. Roman (44717)
Massimo Battisti. Roman (44592)
Stern der Brüder. Roman (44721)

Hans Bemmann

Erwins Badezimmer

oder Die Gefährlichkeit der Sprache

Roman

GOLDMANN

Umwelthinweis:
Alle bedruckten Materialien dieses Taschenbuches sind chlorfrei und umweltschonend.
Das Papier enthält Recycling-Anteile.

Der Goldmann Verlag ist ein Unternehmen
der Verlagsgruppe Bertelsmann GmbH.

Taschenbuchausgabe Mai 2001

Umschlaggestaltung: Design Team München
Umschlagfoto: Superstock
Satz: DTP Service Apel, Hannover
Druck: Elsnerdruck, Berlin
Verlagsnummer: 44548
MD · Herstellung: Heidrun Nawrot
Made in Germany
ISBN 3-442-44548-5
www.goldmann-verlag.de

1 3 5 7 9 10 8 6 4 2

Vorwort des Herausgebers

Vor einiger Zeit überbrachten mir zwei junge Männer, die sich offenbar auf einer Art Bildungsreise per Autostop befanden, die hier im folgenden publizierten Papiere nebst den Grüßen meiner liebenswerten Cousine Rachel. Sie schrieb mir, ihr sei daran gelegen, daß diese Briefe samt den beigefügten Texten zumindest einem mir vertrauten Personenkreis bekanntgemacht würden. Ich komme diesem Wunsch um so lieber nach, als sich eine solche Veröffentlichung vorzüglich in die Reihe jener Publikationen fügt, die ich von Zeit zu Zeit und ein wenig außerhalb der Legalität herausgebe, um sie meinen Freunden zugänglich zu machen, ein Hobby, das mir neuerdings sehr erleichtert wird durch eine jener fabelhaften modernen Druckmaschinen, die dermaßen raumsparend unterzubringen und zudem leicht transportabel sind, daß man sie bequem auf einem Handwägelchen durch die Straßen ziehen könnte (was ich natürlich, um kein Aufsehen zu erregen, lieber vermeide, wenn ich mich – wie so oft – wieder einmal genötigt sehe, in einer gewissen Eile Wohnung und Produktionsstätte zu wechseln).

Rachels Begleitbrief habe ich ans Ende des Buches gestellt, damit der geneigte Leser die ganze Geschichte schön der Reihe nach zur Kenntnis nehmen kann. Einige Ortsnamen habe ich vorsichtshalber unkenntlich gemacht, im übrigen aber das Manuskript unangetastet gelassen, obwohl mein Taktgefühl mich eigentlich dazu drängte, einige für die gute Rachel kompromittierende Passagen zu streichen. Sie hat mich jedoch ausdrücklich gebeten, dies nicht zu tun, und diesen Wunsch muß ich respektieren. Wie die Dinge liegen, wäre eine solche Diskretion für sie inzwischen sowieso ohne jeden Belang. Ich konnte Rachel schon immer gut leiden, aber jetzt – ich gestehe es frei und offen – bewundere ich sie. Ihren Freund Albert jedoch, den kennenzulernen ich leider nie das Vergnügen hatte, kann man nur beneiden.

H.

B., am 15. September

Sehr verehrte Frau Doktor,

es ist einige Zeit vergangen seit jenem Morgen im Juni, an dem Sie mit Ihren geschickten Händen meinen verstauchten Fuß eingegipst haben. Ich war damals ziemlich wütend darüber, daß ich den Rest der Tagung in L. (und wohl – wie sich dann auch erwiesen hat – noch einen beträchtlichen Teil des Sommers) mit einem hinderlichen Klumpfuß würde verbringen müssen; aber Sie haben das alles schon richtig gemacht, denn mittlerweile ist von den Folgen meines Unfalls kaum noch etwas zu spüren. Allerdings trage ich noch immer die elastische Binde, die Sie mir empfohlen haben. Seien Sie also beruhigt: Ich setze Ihren Heilerfolg nicht leichtfertig aufs Spiel.

All das hätte ich Ihnen eigentlich schon früher schreiben sollen, aber da war ja noch Ihre Bitte um Aufklärung über die Vorgeschichte der Großen Nationalen Sprachreinigung, der ich nachkommen wollte. In dieser Angelegenheit geeignetes Material beizubringen, erwies sich allerdings als nicht so einfach wie die Stillegung meines verstauchten Fußes (womit ich Ihre Verdienste um mein Wohlergehen keineswegs schmälern will). Sie meinten damals, daß ein im Dienst seiner Wissenschaft ergrauter Philologe solche Informationen ohne weiteres zur Hand haben müsse, und schienen überrascht, daß ich – zu meiner nicht geringen Beschämung – statt dessen nur einige vage Vermutungen vorweisen konnte.

Ich war – wie gesagt – beschämt und machte mich nach meiner Rückkehr nach B. trotz meiner Gehbehinderung sofort daran, diese Wissenslücke aufzufüllen, nicht zuletzt mit dem Ziel, Ihnen durch eine ausführliche Darlegung meine Dankbarkeit zu beweisen, und dies nicht nur für die Instandsetzung meines Fußes, sondern vor allem für die liebevolle Behutsamkeit, mit der Sie sich dieser Aufgabe gewidmet haben (ich kenne Ärzte, die dergleichen zu erledigen pflegen wie die Reparatur eines Rasenmähers). Um es nun gleich zu sagen: Beschämt bin ich heute nicht mehr, nachdem ich erfahren habe, auf was für ein schwieriges Unterfangen ich mich da eingelassen habe. Daß die offiziellen Geschichtsbücher darüber allenfalls einige Andeutungen verlauten lassen (und die Schulbücher nicht einmal dies), hatten Sie ja schon selber festgestellt. Also auf zu den Quellen! sagte ich mir in meiner philologischen Naivität und ahnte dabei nicht, welch dornenvolle Pfade zu beschreiten ich mich anschickte.

Im allgemein zugänglichen Bestand unserer Universitätsbibliothek ließ sich jedenfalls nichts Geeignetes auffinden, und mir wurde bei meinem vergeblichen Fahnden in den schier endlosen Sachkatalogen zum ersten Mal voll bewußt, daß unsere Sprachgeschichte offenbar erst mit dem Zustand nach der Großen Nationalen Sprachreinigung einsetzt. Was vor diesem Zeitpunkt geschehen ist, scheint keinen Menschen zu interessieren. Verrückt, nicht wahr?

Doch mich interessierte es jetzt, und ich wendete mich an einen Herrn des Aufsichtsdienstes um Auskunft, einen jungen Mann mit Bürstenhaarschnitt und den gänzlich humorlosen Augen eines dem Erstarrungsprozeß des Staatsbeamten mit Gleichmut entgegenblickenden Menschen. Dieser Bibliotheksbedienstete schaute mich auf meine Frage hin mit solcher Fassungslosigkeit an, als habe er nun seinerseits einen Verrückten vor sich oder gar jemanden, der ihn zu unanständigen, ja kriminellen Handlungen verleiten wolle. Was ich hier überhaupt zu suchen habe, fragte er, und ob ich vielleicht zu jenen *outcasts* gehöre, die noch immer nicht begriffen hätten, daß ein nützliches Glied der Gesellschaft sich den Aufgaben der Gegenwart zu widmen habe, statt die überwundenen

Irrtümer der Vergangenheit wieder hervorzugraben. Ich war schließlich froh, daß ich meinen Ausweis nicht vorzeigen mußte, und machte, daß ich ohne großes Aufsehen davonkam.

Auf diese Weise war nichts zu holen, soviel hatte ich begriffen. Andererseits bestärkte die scharfe Reaktion dieses jungen Schnösels meine Vermutung, daß es da doch etwas zu holen geben müsse, nur eben nicht für jedermann. Glücklicherweise habe ich nun einen Studienfreund, der, wie ich aus gelegentlichen Andeutungen wußte, irgendwie mit alten Büchern zu tun hat, ohne daß er mir je erzählt hätte, was er eigentlich macht, und ich hatte ihn auch nicht danach gefragt, weil er den Eindruck erweckte, daß er nicht gern darüber redet. Ich rief ihn also an und vereinbarte mit ihm, ohne mit meinem eigentlichen Anliegen herauszurücken, ein Zusammentreffen in einer kleinen Kneipe der Altstadt.

Nachdem wir unseren ersten Schoppen Rotwein getrunken und ein bißchen über die alten Zeiten geschwätzt hatten, blickte mein Freund – ich will ihn hier Erwin nennen – mich plötzlich scharf an und sagte:

»Du willst doch was? Rück endlich heraus damit!«

Da faßte ich mir ein Herz und erzählte ihm von meinen Erfahrungen bei der Literatursuche in der Universitätsbibliothek. Er hörte mir lächelnd zu und sagte schließlich: »Hör mal, bist du so naiv oder tust du nur so? Hast du wirklich noch nichts vom Konzentrationsmagazin für Vor-Literatur gehört?«

»Nein«, sagte ich, »das habe ich nicht. Wer redet denn schon von solchen Sachen?«

»Da hast du auch wieder recht«, sagte er. »Davon spricht man besser nicht.«

»Und woher weißt du dann von einer solchen Einrichtung?« fragte ich.

Da blickte er mir prüfend in die Augen und sagte nach einer Weile: »Ich arbeite dort.«

Was ich dann von ihm erfuhr, war für mich so unfaßbar, daß ich es kaum glauben konnte. Heute erscheint es mir im Hinblick auf meine eigene wissenschaftliche Tätigkeit jedoch nur logisch, und ich kann mir kaum noch erklären, warum ich dergleichen nicht schon längst vermutet hatte (ein Grund mag wohl darin zu suchen sein, daß man mein Institut dermaßen mit Aufträgen zur Nutzung der Gegenwartssprache eindeckt, daß unsereiner kaum Zeit findet, über solche fernliegenden Gebiete auch nur nachzudenken).

Der Tatbestand läßt sich in aller Kürze folgendermaßen zusammenfassen: Nach der Großen Nationalen Sprachreinigung hat man alle Druckwerke, die vor diesem Zeitpunkt erschienen waren, und natürlich auch alle alten Handschriften aus sämtlichen Bibliotheken herausgezogen und auch in unzähligen Haussuchungen bei Privatleuten aufgestöbert und beschlagnahmt. Ein ganzes Heer von staatstreuen Wissenschaftlern wurde durch viele Jahre hindurch damit beschäftigt, diese Literatur daraufhin zu überprüfen, ob ihr Inhalt Schlüsse auf Zustände oder Denkweisen vor der Großen Nationalen Sprachreinigung zulasse. Was sich in dieser Hinsicht als harmlos erwies (es war wenig genug!), wurde freigegeben, und alles übrige in dem besagten Konzentrationsmagazin zusammengeführt, wo es nur einem ausgewählten Kreis von Wissenschaftsbeamten zur Verfügung steht.

Als ich das erfahren hatte, wunderte mich nichts mehr. »Und was machst du dort?« fragte ich. Es muß wohl ein gutes Stück Abscheu in meinen Worten mitgeklungen haben, denn Erwin hob die Hand zu einer beschwichtigenden Geste und sagte: »Du solltest nicht vorschnell über einen Freund urteilen. Da du offen zu mir gesprochen hast, will ich das auch tun.«

Während er das sagte und schon fortfahren wollte, kamen ein paar Leute in das Lokal und setzten sich an den Nebentisch. Erwin verstummte auf der Stelle, blickte rasch zu ihnen hinüber und sagte dann nur noch: »Hast du morgen abend Zeit?« und als ich nickte, fügte er hinzu: »Dann schau doch bei mir herein! Sagen wir: gegen acht? Ich habe noch ein paar Flaschen alten Rotwein im Keller. Den solltest du kennenlernen.«

»Du weißt ja, daß ich mich für alte Sachen interessiere«, sagte ich. Dann verabschiedeten wir uns voneinander, und ich ging nach Hause.

In dieser Nacht habe ich wenig geschlafen, denn die Sache mit diesem Konzentrationsmagazin ging mir ständig im Kopf herum, und ich begann mich zu fragen, was für eine Art von Philologie ich eigentlich bisher betrieben hatte. Dieses Herumhantieren mit Wörtern, deren Ursprung und Geschichte ich nicht einmal kannte, erschien mir plötzlich völlig sinnlos, und je länger ich darüber nachdachte, desto deutlicher wurde mir bewußt, daß ich keinerlei Recht darauf gehabt hatte, meinen Freund für das, was er vermutlich tat, zu verachten. Was war ich denn schon? Der Handlanger irgendwelcher Leute weiter oben in den Staatsministerien, die von meinem Institut sogenanntes Wortfeldmaterial anforderten, beispielsweise zu Themen wie *Gegenwartsoptimismus, Antiindividualismus* oder *Gestrigkeitsbekämpfung.* Indem ich mich selbst zu verabscheuen begann, wuchs zugleich in mir die Begierde, über diese amtlich verordnete Mauer hinweg in die Vergangenheit zu blicken; denn ich ahnte, dort müsse irgend etwas zu finden sein, das all diese bisher von mir und Tausenden anderer Kollegen betriebene Sprachtechnologie aus den Angeln heben könnte.

Solchen Gedanken hing ich auch am folgenden Tage noch nach, während ich an meinem Institutsschreibtisch lustlos in Begriffskarteien blätterte. Mir war zumute, als tasteten meine

Finger die Oberfläche von Vorstellungen ab, die in unseren Wörterbüchern mit diesen Lautfolgen verknüpft werden, ohne daß ich begriff, was sich unter dieser dünnen Haut von Eindeutigkeit in der Tiefe verbarg. Ich muß gestehen, daß ich an diesem Tag meinem Dienst nicht besonders pflichteifrig nachgekommen bin und mich immer wieder bei dem Gedanken ertappte, was Erwin mir am Abend wohl mitteilen wollte.

Sie können sich vorstellen, daß ich mich überpünktlich bei ihm einfand. Er wohnt in einem jener schmalen Häuser der Altstadt, deren Erdgeschoß von aufwendig ausgestatteten (und teuren!) Geschäften bis in den letzten nutzbaren Winkel dermaßen ausgefüllt ist, daß man die zwischen den Schauvitrinen des Eingangsbereichs eingeklemmte Tür zu den Wohnungen der oberen Stockwerke kaum finden kann. Normalerweise kommt man ja überhaupt nicht auf den Gedanken, daß hinter diesen *auf romantisch* hergerichteten und dabei auch noch bis oben hin mit Leuchtreklame dekorierten Pfefferkuchenhausfassaden jemand wohnen könnte, und vermutet dort allenfalls Warenmagazine. Ich mußte eine enge, steile Treppe, die obendrein nur unzureichend beleuchtet war, bis zum dritten Stockwerk hinaufklettern, fand seitwärts der Tür einen altertümlichen Klingelzug und hörte, sobald ich ihn betätigte, drinnen eine volltönende Glocke anschlagen. Mir war zumute, als fordere ich Einlaß in eine mir völlig fremde Welt, und dieser Eindruck verstärkte sich noch, sobald Erwin die Tür geöffnet und mich hereingebeten hatte. Nicht daß sein Mobiliar und die sonstige Einrichtung der Wohnung ungewöhnlich gewesen wären – Sie wissen ja, man kriegt heutzutage ohnehin nur serienmäßig hergestellte Sachen –; dennoch wirkten die einzelnen Gegenstände, die Garderobe etwa, ein gerahmter Kunstdruck im Flur und dann insbesondere die Möbel des Wohnzimmers, in das er mich führte, irgendwie überraschend, so als sehe man dergleichen zum ersten Mal. Vielleicht lag dies daran, daß sie auf eine Weise zusammengestellt und plaziert waren, die weder den von unseren vielbeliebten Illustrierten für elegante Wohnkultur gepflegten Normen entsprach noch an jenen in den Interieurs von Familiensendungen des Fernsehens bevorzugten Stil erinnerte, der einen stracks in die Rolle eines Schauspielers versetzt, sobald man eine fremde Wohnung betritt. Hier bei meinem Freund meinte man zwar jedes Stück zu kennen, aber durch die Art der Zusammenstellung erschien es zunächst befremdlich, bis einem bewußt wurde, daß man es nie zuvor richtig betrachtet hatte.

Erwin bot mir einen dieser modernen Sessel an, der überraschenderweise wesentlich bequemer war, als er aussah; der Rotwein stand schon geöffnet bereit, und als ich ihn beschnuppert und gekostet hatte (er war in der Tat vorzüglich!), nahm mein Freund unser Gespräch an der gleichen Stelle wieder auf, an der er es unterbrochen hatte. »Ich will also«, begann er, »deine unverblümte Frage mit der gleichen Offenheit beantworten. Allein schon diese Frage und die Art, wie du sie gestellt hast, haben mir gezeigt, daß du im Grunde eine andere und weitergehende Vorstellung von deiner Wissenschaft gewonnen hast, als dies gegenwärtig in diesem Lande öffentlich zulässig erscheint. Was ich dir jetzt zu sagen habe, ist in gewissem Sinne vertraulich, wie du gestern abend schon vermutet haben wirst. Das heißt jedoch nicht, daß ich dich auffordern werde, gegenüber jedermann darüber zu schweigen. Im Gegenteil: Ich überlasse es deiner Entscheidung, wem du diese Gedanken und Informationen weitergeben willst; denn ich bin andererseits durchaus daran interessiert, daß diese Dinge unter die Leute kommen – zumindest unter bestimmte Leute, Leute, die sich die richtigen Fragen stellen.«

Ich muß ihn wohl ziemlich verständnislos angeblickt haben, denn er machte eine wegwerfende Geste und fuhr fort: »Später wirst du das schon begreifen. Was hältst du überhaupt von den Dingen, die ich dir gestern erzählt habe?«

»Ich finde es scheußlich, wenn Bücher auf diese Art eingesperrt werden«, sagte ich, »und noch weniger kann ich begreifen, wie du dich zu einem solchen Geschäft hergeben kannst.«

»Das hatte ich gehofft«, sagte Erwin und lehnte sich befriedigt zurück. »Ich will versuchen, es dir zu erklären. Du wirst ein wenig Geduld haben müssen; denn ich muß dazu ziemlich weit ausholen. Halte dich inzwischen an den Rotwein. Es ist genug davon da.« Er nahm selber einen Schluck, verkostete ihn genüßlich und griff dann seinen Faden wieder auf: »Das alles begann schon während unseres Studiums. Ich besuchte damals während der Semesterferien meinen Großonkel, der, wie ich wußte, gleichfalls Philologie studiert und dann eine Zeitlang als Privatdozent an der Universität von K. gewirkt hatte, ehe er sich vom Lehrbetrieb zurückzog. Er hatte nebenbei ein paar Romane geschrieben, was zwar seinem Ruf als Wissenschaftler nicht eben dienlich gewesen war, ihm aber soviel Geld eingebracht hatte, daß er davon ein einigermaßen sorgloses Leben führen konnte. Seither hauste er in einem ausgedienten Bauernhof des Mittelgebirges in der Gegend von L. weitab von jeder größeren Stadt und lebte dort, wie man in unserer Familie sagte, seinen Forschungen, was immer das heißen mochte; denn publiziert hatte er seit seinem Fortgang von der Universität kein Wort.

Als ich seine Einladung erhielt, freute ich mich also nicht nur darauf, in den urigen Wäldern Pilze zu suchen, sondern zugleich erwachte auch meine Neugier darauf, was der Alte dort eigentlich trieb. Ich weiß nicht mehr, wie oft ich hatte umsteigen müssen, ehe ich, zuletzt mit einem klapprigen Autobus und von der nächstliegenden Haltestelle aus nach einstündigem Fußmarsch, das Gehöft erreichte. Onkel Max war im Garten vor dem uralten Fachwerkhaus damit beschäftigt, seine Tomaten aufzubinden. Er begrüßte mich ohne das anläßlich von Besuchen bei entfernteren Verwandten sonst übliche Tamtam, nichts von ›Junge, wie du gewachsen bist!‹ und dergleichen, sondern führte mich ohne viele Worte und Umstände in eine weißgekalkte Gästekammer mit Blick zum Wald und sagte, das Essen stünde schon fertig auf dem Herd, und wir könnten uns gleich zu Tisch setzen. Auf diese Weise überkam mich das Gefühl, in diesem Haus, das ich noch nie betreten hatte, schon seit Jahren ein- und ausgegangen zu sein.«

Erwin erzählte sogar noch, was es zu Mittag gegeben hatte (der Großonkel verstand sich offenbar gut aufs Kochen) und beschrieb sehr eingehend Haus und Hof, doch das will ich Ihnen hier ersparen, verehrte Frau Doktor, um Sie nicht zu langweilen. Also zum Wesentlichen: Nach Tisch verstrickte ihn der Großonkel in ein Gespräch über sein Studium, erkundigte sich nach den Vorlesungen dieses oder jenes Professors oder nach der durchgearbeiteten Literatur und wußte dabei immer wieder Fragen zu stellen, die meinen Freund in Ratlosigkeit stürzten. Ihm sei zumute gewesen, sagte er, als habe er sein Studium bisher von einer völlig falschen Seite angepackt, aber er habe auch nicht sagen können, wie er es anders hätte anfangen sollen. Jedenfalls sei er nach und nach zu der Ansicht gekommen, daß er im Grunde überhaupt keine Vorstellung von dem habe, was er da studierte, und das habe er Onkel Max schließlich auch gesagt.

›Siehst du‹, habe der Alte ihm darauf geantwortet, ›das habe ich fast erwartet. Bisher hat dich nur noch niemand darauf gebracht, daß du selber über diese Dinge nachdenken könntest, statt irgendwelche Hypothesen nachzuplappern, die man euch an dieser Hochschule als erwiesene Tatsachen vorsetzt. Und jetzt überrascht es dich, daß dies möglich ist. Denn denken kannst du, das habe ich schon gemerkt und – nebenbei gesagt – auch gehofft.‹

»Da merkte ich«, fuhr mein Freund fort, »daß dieser alte Schlaukopf mich nicht nur deshalb eingeladen hatte, um mir ein paar erholsame Ferienwochen zu verschaffen, sondern noch anderes mit mir im Sinn hatte. Der Gedanke, daß er sich in mir vielleicht einen Partner für wissenschaftliche Diskussionen erhoffte, weckte meinen Ehrgeiz, und ich versuchte zunächst noch, die Positionen zu verteidigen, die er durch seine Fragen bei mir schon erschüttert hatte, doch er parierte meine Gegenangriffe mit der Eleganz eines geübten Florettfechters und zitierte dabei auswendig ganze Passagen von Autoren, die ich nicht einmal dem Namen nach kannte.«

Als mein Freund diesen Onkel Max daraufhin nach den Quellen seiner Weisheit fragte, führte ihn dieser wortlos in sein Studierzimmer, dessen Wände ringsum bis zur Decke hinauf hinter vollgestopften Bücherregalen verborgen waren. Schon beim ersten Anblick habe er an den abgewetzten Lederrücken erkannt, daß er Bücher von einem solchen Alter noch nie in der Hand gehabt habe. ›Bediene dich nach Belieben!‹ habe der Großonkel nur noch gesagt und ihn dann alleingelassen.

Erwin erzählte mir, daß ihm an diesem Nachmittag zumute gewesen sei wie einem Goldsucher, der nach endlosem Wühlen in Sand und taubem Gestein endlich auf eine fündige Ader gestoßen ist. Er nannte mir auch einige Titel, die mir damals ebenso unbekannt waren, wie sie Ihnen, Frau Doktor, heute sein werden, etwa die *Große Hadubaldsche Grammatik* oder *Spiridions Sprachtheorie.* Als Onkel Max ihn am Abend zum Essen holte, habe er sich von seiner Lektüre kaum losreißen können.

Ich will es kurz machen: Der Großonkel hatte auf irgendeine Weise eine Menge Bücher aufgestöbert, die der allgemeinen Zensur nach der Großen Nationalen Sprachreinigung entgangen waren, und an diesem Abend erfuhr mein Freund aus seinem Munde zum ersten Mal von diesem Konzentrationsmagazin für Vor-Literatur.

In den folgenden Wochen verbrachte Erwin einen Großteil seiner Zeit mit dem Studium dieser Werke und war gegen Ende der Ferien so weit, daß er seine neugewonnenen Erkenntnisse am liebsten laut hinausgeschrien hätte, um damit einen totalen Umsturz des gesamten Wissenschaftsbetriebs herbeizuführen. Onkel Max hatte jedoch anderes im Sinn. Er machte ihm klar, daß dies der beste Weg sei, um von heute auf morgen in die Verbannung geschickt zu werden oder noch schlimmere Erfahrungen zu machen. ›Meinst du‹, habe er gesagt, ›du seist der einzige, der sich auf solche Weise den Schädel an der Mauer einzurennen versucht? Es gibt schon noch ein paar Leute im Land, die so denken wie ich. Was wir brauchen, ist ein Mann im Konzentrationsmagazin, der für uns arbeitet. Mach also kein Aufsehen, bring dein Studium auf die vorgeschriebene Weise zu Ende, und das übrige überlasse mir. Es gibt da einen Freund, der in der Kommission für die Einstellung von Magazinbeamten sitzt.‹

»Auf diese Weise bist du also in diese Institution hineingeraten«, sagte ich. »Und was tust du dort nun wirklich?«

»Zunächst einmal meine Arbeit«, sagte Erwin. »Wir sind noch immer dabei, die immensen Bestände nach ihren Inhalten in einem systematischen Katalog zu erschließen. Das kann noch Jahrzehnte dauern. Dazu muß jeder Sachbearbeiter natürlich die einzelnen Werke lesen, um die berührten Themen in Stich- und Schlagwörtern zu erfassen, und das führt zu einem interessanten Nebeneffekt, mit dem unsere Auftraggeber offenbar nicht gerechnet haben: Je intensiver sich ein denkfähiger Mensch in diese Texte vertieft, desto differenzierter wird seine eigene Sprachfähigkeit und damit zugleich auch seine Denkweise. So kommt es, daß ausgerechnet im Konzentrationsmagazin nicht wenige meiner Kollegen inzwischen zu jenem Freundeskreis gehören, zu dem auch du jetzt gestoßen bist. Die Initiatoren der Großen Nationalen Sprachreinigung hatten damals schon eine Ahnung davon, welche Sprengkraft Wörter haben können, aber ihre Nachfolger von heute sind mittlerweile dermaßen in ihrem verflachten Idiom befangen, daß sie mit einer solchen Wirkung schon gar nicht mehr zu rechnen scheinen. Übrigens müssen wir hie und da auch für die Geheimarchive von Staatsministerien ganze Werke auf Mikrofiche aufnehmen.«

»Das ist doch wohl nicht die Aufgabe, die Onkel Max dir zugedacht hatte«, sagte ich.

Erwin schüttelte lächelnd den Kopf und sagte: »Sicher nicht, obwohl man sich in Anbetracht der eben beschriebenen Erfahrung eigentlich nur wünschen kann, daß auch dort irgendwelche Referenten unter den Einfluß dieser Sprache geraten. Überdies ist es auch für den inoffiziellen Teil meiner Tätigkeit von Vorteil, daß wir diese Mikro-Aufnahmegeräte haben. Komm mit, ich zeig dir etwas!«

Er stand auf und sagte schon im Hinausgehen: »Du wirst doch nichts dagegen haben, mein Schlafzimmer zu betreten?« Eine Antwort wartete er gar nicht erst ab, ging mir voraus zu einer Tür am Ende des schmalen Flurs und führte mich in einen Raum, in dem außer seinem Bett, einem Nachttisch und der Wäschekommode nur noch ein großer Kleiderschrank stand. Er öffnete ihn, schob die säuberlich auf Bügeln hängenden Anzüge zur Seite und fuhr mit dem Finger über eine schmale Leiste; dann drückte er mit der flachen Hand gegen die Rückwand, die geräuschlos zurückschlug und den Blick in einen dämmerigen Raum freigab. »Tritt ein in das Reich der wahren Sprachwissenschaft!« sagte Erwin und ging durch den Schrank.

Nach derart geheimnisvollen Vorkehrungen hatte ich einen nicht minder geheimnisvollen Raum erwartet und war geradezu schockiert, als ich mich in einem Badezimmer wiederfand. Über dem Fußende der Wanne hing ein Heißwasserspeicher von beträchtlicher Größe, daneben war an der Wand ein Waschbecken befestigt mit einem Spiegel darüber. Davor stand merkwürdigerweise ein weißlackierter Drehstuhl. In einer Ecke befand sich noch ein Wasserklosett, und Erwin machte mich gleich darauf aufmerksam, daß es nicht benutzbar sei, weil man die gesamte Installation stillgelegt habe.

Ich schaute mich in dem hellblau gekachelten Raum um und fragte mich allen Ernstes, ob Erwin geistesgestört sei und mir das alles nur vorgefaselt habe. Er muß wohl meinen verschreckten Blick bemerkt haben, denn er lachte hell auf und sagte: »Du hast dir den Tempel der Philologie wohl anders vorgestellt? Lederrücken mit Goldprägung und dergleichen? Ich habe mir das praktischer eingerichtet als Onkel Max. Setz dich auf den Stuhl und schau in den Spiegel! Dein Gesichtsausdruck ist wahrhaft bemerkenswert!«

Während ich gehorsam auf dem Stuhl Platz nahm (ich sagte mir, daß man Verrückten erst einmal ihren Willen lassen müsse, um sie nicht aufzuregen), klappte Erwin auf der Seite ein Stück der Fliesenwand auf und zog aus einem Magazin eine dünne Folie, die er in einen Schlitz an der Unterseite des Badeofens schob. Dann stellte er den Temperaturregler auf *heiß* und sagte: »Hast du Angst vor deinem eigenen Gesicht? Schau doch in den Spiegel!«

Als ich aufblickte, sah ich nicht, wie ich erwartet hatte, das Spiegelbild meines bestürzten Gesichts, sondern schaute auf eine matt schimmernde Scheibe, auf deren Oberfläche alsbald, während Erwin noch ein bißchen am Kaltwasserhahn drehte, undeutliche Buchstabenzeilen erschienen und sich gleich darauf gestochen scharf abzeichneten. Es war ein Titelblatt, auf dem zu lesen stand:

Hadubalds Große Grammatik
Nach der Originalhandschrift herausgegeben
und mit Kommentaren versehen
von
Joseph Matthias Rodenhagen

Auch der Erscheinungsvermerk war zu sehen und zeigte an, daß dieses Werk etwa 200 Jahre vor der Großen Nationalen Sprachreinigung gedruckt worden war.

»Ein praktisches Lesegerät, nicht wahr?« sagte Erwin, als handle es sich um die selbstverständlichste Sache der Welt. »Wenn du die nächste Seite lesen willst, brauchst du nur auf den roten Knopf des Heißwasserhahns zu drücken. Als Schreibunterlage ist das Waschbecken natürlich nicht zu brauchen; deswegen lege ich ein Brett drüber, wenn ich mir Notizen machen will«, und dabei fischte er unter der Wanne eine Art Pultdeckel hervor, der exakt und rutschfest auf dem Beckenrand aufsaß.

Ich war von alledem so konsterniert, daß ich ihn wie verblödet anstarrte und kein Wort herausbrachte. Da legte er mir die Hand auf die Schulter und sagte: »Das war wohl alles ein bißchen viel auf einmal. Beruhige dich doch! Das hier ist alles nur technischer Kram. Wahrscheinlich brauchst du jetzt erst einmal einen kräftigen Schluck.« Er stieg durch den Kleiderschrank hinüber ins Wohnzimmer, holte die Flasche und unsere Gläser, und als ich – sträflicherweise im Hinblick auf den köstlichen Wein – mein Glas auf einen Zug hinuntergekippt hatte, begann ich allmählich wieder klar zu denken.

Er zeigte mir dann, wie man den Katalog dieser Mini-Bibliothek benutzt (sie muß nach meiner Schätzung etwa

50 000 Bände umfassen) und sagte: »Du kannst hier studieren, so oft und so lange du Lust hast. Ich gebe dir einen Wohnungsschlüssel, damit du jederzeit Zugang hast.«

Damals war ich wegen meines Gipsbeines noch im Krankenstand, und ich habe diese Zeit nach Kräften genutzt. Später mußte ich meine Studien auf den Abend verlegen. Diese Beschäftigung war allein schon faszinierend genug. Mein Freund hatte nach und nach durch viele Jahre hindurch und auch mit Hilfe anderer Kollegen alle wichtigen Werke der Vor-Literatur, nicht nur Arbeiten zur Sprachwissenschaft, sondern vor allem auch eine Fülle literarischer Texte bis zurück zu den Heldenliedern der Vorzeit auf Mikrofiche aufgenommen und sie seiner Bibliothek einverleibt. Man konnte diese kaum handtellergroßen Blättchen ja in die Tasche stecken wie einen Geldschein, ohne daß jemand bei der Ausgangskontrolle bemerkte, wie hier Literatur aus dem Konzentrationsmagazin herausgeschmuggelt wurde.

Wahrscheinlich hätte ich überhaupt nicht gewußt, wo ich anfangen sollte, und so war es ein Glück, daß ich mich auf dieses Abenteuer vor allem deshalb eingelassen hatte, um Ihre Frage zu beantworten. Erwin nannte mir die einschlägigen Werke, in denen ich Informationen dazu finden konnte, und seither habe ich jede freie Minute in seinem Badezimmer verbracht, um mich in die Vorgeschichte der sogenannten Sprachwirren zu vertiefen, die ihren Abschluß in der Großen Nationalen Sprachreinigung gefunden haben.

Ich glaube, Sie können sich kaum vorstellen, verehrte Frau Doktor, was die Begegnung mit diesen alten Schriften für mich bedeutet hat. Dabei war es jedoch nicht nur der mir völlig unvertraute Inhalt dieser Dokumente, der mich in die Situation eines Entdeckers fremder Welten, ja eines über alle Maßen fündig gewordenen Schatzgräbers versetzte; fast noch mehr faszinierte mich die Sprache selbst, in der viele dieser Texte abgefaßt waren. Alles, was ich bislang gelesen oder gehört hatte, erschien mir flach und ohne Tiefendimension gegenüber der Art, wie hier Sprache benutzt wurde, um Gedanken miteinander in Beziehung zu setzen oder Vorgänge in ihrer Zeitfolge oder ursächlichen Verknüpfung zu beschreiben. Ich erkannte mehr und mehr, daß Sprache durchaus nicht so eindeutig ist, wie man uns bisher von der Grundschule an bis hinauf zu den Seminaren der Universität beizubringen versucht hatte (Eindeutigkeit ist bei uns ja so etwas wie eine Staatsideologie!). Bei der Lektüre dieser alten Schriften begann ich zu begreifen, daß Sprache gerade dazu dienen kann, die Vieldeutigkeit aller Dinge ins Bewußtsein zu heben. Mir war bei dieser Erfahrung zumute, als würde ich aus einem in endlos viele enge, fensterlose Einzelzellen aufgeteilten Gefängnis in eine Freiheit entlassen, in der ich nach Belieben spazierengehen und mich daran freuen konnte, wie alles mit allem in Beziehung gebracht werden konnte – ein fast berauschendes Gefühl, wenn es nicht um eine so nüchterne und klare Sache ginge wie eben die Sprache.

Während ich meinen Brief bis zu dieser Stelle noch einmal überlese, wird mir bewußt, daß diese Art, Sprache zu handhaben, bereits (und vielleicht zu Ihrem Befremden) stark auf meinen eigenen Stil abgefärbt hat, wenn mir auch allzu deutlich bewußt ist, daß ich noch weit davon entfernt bin, mich aus den Niederungen meiner bisher durch eine spröde, definitorische Amtssprache geprägten Diktion zu der freischwebenden Sprachequilibristik zu erheben, deren stupende Meisterschaft man in manchen Texten der Vor-Literatur nur bestaunen kann. Immerhin hat sich mein Tempusgebrauch schon dermaßen differenziert, daß ich achtgeben muß, in der Öffentlichkeit nicht als *Hadubaldianer* denunziert zu werden (ich würde heute allerdings dieses für seine gegenwärtigen Benutzer sinnentleerte Schimpfwort eher als Ehrennamen empfinden!).

Diesem schon allzu langen Brief füge ich nun auch noch den Versuch eines Essays über die Vorgeschichte der Sprachwirren bei, um Ihre erste Neugierde zu stillen. Ich wiege mich in der Hoffnung, mit diesem Text, der zugegebenermaßen noch vieles offen läßt, bei Ihnen gleich wieder ein halbes Dutzend Fragen zu provozieren, die mir das Vergnügen verschaffen, recht bald wieder von Ihnen zu hören.

Ihr sehr ergebener
Albert S.

Aufzeichnungen über die Vorgeschichte der Sprachwirren

Als Hadubald der Scharfsinnige anfing zu denken, so berichten die alten Geschichten, fand er eine Sprache vor, die seinen Absichten nicht genügte. Er entstammte einem Volk, dessen Vorstellungen geprägt waren von jahrhundertelanger Beschäftigung mit Ackerbau und Viehzucht. Die damit verknüpften Tätigkeiten erforderten zwar einen gewissen Begriff von Zeitabläufen – etwa im Hinblick auf den Wechsel der Jahreszeiten oder die Zeitpunkte der Paarungsbereitschaft von Tieren und die Dauer ihrer Trächtigkeit –, solche Umstände waren jedoch in den gleichlaufenden Rhythmus des Lebens derart eingebettet, daß diese nicht eigentlich als ein zeitliches Nacheinander, sondern als ein ständig gegenwärtiger, in sich kreisender Vorgang empfunden wurden. Aus diesem Grunde kannte Hadubalds Volk nur zwei Zeitformen:

1. die gewöhnliche, in der alles ausgesagt wurde, was das tägliche Leben betraf;
2. die erhabene, in der die mythischen Berichte vom Beginn der Welt und über die bemerkenswerten Taten der Vorfahren gesprochen (oder auch gesungen) wurden.

Hadubald der Scharfsinnige hatte jedoch den Entschluß gefaßt, über die Zeit nachzudenken, und deshalb mußte er sprachliche Mittel finden, Zeit zu beschreiben. Auf seinen Reisen in andere Länder hatte er die Sprache des Alten Volkes kennengelernt, das früher jenseits der hohen Berge gewohnt hatte. Dieses Volk war schon lange ausgestorben, hatte jedoch Schriften von so außerordentlichem Scharfsinn hinterlassen, wie er unter Hadubalds Leuten bislang nicht vorzufinden war.

Was er am meisten an diesen Texten bewundert hatte, war das streng logisch aufgebaute System von Lautveränderungen und -zusätzen, mit deren Hilfe man jedes Verbum in alle nur denkbaren Zeitbezüge setzen konnte. Dieses System erlaubte es, Dinge auszusagen, die in der Vergangenheit geschehen waren, ja selbst solche, die zur Zeit der Vergangenheit bereits Vergangenheit gewesen waren; ebenso ließ sich das Künftige beschreiben und auch solches, das zu einem künftigen Zeitpunkt Vergangenheit sein würde.

Hadubald der Scharfsinnige war fasziniert. Da jedoch unter seinem Volk keiner der Sprache des Alten Volkes mächtig war, konnte er sich ihrer nicht bedienen, wenn er die Ergebnisse seines Nachdenkens seinen Mitmenschen zugänglich machen wollte. So faßte er den Entschluß, das Tempus-System der Alten Sprache auf die eigene Sprache zu übertragen. Dies erwies sich jedoch durchaus nicht als so einfach, wie es hier hingesagt wird.

Da Hadubald die Absicht hatte, über Dinge des täglichen Lebens – zu denen seiner Ansicht nach der Ablauf der Zeit gehörte – zu reden, mußte er sich vor allem der gewöhnlichen Form bedienen. Doch auch die erhabene Form gedachte er in sein System einzugliedern. Fügte er aber nach dem Vorbild der Alten Sprache neue Laute und Lautverbindungen den Verben seiner eigenen Sprache hinzu, dann verstand keiner mehr, was er damit meinte. Er erkannte bald, daß er sich mit zusätzlichen Wörtern und Wortformen behelfen mußte, die seine Zeitgenossen verstanden. So fand er die Funktion des Hilfsverbs, wobei er gleichfalls an eine Eigentümlichkeit der Alten Sprache anknüpfen konnte, in der man dieses Mittel allerdings nur dann heranzog, wenn man ausdrücken wollte, daß einem in der Vergangenheit etwas widerfahren war.

Hadubald der Scharfsinnige erkannte, daß er zu diesem Zweck Wörter wählen mußte, die so häufig im Gebrauch waren, daß sie jedermann täglich benutzte und also auch ohne Schwierigkeiten verstand, etwa Wörter wie *sein* im Sinne von *existieren* oder *haben* im Sinne von *besitzen* oder *werden* im Sinne von *wachsen, sich entwickeln.* Wie ist das, fragte er sich, wenn zur Vergangenheit eines Menschen die Erfahrung des Laufens gehört? Gehört sie nicht zu seinem Sein? Gelaufen-Sein? Also: Er ist gelaufen.

Wie ist das, fragte er sich weiter, wenn zur Vergangenheit eines Menschen die Ausübung des Melkens gehört? Besitzt er nicht diese Erfahrung? Gemolken-Haben? Also: Er hat gemolken.

Wie ist das, wenn in der erhabenen Form von Dingen berichtet wird, die vor dem Zeitpunkt liegen, zu dem das Erzählte sich zuträgt? Muß dann nicht auch das Hilfsverb in der erhabenen Form verwendet werden? Also: Ein Jahr, nachdem Rudimer Fahlbart sein Weib erschlagen hatte, erkannte er ihre Unschuld.

Und schließlich: Wie ist das, wenn in der Zukunft eines Menschen das Sterben wartet? Wächst er nicht diesem Sterben entgegen? Sterben-Werden? Also: Er wird sterben. Und wenn in der Zukunft der Tod diesen Menschen bereits eingeholt hat? Gehört der Tod dann nicht zu seinem Sein? Also: Es wird gestorben sein.

Auch Hadubald wurde, wie die alten Geschichten erzählen, trotz all seines Scharfsinns vom Tode eingeholt. Aber er hinterließ eine Sprache, an der seine Schüler – die sich hinfort *die Scharfsinnigen* nannten – ihren Scharfsinn üben konnten, und dieser Sprache bedienten sich alle, die über den Ablauf der Zeit nachzudenken begannen. Das waren nicht wenige; denn das Nachdenken kam damals in Mode. Die Ackerbauern und Viehzüchter hingegen, die eine solche Subtilität der

Ausdrucksweise nicht benötigten, hielten weiter an ihrer überkommenen Sprache fest, gebrauchten die gewöhnliche Form, wenn sie von alltäglichen Dingen redeten, und die erhabene, wenn sie ihre mythischen Gesänge anstimmten.

Damit war jedermann zufrieden, wenn auch die Ackerbauern und Viehzüchter gelegentlich über die – ihrer Meinung nach – geschraubte Ausdrucksweise der Scharfsinnigen spotteten oder ihrerseits von den Scharfsinnigen wegen ihrer ungenauen Redensweise getadelt wurden. Mit besonderer Schärfe tat dies die Gruppe der orthodoxen Hadubaldianer, die sich von den Scharfsinnigen abgespalten hatte. Sie hatte sich zum Ziel gesetzt, das gesamte Volk zur Annahme der Hadubaldschen Sprachreform zu zwingen. Bei Strafe der Ausstoßung mußte sich jedes ihrer Mitglieder, in welcher Lebenslage auch immer, an die Regeln des hadubaldschen Tempussystems halten, ja sie hatten daraus so etwas wie eine rituelle Sprache entwickelt, die schon fast liturgische Formen annahm. So begrüßten sie sich, wenn sie einander auf der Straße oder sonstwo trafen, mit einer feststehenden Formel. Der Jüngere sagte: »Hadubald hat gelebt«, der Ältere antwortete: »Hadubald wird immer leben« und darauf beide gemeinsam: »Wir werden gelebt haben, aber Hadubald wird leben.«

So standen die Dinge, als Spiridion Spalthirn eine neue Art des Denkens entwickelte. Diesen Namen hatte man ihm beigelegt, weil er in seiner Jugend während der Kämpfe mit den Friesjackenleuten einen Beilhieb quer über das Schädeldach erhalten hatte. Diese lebensgefährliche Verletzung war zwar wider alles Erwarten ausgeheilt, hatte jedoch sein Denken auf eine merkwürdige Weise zugespitzt. Das Denken Hadubalds des Scharfsinnigen war auf die Natur der Dinge gerichtet gewesen: Um zu erfahren, was Zeit sei, hatte er sich eine Sprache geschaffen, in der sich seiner Meinung nach Zeitbezüge erfassen ließen. Spiridion Spalthirn jedoch begann über die Sprache selbst nachzudenken. Sind wir imstande, so fragte er sich, mit Sprache die Wirklichkeit zu erfassen? Hadubald – wer immer das gewesen sein mag – ging davon aus, er könne mit seiner Sprache die Wirklichkeit der Zeit beschreiben. Aber können wir das tatsächlich? Gibt es in Wirklichkeit überhaupt Zeit? Oder ist Zeit nur eine Hilfskonstruktion, die sich der Mensch in der Sprache geschaffen hat, um der Wirklichkeit Struktur zu verleihen? Hat der Mensch vielleicht nur deshalb den Raster der Sprache entworfen, weil er es nicht erträgt, im Ungegliederten zu leben, oder weil er ohne Logik nicht auskommen kann? Stellen wir nicht vielmehr durch unsere Sprache erst Logik her und übertragen sie dann auf eine Wirklichkeit, die wir eigentlich gar nicht erfassen können?

Auf diesem Wege fand er das Axiom des Siebs. Die Sprache, sagte er, ist wie ein Sieb, dessen Löcher in Mustern angeordnet sind, die den Strukturen unseres Denkens entsprechen. Mit diesem Sieb fischen wir im Trüben der Wirklichkeit. Der größere Teil der Wirklichkeit fließt jedoch durch die allzu groben Löcher ab. Was zurückbleibt und sich auf dem Boden des Siebs absetzt, zeichnet lediglich die Muster nach, die wir durch die Anordnung der Löcher dem Sieb selbst – durch unsere Sprache – gegeben haben. Sprache beschreibt also nicht Wirklichkeit, sondern nur unsere Denkstrukturen.

Spiridion Spalthirns Axiom wurde von jenen Menschen, die nachdachten, bereitwillig aufgegriffen. Die Zeit war reif dazu; denn damals stand die Macht der orthodoxen Hadubaldianer auf ihrem Höhepunkt. Sie hielten praktisch alle entscheidenden Positionen im Schulwesen besetzt und hatten den Lehrplan derart reformiert, daß etwa zwei Drittel des Unterrichts dem Lernbereich Sprache gewidmet waren. Wo immer man an den geöffneten Fenstern einer Schule vorüberging, konnte man die Schüler im Chor die Verbalformen aufsagen hören: *Ich spreche, ich sprach, ich habe gesprochen, ich hatte gesprochen, ich werde sprechen, ich werde gesprochen haben, es wird gesprochen, es wurde gesprochen, es ist gesprochen worden, es war gesprochen worden, es wird gesprochen werden, es wird gesprochen worden sein …*

Die Eltern unter den Ackerbauern und Viehzüchtern – von ihren Kindern gar nicht zu reden – konnten sich gegen eine solche Art des Unterrichts, ja des öffentlichen Zwangs, nicht wehren; denn die Gesetze und Erlasse zum Schulwesen wurden ja von den orthodoxen Hadubaldianern formuliert, gegen deren Eloquenz sich keiner in den zuständigen Gremien durchsetzen konnte. Aber auch im Lager jener Leute, die sich aufs Nachdenken verlegt hatten, wuchs die Opposition gegen solche Zustände. So ist es nicht zu verwundern, daß Spiridion Spalthirns Axiom auf einen vorbereiteten Boden fiel.

Spiridion verstand sich selbst nur als reiner Denker und lehnte es strikt ab, zum Haupt einer oppositionellen Gruppe zu werden. So kam es, daß sein Denkansatz in eine Richtung weiterentwickelt wurde, die sich beträchtlich von seinen ursprünglichen Intentionen entfernte. Wenn wir, so fragten die Spiridionisten (diesen Namen hatten sie sich trotz Spiridions Protest beigelegt), in der Sprache nur unsere eigenen Denkstrukturen nachzeichnen, wie kommen wir dann dazu, nach Hadubalds Reform die Denkstrukturen eines fremden, obendrein auch noch ausgestorbenen Volkes zu übernehmen? Sollten wir nicht vielmehr unsere nationale Eigenart pflegen? Laßt uns die Überfremdung unserer Sprache beiseitefegen und zur angestammten Redeweise unseres Volkes zurückkehren!

Gleich das erste Manifest, das die Spiridionisten drucken ließen, wurde unter dem Einfluß der orthodoxen Hadubaldianer von der Zensur verboten, eingezogen und vernichtet.

Die Spiridionisten antworteten mit Flugzettelaktionen, Postwurfsendungen, und ihre geistigen Führer hielten Reden auf öffentlichen Plätzen. Als diese Störung der allgemeinen Ordnung beunruhigende Formen anzunehmen begann, beschloß eine radikale Gruppe von orthodoxen Hadubaldianern, den geistigen Urheber all dieser Verwirrung aus der Welt zu schaffen. Sie drangen nachts in Spiridions Wohnung ein, zerrten ihn aus dem Bett und spalteten mit einem Beil seinen Schädel – diesmal so gründlich, daß ihm für alle Zeiten das Nachdenken verging.

Die Reaktion auf dieses Attentat ließ nicht lange auf sich warten. Die Spiridionisten standen auf wie ein Mann, und es gelang ihnen, einen großen Teil der Bevölkerung – besonders unter den Ackerbauern und Viehzüchtern – auf ihre Seite zu bringen. So kam es binnen weniger Tage zum spiridionistischen Umsturz. Mit Dreschflegeln, Sensen und Äxten bewaffnet, zogen die Massen aus allen Windrichtungen zur Hauptstadt und fegten die orthodoxen Hadubaldianer nicht nur aus ihren Positionen, sondern schlugen sie zum größeren Teil auch gleich tot. Am nächsten Tag schon wurde die Große Nationale Sprachreinigung eingeleitet, die sämtliche Hadubaldschen Überfremdungen aus der Sprache entfernte. Man verwendete wieder auf jeweils geziemende Weise die gewöhnliche oder die erhabene Aussageform, und jeder, den man bei der Verwendung Hadubaldscher Zeitformen ertappte, wurde öffentlich getadelt und im Wiederholungsfalle zum Schutz der Sprachgemeinschaft in die Verbannung geschickt, und niemand hörte je wieder von ihm.

Unter den sieben oder acht Generationen, die seither gelebt haben, ist jener Streit um die Sprache, der damals die Gemüter so erhitzt hat, bald abgeflaut, ja mittlerweile völlig in Vergessenheit geraten. Die Menschen haben sich wieder ihren alltäglichen Verrichtungen zugewendet und kümmern sich nicht mehr um die erbitterten Auseinandersetzungen der Vergangenheit. Da zudem in diesem Zeitraum die alten Mythen rasch an Bedeutung verloren haben, ist zugleich auch die erhabene Aussageform aus dem Sprachbewußtsein der meisten Menschen geschwunden. Sie leben ja größtenteils im Wohlstand, haben kaum Gründe, unzufrieden zu sein, und diese Zufriedenheit beherrscht sie in einem Maße, daß sie sich ganz und gar auf den Genuß der unmittelbaren Gegenwart beschränken.

Allerdings besteht noch ein gewisses Interesse an Dingen aus der Vergangenheit, aber eher in dem Sinne, daß Gegenstände aus der alten Zeit – gerade weil viele von ihnen während der Sprachwirren zerstört worden sind – an Wert gewonnen haben. Dieser Wert liegt allerdings weder in ihrer ursprünglichen Bedeutung noch in ihrem Alter begründet, sondern vielmehr in ihrer Seltenheit, vergleichbar etwa mit der Kostbarkeit eines Pelzmantels, der aus den Fellen fast ausgestorbener Tiere hergestellt worden ist. Und auch das Künftige kümmert die Leute nur insoweit, als man bestrebt ist, das angenehme Leben der Gegenwart nach Möglichkeit weiter unverändert zu erhalten. Um es kurz zu sagen: Für die Vergangenheit sind die Antiquitätenhändler zuständig und für die Zukunft die Versicherungsagenten.

Die gewöhnliche Aussageform hat sich in einem Maße durchgesetzt, wie es selbst die eifrigsten Sprachreiniger kaum erwartet haben dürften (ich muß allerdings gestehen, daß ich neuerdings für mich selbst gern auf die Hadubaldschen Zeitformen zurückgreife, aber ich hüte mich, dies in allzu breiter Öffentlichkeit zu wagen). Offenbar besteht in der Bevölkerung kaum noch das Bedürfnis, Vergangenes oder Künftiges sprachlich zu umschreiben. Manchmal frage ich mich: Hat unser gegenwärtiges Bewußtsein unsere Sprache geformt, oder hat die Verbannung der Hadubaldschen Zeitformen das Vergangene und das Künftige aus dem Bewußtsein der Leute getilgt? Ich weiß es nicht.

Wenn ich diese Aufzeichnungen jetzt gleich abgeschlossen haben werde, will ich meinen Mantel nehmen und über die Straße ins Café Temperelli gehen. Dort wird mir Herr Franz aus dem Mantel helfen und mich fragen: »Wie immer, Herr Doktor?« und ich werde antworten: »Was sonst?« und mich an meinen angestammten Marmortisch setzen. Herr Franz wird mir einen kleinen Schwarzen bringen und fragen: »Erlauben der Herr Doktor, daß ich ihm ein Rätsel aufgebe?« Ich kenne seine Rätsel schon alle, aber ich höre sie immer wieder gern (manchmal habe ich Herrn Franz in Verdacht, ein verkappter Hadubaldianer zu sein). »Fragen Sie!« werde ich sagen, während ich zwei Stück Zucker in den Kaffee fallen lasse und umrühre.

»Was ist das?« wird er fragen. »Gestern ist es gestorben, heute lebt es, und morgen wird es geboren werden? Wir messen es stündlich, und doch kennen wir weder Anfang noch Ende? Jeder nimmt es sich, und doch läuft es allen davon?«

»Die Zeit, Herr Franz«, werde ich sagen, »die Zeit.«

B., am 6. Oktober

Liebe Frau Doktor,

Ihre rasche Antwort auf meinen Brief war so herzlich, daß Sie mich ermutigt hat, für diesmal eine nicht so förmliche Anrede zu wählen. Vor allem freue ich mich, daß Sie dieser ganze philologische Kram doch mehr zu interessieren scheint, als ich zu hoffen gewagt habe. Sie fragen mich, ob ich inzwischen auch zu einem »Hadubaldianer« geworden sei (es berührt mich seltsam, diese Bezeichnung, die der Volksmund – wenn auch im Sinne eines gegenwartsabgewandten Spinners – als so ziemlich einziges Relikt unserer Sprachvergangenheit bewahrt hat, in seiner eigentlichen Bedeutung zu lesen!).

Ihre Frage läßt sich schwer beantworten. Ich bewundere Hadubalds Sprachgenie, das uns die heutzutage leider als entbehrlich erachtete Möglichkeit geschenkt hat, sprachliche Äußerungen in einen geordneten Zeitbezug zu setzen, und in diesem Sinne bekenne ich mich gern als Hadubaldianer, ohne mich allerdings der orthodoxen Fraktion seiner Jünger zuzurechnen, die durch ihre oberlehrerhafte Besserwisserei und vor allem durch ihren starren Dogmatismus, der sich mit dem Wesen der Sprache überhaupt nicht vereinbaren läßt, sein Werk nahezu vernichtet hat (ich sage nahezu, denn außer meinem Freund Erwin gibt es auch noch ein paar andere Leute dieser Meinung, von denen Sie gleich hören werden). Es geschieht ja überdies nicht zum ersten Male, daß große Gedanken bedeutender Menschen pervertiert werden, sobald man sie in kleine Münze umwechselt. Man sollte eben immer die eigentlichen Quellen lesen und nicht jene Kompendien, in denen die alle Begrenzungen sprengende Weisheit von irgendwelchen Flachköpfen auf handliches Format zurechtgeklopft wurde.

Ihre unverhohlen ausgesprochene Bewunderung dafür, daß ich mich wegen Ihrer eigentlich eher nebenbei ausgesprochenen Frage in ein solches *Abenteuer* – Sie sprechen sogar von einem *konspirativen Charakter* dieser Unternehmung! – gestürzt hätte, schmeichelt mir zwar, macht mich aber eher verlegen. Ist Ihnen wirklich entgangen, daß Sie damit einem in der Routine halbherzig betriebener Schreibtischarbeit schon fast zum Zyniker gewordenen *Wissenschaftsbeamten* unversehens einen neuen Lebensinhalt geschenkt haben? Ich fühle mich geradezu verjüngt! Daß ich mit Ihnen über all das sprechen kann, ist eine zusätzliche und für einen alten Knaben wie mich wahrhaft herzwärmende Freude, aber ich tue das alles nicht zuletzt auch um meinetwillen. Inzwischen fühle ich mich wie ein Jäger, der eine Spur gefunden hat und ihr nun folgen muß, was immer auch im Dickicht auf ihn lauern mag.

Ihr Postscriptum hat mir am meisten Spaß gemacht: ›Warum hat Rudimer Fahlbart eigentlich sein Weib erschlagen?‹ Es ist doch erfrischend, wie Sie immer gleich zum Konkreten kommen! Ich hatte über das Schicksal dieses Rudimer überhaupt nicht nachgedacht (Hadubald hatte diesen Satz ja nur als grammatisches Beispiel zitiert) und mußte lachen, weil mich Ihre Nachschrift an das erinnerte, was eine mit mir befreundete Lehrerin (auch sie hat eine starke Ader fürs Sprachliche!) den *Gänseblümchen-Effekt* nennt. Das muß ich Ihnen erklären: Sie hatte vor, mit ihrer Klasse über zusammengesetzte Hauptwörter zu reden und brachte deshalb ein Gänseblümchen (Gänse-Blümchen) mit in die Schule, um mit dem Namen dieses wahrhaft bescheidenen, aber jedem Kind vertrauten Pflänzchens ihren didaktischen Einstieg zu finden. Was wurde daraus? Die Kinder fanden das Gänseblümchen immer noch interessanter als Grammatik und provozierten durch ihre Fragen eine Botanik-Stunde. Kinder lieben eben auch eher das Konkrete. Soviel zum Gänseblümchen-Effekt.

Später jedoch verging mir das Schmunzeln; denn mir wurde bewußt, daß ich in der Tat nicht wußte, was es mit diesem Rudimer auf sich hat. Offenkundig stammt diese Zeile aus einem jener alten Sagentexte, die zur Zeit Hadubalds noch mündlich weitergegeben und von fahrenden Geschichtenerzählern vorgetragen wurden. Es bestand aber durchaus die Möglichkeit, daß sich auch schriftliche Quellen finden ließen (Hadubald hätte dieses Zitat sicher nicht als Paradigma benützt, wenn nicht jedermann die ursprüngliche Version gekannt hätte). Ich beschloß also, diese Spur bei meinem nächsten Besuch in Erwins Badezimmer aufzunehmen.

Nach Dienstschluß ging ich gleich zu seiner Wohnung. Als er mir öffnete – ich hatte diesmal meinen Schlüssel nicht benutzt, weil ich Erwin zu Hause vermutete –, sagte er: »Schön, daß du kommst! Da kann ich dich gleich mit einem Freund bekanntmachen.«

Er führt mich in sein Wohnzimmer, und wen finde ich dort? Den Herrn Franz aus dem Café! Stellen Sie sich meine Überraschung vor! Also war meine Vermutung doch nicht so abwegig gewesen. Er kam mit ausgestreckten Armen auf mich zu und rief: »Ja, der Herr Doktor! Ist das eine Freude!« und schüttelte, beidhändig zugreifend, meine Hand, als sei ich ein verlorener Sohn, der endlich heimgefunden hat. Im übrigen hatte er alles Kellnerhafte abgelegt und bewegte sich im geheimen Zentrum der Philologie, als sei er hier seit eh und je zu Hause.

»Ihr kennt euch?« sagte Erwin. »Um so besser! Herr Franz ist einer unserer eifrigsten Forscher, Spezialist für das uralte literarische Genus des Rätsels.«

»Soviel weiß ich schon«, sagte ich und erzählte Erwin von unseren Kaffeehausgesprächen.

»Ja«, sagte Erwin, »Herr Franz ist sozusagen im Außendienst beschäftigt. Er bringt seine Gäste dazu, über Sprache nachzudenken.«

»Indem er ihnen Rätsel aufgibt?« fragte ich verblüfft.

»Natürlich«, sagte Herr Franz. »Und ich dachte schon, Sie hätten das längst gemerkt. Es liegt doch auf der Hand: Rätsel hält jedermann für eine harmlose Kinderei, obwohl es solche Texte geradezu darauf anlegen, das oberflächliche Verständnis von Wörtern in Frage zu stellen. Außerdem kann man sie sich gut merken, und so wird sie jeder, der Spaß daran gefunden hat, bei seinen Freunden und Bekannten ausprobieren.«

»Eine Art Kettenreaktion also?« sagte ich und begann zu begreifen, was er im Sinn hatte. »Sind noch mehr von euren Freunden im Außendienst tätig?«

»Sicher«, sagte Erwin. »Eine von ihnen wirst du heute vielleicht noch kennenlernen; jedenfalls hat sie mich angerufen, ob sie heute abend meine Bibliothek benutzen könnte: Amelie ist Lehrerin an einer Grundschule, und die Möglichkeiten, die sich ihr dort bieten, sind nahezu unbegrenzt.«

»Gibt auch sie ihren Schülern Rätsel auf?« fragte ich.

Erwin lachte und sagte: »Selbstverständlich. Vor allem aber ist sie eine großartige Märchenerzählerin. Doch davon soll sie dir selber berichten.«

»Märchen?« sagte ich. »Wer erzählt denn heutzutage noch Märchen! Als ich noch nicht zur Schule ging, hatten wir zu Hause eine alte Zugehfrau, die wußte noch welche, und wenn ich ihr lästig fiel mit meiner Quengelei, erzählte sie mir eines. Dabei kam einmal meine Mutter dazu und verbot es ihr. Sie sagte, die Dienstmagd solle mir nicht solche Lügengeschichten in den Kopf setzen. Seither habe ich keine Märchen mehr gehört. Eine Zeitlang war ich damals sehr traurig darüber, aber dann habe ich's vergessen.«

»Auch die Märchen?« fragte Erwin.

»Erzählen könnte ich keines mehr«, sagte ich. »Ich weiß nur noch, daß sie in einer Welt spielten, in der man mit einem Zauberwort alles gewinnen kann.«

»Und alles verlieren, wenn man es nicht weiß«, setzte Erwin hinzu. »Begreifst du jetzt, warum Märchen für uns wichtig sind?«

»Ich fange an zu verstehen«, sagte ich. »Mit Sprache kann man die Wirklichkeit verwandeln, und das kann man aus Märchen lernen. Ist es nicht gefährlich, Kindern so etwas in einer öffentlichen Institution wie der Schule zu lehren? Ich kann mir nicht vorstellen, daß dieser Stoff in den amtlichen Lehrplänen steht, geschweige denn, daß er im Sinn der Leute ist, die diese Lehrpläne gemacht haben.«

»Natürlich ist das gefährlich«, sagte Erwin ungerührt. »Jeder von uns arbeitet auf eigenes Risiko. Das ist übrigens auch so eine Sache, die sich diese Eindeutigkeitsfanatiker in der obersten Sprachüberwachungsbehörde nicht vorstellen können. Seit Menschengedenken – und das heißt hierzulande seit der Großen Nationalen Sprachreinigung – lebt jeder ziemlich risikolos, mit garantiertem Mindestgehalt, staatlicher Vollpension und dergleichen. Daß es Leute geben könnte, die aus freien Stücken ein Risiko auf sich nehmen, kommt denen kaum noch in den Sinn, und wenn sie einmal einen erwischen, dann erklären sie ihn für verrückt und schicken ihn ins Irrenhaus oder gar in die Verbannung wie einen Verbrecher. Ich hoffe, du bist dir bewußt, daß schon dein Besuch hier bei mir unter Umständen ein solches Risiko darstellt. Amelie lebt da allerdings gefährlicher, und Herr Franz auf seine Weise auch.«

Ich muß wohl ein bißchen blaß geworden sein, als er das sagte; denn er fügte hinzu: »Du brauchst ja nicht mehr herzukommen. Wir sind kein Geheimklub, der abtrünnige Mitglieder zum Schweigen bringt. Das würde allein schon unseren Zielen widersprechen.«

Bis dahin hatte ich mir in der Tat noch kaum Gedanken darüber gemacht, auf was ich mich hier eingelassen hatte. Sie, liebe Frau Doktor, haben solche Konsequenzen offenbar schon früher als ich überblickt, aber gerade Ihr Brief stärkte mir jetzt den Rücken, und ich schämte mich nun wirklich und mit Grund, daß ich für einen Augenblick aus Angst gezögert hatte, zu dem zu stehen, was ich inzwischen als richtig und notwendig erkannt hatte. Ich sagte also, er solle nicht solchen Unsinn reden, natürlich sei ich bereit, mich zu engagieren, und ich fragte Erwin auch gleich, ob er eine Aufgabe für mich wüßte, der ich mich auf ähnliche Weise wie seine Freunde widmen könne.

»Das hat noch Zeit«, sagte er. »Erst mußt du dich einarbeiten. Wir hatten alle zunächst viel nachzuholen, und das wird bei dir nicht anders sein. Du mußt nur begreifen, daß dies hier kein Elfenbeinturm ist, in dem man ausschließlich zum eigenen Vergnügen Sprachwissenschaft betreibt. Aber das wäre dir mit der Zeit ohnehin klargeworden. Was meinst du denn, wie lange Herr Franz in meinem Badezimmer studiert hat, ehe er es wagen konnte, wildfremden Menschen Rätsel aufzugeben?«

»Wie habt ihr euch eigentlich kennengelernt?« fragte ich.

Erwin und Herr Franz blickten einander an und lachten. »Das war sehr lustig«, sagte Herr Franz. »Erwin kam ins Café, winkte mir, und da ich gerade mit einer Bestellung zur Kasse ging, sagte ich: ›Einen Augenblick, mein Herr, ich habe gleich Zeit für Sie.‹ Als ich dann von der Kasse zurückkam und mich nach seinen Wünschen erkundigte, fragte er mich, ob ich mir dort drüben bei der Kasse Zeit geholt hätte. Ich war ganz perplex und fragte, was er damit sagen wolle. Darauf meinte er, das sei doch ganz logisch: eben hätte ich noch keine Zeit gehabt, und jetzt hätte ich welche. Irgendwoher müsse ich sie mir ja genommen haben. Im ersten Augenblick dachte ich, ich hätte einen Verrückten vor mir, doch dann begann mir diese Art zu reden Spaß zu machen. ›Wenn Sie mir nicht bald mitteilen, was Sie bestellen wollen, wird das bißchen Zeit, das ich eben erwischt habe, schon wieder vergangen sein‹, sagte ich also. Da lachte er und sagte: ›Sehen Sie, so ist das mit der Zeit: Man glaubt, sie zu haben, und schon ist sie einem wieder entwischt. Ehe es soweit kommt, bringen Sie mir bitte einen Cappuccino.‹ Während ich diese Bestellung ausführte, ging mir dieses Gespräch nicht aus dem Sinn, und als ich ihm den Cappuccino brachte, sagte ich: ›Da redet man tagaus, tagein über die Zeit und meint zu wissen, wovon man spricht. Dabei hat man keine Ahnung, was dieses Wort eigentlich bedeutet.‹ Eigentlich hatte ich nur an diese – wie ich meinte – Blödelei anknüpfen wollen, aber während ich sprach, merkte ich, daß es mir mit einem Mal ernst damit war. So kam es, daß Erwin mich zu sich einlud.«

»Woher haben Sie eigentlich Ihre vielen Rätsel, Herr Franz?« fragte ich. »Denken Sie sich die selber aus?«

»Manchmal schon«, sagte Herr Franz, »besonders seit ich ein bißchen in die Übung gekommen bin. Aber in der Hauptsache stammen sie aus alten Texten, die ich in Erwins Badezimmer studiert habe. Besonders ergiebig sind da Märchen und Sagen.«

»Sagen?« wiederholte ich. »Da können Sie mir vielleicht einen Rat geben«, und ich fragte ihn, ob er dabei je auf die Geschichte von einem gewissen Rudimer Fahlbart gestoßen sei.

Erwin horchte auf, als er das hörte, und sagte: »Hadubald zitiert diesen Text an irgendeiner Stelle seiner Grammatik.«

»Ich weiß«, sagte ich. »Dadurch bin ich ja überhaupt erst auf diesen Rudimer gekommen. Was ich suche, ist die ganze Geschichte, aus der das Zitat stammt.«

Herr Franz dachte einen Augenblick nach und sagte dann: »Ich glaube, da kann ich Ihnen helfen. Es gibt im Badezimmer die Kopie einer alten, nur in Teilen erhaltenen Handschrift von Heldenliedern, Sagatexten und dergleichen, die etwa aus der Hadubaldschen Epoche stammen muß, wenn sie nicht sogar etwas älter ist; denn sie ist noch durchweg in der erhabenen Aussageform abgefaßt. Ich müßte mich sehr irren, wenn in diesem Konvolut nicht auch die *Saga von Rudimer Fahlbart* enthalten wäre. Sie brauchen nur den Katalog zu Rate zu ziehen; dort ist jeder einzelne Text dieser Handschrift ausgewiesen. Kommen Sie, ich suche den Fiche heraus.«

Wir waren eben dabei, das Zimmer zu verlassen, als draußen die Türglocke schellte. »Das wird Amelie sein«, sagte Erwin. »Wartet noch einen Augenblick, damit ich Albert mit ihr bekanntmachen kann.«

Er ging an uns vorbei zur Wohnungstür und öffnete. Draußen stand eine zierliche junge Frau – sie reichte Erwin kaum bis zur Schulter –, die einen Rucksack auf dem Rücken trug und eine vollgepackte Reisetasche neben sich stehen hatte.

»Servus, Amelie!« sagte Erwin und musterte erstaunt ihre Ausrüstung. »Willst du eine Reise unternehmen? Komm erst mal herein, du bist ja ganz außer Atem.«

»Drei Stockwerke hoch mit diesem Gepäck!« sagte Amelie und trat in den Flur. Erwin nahm ihre Tasche vom Boden auf, schloß die Tür und half Amelie aus den Rucksackriemen, während Herr Franz und ich sie verwundert anstarrten. Schließlich, sagte ich mir, waren wir mitten im Schuljahr, und mir schien es zumindest ungewöhnlich, daß diese Lehrerin sich offenbar anschickte, in die Ferien zu fahren. Während sie den Mantel ablegte, sah sie uns in der Wohnzimmertür stehen. Sie nickte Herrn Franz zu wie einem alten Bekannten, aber bei meinem Anblick schien sie eher zu erschrecken und schaute Erwin hilfesuchend an. »Da steht ja gleich ein ganzes Empfangskomitee bereit«, sagte sie. »Ist der da auch ein Freund?« und dabei blickte sie zu mir.

Erwin legte ihr beruhigend den Arm um die Schulter und sagte: »Das ist Albert, ein alter Studienkollege. Die beiden wollten eben mein Badezimmer benutzen, als du kamst.«

Amelie schien erleichtert. »Da kann ich ja offen reden«, sagte sie, ging ins Wohnzimmer und ließ sich erschöpft in einen Sessel fallen. »Jetzt könnte ich erst einmal einen Schluck vertragen«, setzte sie nach einer Weile hinzu.

»Ich hatte auf alle Fälle schon ein paar Flaschen bereitgestellt«, sagte Erwin, und zu uns gewendet fuhr er fort: »Euer Rudimer läuft euch nicht davon. Macht es euch bequem! Ich hole nur den Wein und die Gläser.«

Während wir Erwin draußen in der Küche hantieren hörten, konnte ich diese risikobereite Lehrerin in Ruhe betrachten. Sie hatte sich in den Sessel zurückgelehnt und wirkte anmutig trotz der etwas gehetzten Art, mit der sie hier eingedrungen war. Noch immer atmete sie ziemlich rasch und schaute dabei vor sich hin, ohne einen von uns beiden anzublicken. Die Bildung ihrer Mundwinkel verriet, daß sie ein Mensch war, der gern lachte, aber jetzt war der Ausdruck ihrer Augen ernst, ja grüblerisch, und eine steile Falte, die ihre Stirn zwischen den Brauen teilte, erweckte den Eindruck, daß sie sich mit einem Problem herumschlug, für das sie noch keine Lösung gefunden hatte.

Inzwischen kam Erwin wieder ins Zimmer, stellte die Gläser auf den Tisch und goß von dem Rotwein ein, den ich schon kennengelernt hatte. Er hob sein Glas und sagte: »Auf dein Wohl, Amelie, was immer auch dich hergeführt haben mag.«

Amelie hielt sich nicht weiter mit dem üblichen Ritual eines Weinverkosters auf, nahm einen tüchtigen Schluck und sagte dann mit einem Beiklang von Hilflosigkeit in der Stimme: »Ich bin auf der Flucht.«

»Das habe ich schon befürchtet«, sagte Erwin. »Was ist passiert? Erzähl erst einmal!«

Amelie holte noch einmal tief Luft und sagte dann: »Heute nachmittag bekam ich einen Anruf von einem Mitglied des Elternbeirates. Es war der Vater eines Mädchens aus meiner Klasse, mit dem ich schon seit einiger Zeit über meine Märchen ins Gespräch gekommen war, die seine Tochter ihm weitererzählt hatte. Er ist ein biederer Bäckermeister und hat alles andere im Sinn als philologische Probleme, aber diese Märchen hatten es ihm angetan. ›Sie sind endlich einmal eine Lehrerin‹, hat er einmal zu mir gesagt, ›die nicht auf alles und jedes gleich eine fertige Antwort bei der Hand hat, sondern mit ihren Geschichten die Kinder selbst zum Nachdenken bringt.‹« Sie machte eine fahrige Handbewegung, als wolle sie dieses Lob ihrer Person sofort wieder auf einer imaginären Schultafel wegwischen, und fuhr dann fort: »Ich führe das nur an, damit ihr beurteilen könnt, was das für ein Mann ist. Dieser Bäckermeister rief mich also an und sagte, in der Elternversammlung, aus der er gerade komme, seien Beschwerden gegen mich laut geworden, die sich vor allem gegen meinen Sprachunterricht gewendet hätten. Ich ließe es an der nötigen und auch vom Lehrplan geforderten Eindeutigkeit fehlen, verleite die Kinder zu unnützen Fragen und brächte Texte in den Unterricht ein, die zumindest fragwürdigen Inhalts, wahrscheinlich aber sogar staatsgefährdend und wohl auch verboten seien. Er habe zwar versucht, mein Vorgehen zu entschuldigen, aber er müsse ja vorsichtig sein, damit die Leute weiterhin ihre Brötchen bei ihm kaufen, und so habe er nicht verhindern können, daß eine große Mehrheit der Versammlung beschlossen habe, in einem noch in der gleichen Sitzung abgefaßten Schreiben an die Sprachüberwachungsbehörde eine strenge Überprüfung meiner Lehrmethode zu fordern. Ihr wißt, was das heißt. Jedenfalls habe ich sofort in aller Eile die notwendigsten Sachen zusammengepackt und bin mit der Straßenbahn hierhergefahren. Ein Taxi war mir zu auffällig. Aber ich habe keine Ahnung, was ich jetzt tun soll.«

»Dich erst einmal von diesem Schreck erholen«, sagte Erwin. »Es ist gut, daß du gleich zu mir gekommen bist. Hast du irgendwelche Unterlagen zurückgelassen, die jemanden belasten könnten?«

Amelie schüttelte den Kopf. »Das bißchen Papierkram habe ich verbrannt«, sagte sie. »Meine Märchen habe ich ohnehin im Kopf.« Bei dieser Bemerkung brachte sie sogar schon wieder ein flüchtiges Lächeln zustande.

Ich muß Ihnen gestehen, liebe Frau Doktor, daß ich selten einen Menschen so bewundert habe wie diese kaum dreißigjährige Frau, die Tag für Tag in dem Bewußtsein gelebt haben mußte, daß irgendwann einmal dergleichen passieren würde. Als ich ihr etwas dieser Art sagte, zuckte sie mit den Schultern und antwortete: »Auch daran gewöhnt man sich. Wenn man täglich erlebt, wie genau Kinder auf Wörter hinzuhören verstehen, vergißt man zeitweise dieses bißchen Zittern. Nur jetzt, als der Anruf kam, hätte ich beinahe den Kopf verloren. Aber hier« – und dabei kam ihr Lächeln nun endgültig zum Vorschein –, »wo ich bei Freunden bin, geht's mir schon wieder besser. Wahrscheinlich muß ich irgendwo untertauchen.«

»Ich weiß auch schon wo«, sagte Erwin. »Du ziehst erst einmal für eine Weile in das Haus von Onkel Max.«

»Du lieber Himmel!« sagte ich. »Lebt der denn noch immer?«

»Natürlich nicht«, sagte Erwin. »Aber er hat mir vor seinem Tode das Haus samt dem Inventar testamentarisch vermacht. Ich benutze es als Ferienwohnung oder überlasse es auch schon einmal einem Freund, der sich für eine Weile zurückziehen will – oder muß. Amelie ist ja nicht die erste, der so etwas widerfährt. Gib mir mal den Fahrplan herüber! Er steht hinter dir auf dem Bücherbord. Je eher Amelie aus der Stadt ist, um so besser.« Er blätterte im Fahrplan, stellte in aller Eile die komplizierte Strecke zusammen, und als er alle Ankunfts- und Abfahrtszeiten beieinander hatte, sagte er zu Amelie: »Wenn du kurz vor Mitternacht am Hauptbahnhof wegfährst, erwischst du in L. gerade noch den Frühbus. Eigentlich müßtest du dann bis zu den Wiesenhöfen fahren, aber mit all dem Gepäck kannst du nicht eine Stunde lang über Land marschieren. Steig also eine Station früher in G. aus und frage nach dem Schulhaus. Der alte Lehrer dort war ein Freund von Onkel Max. Grüß ihn von mir. Er wird dich in seiner Klapperkiste bis zum Haus fahren. Außerdem hast du dann gleich einen Freund in der Nähe, wenn es irgendwelche Probleme geben sollte. Die Zeit wird dir bestimmt nicht lang werden. Onkel Max war ein Märchenliebhaber und hat alles an alten Ausgaben gesammelt, was er auftreiben konnte. Hast du Geld?«

»Ja«, sagte Amelie. »Ich habe mein ganzes Guthaben abgehoben, und das reicht mindestens für ein Jahr, und wenn ich sparsam wirtschafte, auch noch länger.«

»Mach dir darüber keine Sorgen«, sagte Erwin. »Dort oben lebt man billig. Im Garten gibt's Obstbäume und ein bißchen Gemüse. Ein freundlicher Nachbar kümmert sich drum. Er redet nicht viel, aber meine Freunde sind auch seine Freunde. Sein Hof liegt eine Viertelstunde Wegs weiter die Straße hinauf. Dort kriegst du auch Milch, Butter, Eier und dergleichen.« Er blickte auf die Uhr. »Du hast noch eine Stunde Zeit. Ruh dich also ein bißchen aus; später bringen wir dich zum Bahnhof.«

Eine Zeitlang saßen wir alle vier schweigend da und nippten hie und da an unserem Wein. Ich kann Ihnen nur schwer beschreiben, liebe Frau Doktor, wie mir zumute war. Wissen Sie, ich bin durch die vielen Jahre meiner Tätigkeit zu einem eher ordentlichen Menschen mit einem geregelten Tagesablauf geworden. Die letzten Wochen seit meinem ersten Besuch in Erwins Badezimmer hatten diesem langweiligen Dasein zwar schon einen für meine Begriffe ziemlich extravaganten Akzent verliehen, aber was ich hier eben erlebt hatte, empfand ich zunächst als einen irritierenden Einbruch in mein gesichertes Dasein. Mit einem Wort: Ich war aufs äußerste bestürzt, und zwar nicht nur darüber, was dieser schon wieder fast heiter wirkenden jungen Frau zugestoßen war. Ich begriff vielmehr erst jetzt in vollem Ausmaß, daß mir selbst unter Umständen etwas Ähnliches widerfahren könnte. Zugleich aber verspürte ich zu meinem eigenen Erstaunen ein mir bislang völlig unvertrautes Gefühl von Freiheit, etwa so, als habe sich meine vermeintliche Sicherheit unversehens als eine Fessel erwiesen, die mich daran gehindert hatte, das zu tun, wozu ich eigentlich Lust hatte, und das war nun nicht mehr nur ein gedanklicher Vorgang wie bei meiner bisherigen Beschäftigung mit Vor-Literatur, sondern es betraf meine ganze Existenz. »Ich glaube«, sagte ich laut, ohne mich an jemanden Bestimmten zu richten, »erst jetzt fange ich an zu begreifen, worum es eigentlich geht, wenn ich auch noch keine Vorstellung davon habe, wohin ich dabei geraten werde.«

»Wäre es denn gut, das schon im voraus zu wissen?« fragte Amelie. »Neulich habe ich in Erwins Badezimmer ein Märchen entdeckt, in dem davon die Rede ist. Eigentlich wollte ich es morgen meinen Kindern erzählen.«

»Erzähle es uns«, sagte Erwin. »Vielleicht können wir alle diese Geschichte jetzt brauchen.«

»Das könnte schon sein«, sagte Amelie, trank noch einen Schluck und begann: »Es war einmal ein Bauer, der hatte drei

Söhne, und als er in die Jahre kam, begannen sie, ihn zu bedrängen, er solle entscheiden, wem von ihnen er seinen Hof übergeben wolle. Da rief der Bauer seine Söhne eines Tages zu sich und sagte: ›Weil ihr nun einmal keine Ruhe gebt, will ich euch auf die Probe stellen, damit ich erkenne, wer von euch am besten zum Hoferben taugt. Binnen Jahresfrist sollt ihr also herausfinden, was das für ein Ding ist, das ich euch jetzt gebe. Bis dahin aber will ich von euch kein Wort darüber hören‹, und dabei gab er jedem von ihnen ein Ei.

Als das Jahr vergangen war, rief er die drei Söhne zu sich in die Stube und fragte sie, was sie über das Ding herausgefunden hätten. Der Älteste zuckte mit den Schultern und sagte: ›Ein Ei ist ein Ei. Ich habe es am nächsten Morgen zum Frühstück gegessen. Was soll man sonst damit anfangen?‹

›Schade‹, sagte der Bauer. ›Nun hast du nichts mehr in der Hand, womit du mir beweisen könntest, daß dieses Ding tatsächlich ein Ei gewesen ist.‹

›Da war ich klüger‹, sagte der zweite der Söhne und zog das Ding, das ihm sein Vater gegeben hatte, aus der Tasche. ›Ich habe es in meine Schublade gelegt und dort aufgehoben, damit ich es dir heute zeigen kann. Es ist wirklich ein Ei.‹

›Das soll ein Ei sein?‹ sagte der Bauer, nahm es ihm aus der Hand und schlug die Spitze ab. Da quoll aus dem Ding ein dermaßen hanebüchener Gestank, daß es allen in der Stube den Atem verschlug. Der Bauer riß das Fenster auf, warf das Ding hinaus auf den Misthaufen und sagte: ›Mehr als dieser üble Geruch ist dabei wohl nicht herausgekommen.‹ Dann wendete er sich an den dritten Sohn und fragte ihn, ob er ihm sagen könne, was für ein Ding er von ihm vor einem Jahr bekommen habe.

›Das ist eine lange Geschichte‹, sagte der Jüngste. ›Zunächst habe ich das Ding, das wie ein Ei aussah, einer Henne untergeschoben. Sie hat es ausgebrütet, und aus dem Ding schlüpfte ein Küken, das heranwuchs, und dann war das Ding mit einem Mal ein tüchtiger Hahn. Als ich ihm eines Morgens Körner streuen wollte, hatte ihn in der Nacht der Fuchs geholt. Nur eine schöne Schwanzfeder lag noch da. Die steckte ich mir an den Hut, und so war das Ding nun eine Feder an meinem Hut. Aber die Sache mit dem Fuchs wurmte mich doch. Deshalb lauerte ich ihm auf, und als er wieder um den Hühnerstall schlich, brannte ich ihm eins auf den Pelz, daß er alle viere von sich streckte, zog ihm das Fell über die Ohren und gab es zum Gerben. Nun war das Ding auch noch ein schöner Fuchspelz, denn der Fuchs hatte ja meinen Hahn gefressen.

Das alles geschah um die Zeit der Kirchweih. Ich setzte also abends meinen Hut auf und ging zum Tanzboden. Keiner von den anderen Burschen hatte eine so schöne Feder am Hut, und so schauten sich die Mädchen nach mir um, besonders eines, auf das ich es schon längst abgesehen hatte. Wir tanzten miteinander und merkten auch sonst, daß wir gut zusammenpaßten. Da schenkte ich dem Mädchen den Fuchspelz und fragte es, ob es meine Frau werden wolle. Das Mädchen war einverstanden, und so ging ich zu ihrem Vater, um zu erfahren, ob er mich zum Schwiegersohn haben wolle. Da er nichts dagegen einzuwenden hatte, war das Ding jetzt nicht nur eine Feder an meinem Hut und ein Fuchspelz für mein Mädchen, sondern auch noch meine Braut. Sie heißt übrigens Katrin und wartet draußen.‹

›Dann bring sie herein, damit ich sehen kann, was aus dem Ding geworden ist‹, sagte der Vater. Da ging der Jüngste zur Tür und brachte seine Braut in die Stube. Sobald sie über die Schwelle getreten war, blieb sie stehen, hielt sich die Nase zu und rief: ›Pfui Teufel! Ist bei euch immer ein solcher Gestank?‹

›Nein‹, sagte der Bauer. ›Daran ist dieser Dummkopf schuld,

der meint, ein Ei bleibt ein Ei, wenn man es für ein Jahr in die Schublade legt. Mein Jüngster scheint da, wenn ich dich so anschaue, beträchtlich klüger gewesen zu sein; denn er hat immerhin herausgefunden, daß dieses Ding, das wie ein Ei aussah, inzwischen eine Feder an seinem Hut, ein Fuchspelz für sein Mädchen und nun auch noch seine Braut geworden ist.‹

›Wenn das nur schon alles wäre‹, sagte der Jüngste. ›Nächste Woche wollen wir heiraten, und wenn ich mir vorstelle, daß Katrin ein Kind zur Welt bringt und dieses Kind zu gegebener Zeit so ein Ding in die Hand bekommt, wie du es mir vor einem Jahr gegeben hast, dann mag der Himmel wissen, was noch alles draus werden soll. Ich kann dir jedenfalls noch lange nicht sagen, was das für ein Ding war, das wie ein Ei aussah.‹

›Man kann nicht immer gleich alles wissen‹, sagte der Bauer. ›Aber du sollst meinen Hof bekommen, denn du bist ein Mensch, der sich nicht damit zufriedengibt, daß die Leute dieses oder jenes so oder so nennen.‹ Und damit ist das Märchen von dem Ding, das wie ein Ei aussah, zu Ende«, schloß Amelie und lachte uns an, als habe sie ihre Schulkinder vor sich.

Während sie erzählte, begann ich zu bedauern, daß dieses Märchen dem Bäcker und seiner Tochter vorenthalten bleiben sollte. Als ich ihr das jetzt sagte, meinte sie, ich könne das, wenn ich Lust dazu hätte, ja nachholen und gab mir seine Adresse. Dann war es höchste Zeit, daß wir sie zum Bahnhof brachten. Ich habe Amelie übrigens, da sie in nächster Zeit im Umkreis von L. leben wird, Ihre Adresse gegeben. In ihrer Situation wird es für sie sicher beruhigend sein, eine so vertrauenswürdige Doktorin wie Sie in der Nähe zu wissen, falls sie einmal ärztliche Hilfe braucht.

Als ich später nach Hause kam, habe ich mir das Märchen

gleich aufgeschrieben, so lange ich es noch frisch im Gedächtnis hatte. Am Abend des nächsten Tages habe ich dann in Erwins Badezimmer die Kopie jener Handschrift gefunden, in der die Saga von Rudimer Fahlbart enthalten ist. Leider bricht die Geschichte mittendrin ab (der Rest des Manuskripts scheint verloren zu sein). Im Katalog fand ich aber den Hinweis auf ein nachhadubaldianisches Fragment, das – wenn auch in einer späteren, von der ursprünglichen Überlieferung allein schon stilistisch stark abweichenden Version – den Schluß der Geschichte wiedergibt. Ich habe versucht, für Sie aus diesen Quellen eine möglichst vollständige Fassung der Rudimer-Saga zusammenzustellen, wobei ich mich im ersten Teil bemüht habe, die durchweg in der erhabenen Aussageform gehaltene Erzählweise zu bewahren und nur die Ihnen sicher schwer verständlichen Wendungen der altertümlichen Sprache vorsichtig in heutige Redeweise zu übertragen. In der Mitte mußte ich dann die beiden Teile zusammenflicken, und ich kann nur hoffen, die Anspielungen der erhaltenen Texte richtig gedeutet zu haben. Insgesamt zeigt die Geschichte recht eindrucksvoll, was unsere Vorfahren von sprachlicher Eindeutigkeit gehalten haben (oder von Menschen, die in dieser Illusion befangen sind), und allein dieser Umstand wäre schon Grund genug, die von einer solch tragischen Verkettung berichtende Saga von Rudimer Fahlbart aus ihrem jahrhundertelangen Schlaf zu wecken. Im Grunde geht es ja hier um einen klassischen Fall tödlichen Mißverständnisses. Am liebsten würde ich Ihnen über die Schulter schauen, während Sie die Geschichte von Rudimers merkwürdigem Schicksal lesen. Da dies leider nicht möglich ist, erwarte ich mit Ungeduld Ihren nächsten Brief.

Herzlichst!
Ihr Albert S.

PS. Beinahe hätte ich vergessen, auf Ihre Frage wegen Erwins Badezimmer zu antworten. Natürlich hat er auch noch ein anderes, das für die in solchen Räumen üblichen Verrichtungen bestens installiert ist. Das zweite, zu dem man durch seinen Kleiderschrank gelangt, liegt genau besehen im dritten Stock des Nebenhauses. Um mehr Platz für die Verkaufsräume im Parterre zu schaffen, hat man dort das Treppenhaus herausgerissen, so daß die oberen Stockwerke seither unzugänglich sind. Man ist also völlig ungestört in Erwins speziellem Badezimmer und braucht keinen ungebetenen Besucher zu fürchten.

Noch einmal und diesmal endgültig
Ihr Albert S.

Die Saga von Rudimer Fahlbart

Zur Zeit der sieben Kleinkönige lebte in der Gegend von Burleby ein Mann namens Rudimer, den man wegen seines bleichen Kinnhaares Rudimer Fahlbart nannte. Er besaß einen ansehnlichen Hof, zu dem das grüne Hügelland zwischen Burleby und den Ödbergen gehörte. Dort weidete auf den Grashängen sein Vieh, das waren tausend Schafe und fünfhundert Rinder. Rudimer genoß großes Ansehen als Viehzüchter. Seine Schafe waren fett und brachten starke Wolle, seine Rinder waren fleischig und gaben reichlich Milch.

Reichtum und Erfolg machten Rudimer stolz. Er hielt sich für einen besonderen Mann. Aus diesem Grund blieb er lange Zeit unverheiratet, denn keines unter den heiratsfähigen Mädchen war ihm recht. »Zu einem besonderen Mann gehört eine besondere Frau«, pflegte er zu sagen, wenn ihn ein anderer Hofbesitzer darauf ansprach in der Hoffnung, die eigene Tochter gut versorgt zu wissen oder durch eine solche Heirat Einfluß auf den großen Besitz dieses Mannes zu gewinnen. Und wenn seine Freunde das Gespräch darauf brachten, sagte Rudimer: »Soll ich eine Frau nehmen, die genauso spricht wie meine Mägde, von denen mir jede nach Wunsch zu Willen ist?« Denn wenn ihn die Lust überkam, holte er sich nach Belieben eine Magd aus dem Gesindehaus und schlief mit ihr. So liefen auf dem Hof auch schon ein paar bleichhaarige Kinder umher, die Rudimer zum Gesinde zählte. Wenn einer seiner Freunde darüber eine Bemerkung fallen ließ, lachte Rudimer und sagte: »Auf diese Weise habe ich nie Mangel an Knechten und Mägden.«

So lebte Rudimer bis zum Opferfest in jenem Jahr, als der Mond sich verfinsterte. Zu diesem Fest trafen sich alljährlich zu Frühlingsbeginn die Völkerschaften der sieben Kleinkönige auf dem Sonnenkogel in den Ödbergen. Auch Rudimer machte sich mit seinem Gesinde auf den Weg, und mit sich führte er zehn fette Hammel und fünf starke Jungstiere, um sie im Angesicht der aufgehenden Sonne auf dem Kogel zu schlachten. Zwei Tage vor dem Fest traf er mit seinen Leuten bei der Opferstätte ein.

Es war seit alters her Brauch, daß sich die Völker der Kleinkönige in sieben Lagern zusammenfanden, die rings um den Berg verteilt waren, jedes an dem Platz, an dem der Weg aus ihren Wohngebieten auf den Berghang traf. Rudimer ließ also sein Zelt beim Lager Burros, des Kleinkönigs von Burleby, aufstellen und kümmerte sich darum, daß seine Leute die Opfertiere in einen Pferch sperrten und mit Futter versorgten. Dann brach die Dämmerung herein, und er beschloß, das eine oder andere Lager der Kleinkönige zu besuchen, um Bekannte zu treffen oder einen günstigen Viehhandel abzuschließen.

Er ging über die Wiesen am Hang des Kogels entlang durch die hereinbrechende Dunkelheit und kam schließlich an einen Bach. Während er eine schmale Stelle suchte, an der er über das Wasser springen konnte, hörte er, daß hinter einem Erlengebüsch jemand badete. Neugierig bog er die Zweige auseinander und sah eine Frau, die nackt im Bach stand und sich wusch.

Das war ein Abenteuer nach Rudimers Sinn. Er drängte sich durch die Zweige und stand schon im flachen Wasser vor der Frau, ehe sie sich umwenden und fliehen konnte. Sie war von schöner Gestalt. Ihr schwarzes Haar glänzte wie das Gefieder des Raben, und ihre Augen zeigten keine Furcht.

»Wer bist du?« fragte die Frau.

Aus ihrer Redeweise erkannte Rudimer, daß sie zu den Friesjackenleuten gehörte, die jenseits des Berges lagerten. Sie verwendeten zwar die gleichen Wörter wie die Leute von Burleby, sprachen sie aber anders aus und gaben ihnen zuweilen auch einen anderen Sinn. Rudimer wollte seinen Namen verschweigen, aber die ruhige Bestimmtheit der Frage zwang ihn zur Antwort, und er nannte der Frau seinen Namen.

»Dann bist du wohl jener Rudimer, den sie Fahlbart nennen?« sagte die Frau und blickte lächelnd auf sein Kinn.

»Der bin ich«, sagte Rudimer.

»Gut«, sagte die Frau. »Ich wollte nur wissen, ob du ein Herr bist oder ein Knecht. Jetzt weiß ich es. Rudimer, ich gebe mich dir hin.«

Rudimer war verblüfft. Was er sich mit Zwang nehmen wollte, wurde ihm ohne weiteres angeboten. Er hob die Frau auf seine Arme, trug sie zum Ufer und legte sie ins Gras.

»Du handelst wenig ehrenhaft, Rudimer«, sagte da die Frau.

»Wieso?« sagte Rudimer. »Versprachst du nicht, dich mir hinzugeben?«

Die Frau blickte ihn nachdenklich an. »So verstehst du das also«, sagte sie dann. »Da muß wohl gehalten werden, was versprochen wurde.« Und so nahm Rudimer im Dunkel auf der Wiese die Frau und stillte seine Lust. Er merkte aber, daß sie noch unberührt war.

Als die Frau ihre Kleider anlegte, sah Rudimer den reichen Schmuck, den sie an ihrem Gewand trug, und erschrak. »Wer bist du?« fragte er.

»Danach fragst du zu spät«, sagte die Frau, »doch du erfährst es schon noch, wenn ich morgen meine Hand auf dich lege.«

Da erschrak Rudimer noch mehr; denn wenn man unter

seinen Leuten sagte: ›Ich lege meine Hand auf dich‹, dann bedeutete das, jemanden zum Gefangenen oder Leibeigenen zu machen, der einem auf Tod und Leben gehörte. Ehe er noch etwas erwidern konnte, ging die Frau über die Wiese davon und verschwand im Dunkel. Rudimer aber kehrte zurück zu seinem Zelt und wußte nicht, was er von alledem halten sollte. Die ganze Nacht über lag er schlaflos und dachte an die Frau am Bach.

Am Vortag des Festes pflegten die Kleinkönige zu einer Beratung zusammenzukommen, um bei dieser Gelegenheit Streitfälle zu schlichten, Zuchtvieh zu tauschen oder Heiraten unter den Königsfamilien abzusprechen. Damit keiner bevorzugt wurde oder gar als der Mächtigste unter ihnen erschien, fand die Versammlung reihum jeweils im Zelt eines der Könige statt, so daß jeder alle sieben Jahre der Gastgeber war. In diesem Jahr war die Reihe an Belegar, der jenseits der Ödberge als Kleinkönig über die Friesjackenleute herrschte. Ihr Land grenzte im Norden ans Meer, und sie lebten in der Hauptsache von Fischfang und Strandräuberei.

Am Morgen dieses Tages trat König Burro in Rudimers Zelt und forderte ihn auf, als sein Gefolgsmann an der Beratung teilzunehmen. Das war eine große Ehre für Rudimer, die er nicht zurückweisen konnte, ohne den König zu erzürnen. Rudimer wußte, daß die Versammlung in diesem Jahr bei den Friesjackenleuten im Zelt König Belegars stattfinden würde, und dachte mit Sorge an die Frau, die heute ihre Hand auf ihn legen wollte.

»Du kannst nur wenig Ehre mit mir einlegen«, sagte er zu Burro, »denn meine Knechte vergaßen, mein Festgewand mitzunehmen.« Das war aber eine Lüge.

»Ich brauche den Mann und nicht das Kleid«, sagte Burro. »Wenn du nicht mitkommen willst, muß ich mir wohl einen anderen Berater suchen«, und er wandte sich zum Gehen.

Rudimer begann um sein Ansehen bei den Leuten von Burleby zu fürchten. »Warte!« sagte er. »Wenn's dir nicht darauf ankommt, daß ich in ärmlicher Reisekleidung mit dir zur Beratung gehe, will ich dich gern begleiten.« Er hoffte aber, daß man ihm auf diese Weise weniger Beachtung schenken würde. Er nahm sein Schwert von der Zeltstange und wollte es sich umgürten, doch Burro sagte: »Laß das! Du weißt doch, daß man waffenlos zur Beratung kommt.«

Rudimer ging also mit König Burro am Hang entlang hinüber zum Lager der Friesjackenleute und trat nach dem König in Belegars Zelt. Belegar kam ihnen entgegen, begrüßte sie und wies ihnen ihren Platz im Kreis der anderen Kleinkönige an, die schon dort saßen. Dann ging er zu seinem Hochsitz zurück und setzte sich. Erst jetzt sah Rudimer mit Schrekken, daß neben dem König auf dem Ehrenplatz jene Frau saß, die an diesem Tag ihre Hand auf ihn legen wollte. Daß eine Frau im Rat der Männer saß, war in Burleby nicht üblich, aber bei den Friesjackenleuten standen die Frauen in hohem Ansehen und durften in der Versammlung das Wort nehmen.

Rudimer blieb, wie es Brauch war, hinter dem Sitz König Burros stehen. Die Frau blickte ihn nur kurz an und wendete dann die Augen ab, als kenne sie ihn nicht. Dann wurde den Gästen ein Willkommenstrunk gereicht, und die Beratungen begannen. Rudimer mußte immer wieder zu dieser Frau blikken, und er erkannte jetzt erst richtig, wie schön sie war. Doch dies erhöhte nur seine Furcht, so daß er kaum imstande war, dem Gang der Beratungen zu folgen. König Burro mußte ihn mehrmals zurechtweisen, als er ihn etwas fragte und keine Antwort erhielt. »Du bist zerstreut, Rudimer«, sagte er spöttisch. »Verwirrt die schöne Mara deine Sinne? Man sagt ja von dir, daß du eine besondere Frau suchst. Nimm dich in acht, das Besondere birgt auch besondere Gefahren! Sie ist die Tochter König Belegars.« Da verfluchte Rudimer seinen aus Stolz gefaßten Entschluß, König Burro zu der Beratung zu begleiten.

Als die Beratungen zu Ende gingen, fragte König Belegar nach alter Sitte, ob noch jemand da sei, der etwas vorzubringen habe. Da stand Mara auf, ging auf Rudimer zu, legte ihm die Hand auf die Schulter und sagte: »Ich lege meine Hand auf diesen Mann namens Rudimer Fahlbart.«

Rudimer tastete nach seinem Schwertgurt, ehe ihm bewußt wurde, daß er waffenlos war.

»Warum erschrickst du?« fragte Mara lächelnd. »Ich gedachte, in deinem Sinne zu handeln. Warum trägst du keine Festkleider? Wenig Ehre gewinne ich so mit dir!«

»Wozu Festkleider?« stammelte Rudimer, der nun überhaupt nicht mehr wußte, woran er war. »Wollt ihr mich auf dem Berge darbringen wie ein geschmücktes Opfertier?«

»Wer hier das Opfer ist, muß sich noch zeigen«, sagte Mara und stellte sich an Rudimers Seite, noch immer die Hand auf seiner Schulter.

Jetzt stand König Burro auf und wendete sich an Belegar: »Warum wird hier die Hand auf meinen Gefolgsmann gelegt?« fragte er aufgebracht. »Wenn eine Untat vorliegt, dann soll sie erst zur Sprache gebracht werden.«

»Du mißverstehst das«, sagte Belegar.

»Was gibt es da falsch zu verstehen?« erwiderte Burro. »Wer diese Worte spricht, verlangt den anderen auf Leben und Tod zu eigen.«

»So ist es«, sagte Belegar, »und doch ist es anders, als du meinst. Wenn bei uns eine Frau diese Worte zu einem Manne spricht, dann begehrt sie ihn zur Ehe. Dazu haben unsere Frauen das Recht.« Dann stand er auf und ging zu den beiden hinüber, die noch immer nebeneinander standen. »Schnell hast du dich entschieden, meine Tochter«, sagte er. »Ich kann nicht behaupten, daß ich deine Wahl billige; denn ich gedachte dich mit einem Manne aus unserem Volk zu verheiraten. Aber es ist dein Recht, selbst zu wählen.«

»Ich gab mich ihm hin«, sagte Mara, »und so wirst auch du ihn als meinen Mann annehmen müssen.«

Rudimer erschrak bei diesen Worten, und auch König Burro zog erstaunt die Augenbrauen hoch. Belegar jedoch nickte nur zustimmend. Seltsame Bräuche haben diese Friesjackenleute, dachte Rudimer bei sich. In Burleby pflegte man ein Mädchen für eine solche Tat im Moor zu versenken und den Mann kurzerhand zu erschlagen. Er fragte sich, ob ihm hier nun eine Ehre erwiesen oder eine Schmach angetan wurde, und wußte nicht, wie er sich verhalten sollte.

»Willst du meine Tochter zurückweisen?« fragte König Belegar, und diese Frage klang nun wirklich wie eine Drohung.

»Er kennt unsere Bräuche nicht«, sagte Mara und wendete sich an Rudimer. »Nach allem, was ich von dir weiß, begehrst du mich zur Frau. Also lege deine Hand auf meine Schulter und sprich die gleichen Worte, die ich zu dir sagte.«

Und wieder konnte Rudimer sich dem Zwang ihrer Stimme nicht entziehen. Er folgte ihrer Aufforderung und sprach: »Ich lege meine Hand auf diese Frau namens Mara.«

Da sagte Belegar: »Nun soll kein Wort mehr darüber gesprochen werden, ob diese Heirat zu billigen ist oder nicht, denn sie ist nach dem Brauch geschlossen. Und du, Rudimer, sollst von mir jede Gabe erhalten, die du meiner Tochter gewährst.«

So bekam Rudimer eine Mitgift im vollen Wert seines Besitzes von tausend Schafen und fünfhundert Rindern; denn die Strandräuberei brachte Belegar viele Reichtümer ein, jedenfalls mehr als der Fischfang. Am Tage nach dem Opferfest kehrte Rudimer mit seiner Frau Mara auf seinen Hof zurück, und die Knechte trugen schwer an den Schätzen, die Belegar seiner Tochter in die Ehe mitgab.

Rudimer hatte nun eine besondere Frau, die nicht nach der Redeweise seiner Mägde sprach und obendrein eine Königstochter war. Sie stand seinem Hauswesen vor und erwies sich als umsichtige Herrin, die freundlich zu dem Gesinde war, auch zu den bleichhaarigen Kindern, nach deren Herkunft sie nicht fragte. Doch Rudimer empfand seit seiner Heirat eine merkwürdige Unsicherheit, die ihren Anfang nahm in König Belegars Zelt am Tage vor dem Opferfest. Nicht daß er mit seiner Heirat unzufrieden war; Mara war so schön, daß ihm jedesmal das Herz bis zum Halse klopfte, wenn er sie sah, und er konnte noch immer nicht recht begreifen, daß sie nun seine Frau war, obwohl sie Nacht für Nacht sein Lager teilte. Die Ereignisse in Belegars Zelt und der Nacht zuvor erwähnte aber keiner von beiden je wieder mit einem Wort.

Rudimers Besitz hatte sich durch die königliche Mitgift verdoppelt, doch er fragte sich, ob dies sein Ansehen unter den Leuten von Burleby erhöhte. Zu deutlich erinnerte er sich der Befremdung, mit der König Burro Maras Geständnis anhörte. Wer wußte noch davon? Wer erzählte es wem weiter? Wenn Rudimer sich am Königshof aufhielt und sah, daß die Leute hinter vorgehaltener Hand tuschelten, fühlte er sich betroffen, und ein dumpfer Zorn stieg in ihm auf, dem er doch nicht nachgeben konnte, ohne sich bloßzustellen.

So kam es, daß Rudimer dem Königshof immer öfter fernblieb und sich auch von seinen Freunden zurückzog. Dafür erschien er jetzt häufiger unversehens auf fernen Weideplätzen zum Schrecken der Knechte, die er hart strafte, wenn er sie nicht bei der Arbeit antraf oder gar bemerkte, daß einer von ihnen unvermittelt grinste.

Sobald die Knechte dann wieder unter sich waren, beklagten sie die Launen ihres Herrn, und da sie die Ursache seines

Zorns nicht in ihrem Verhalten, sondern bei jemand anderem suchten, verfielen sie darauf, die Schuld seiner Frau zuzuschieben. »Sie ist eben eine Fremde«, sagte einer von ihnen, ein anderer erinnerte sich, daß es schon bei dieser Heirat recht sonderbar zuging, und ein dritter meinte: »Nun sehen wir ja, was dabei herauskommt, wenn man den Weibern soviel Macht überläßt, wie die Friesjackenleute es tun. Womöglich ist diese Mara sogar allerlei bösen Zaubers mächtig.«

Um diese Zeit wurde Rudimer nach längerer Pause wieder einmal an den Hof König Burros gerufen, und während seiner Abwesenheit kam ein Mann aus dem Lande der ...

Hier bricht die ältere Handschrift ab. Wenn ich nun den Versuch unternehme, die zuletzt geschilderten Ereignisse mit dem Ende der Geschichte zu verknüpfen, wie es in dem jüngeren Fragment überliefert ist, so ergeben sich meiner Meinung nach dafür folgende Anhaltspunkte:

Entsprechend der Stilistik des gesamten Textes der früheren Handschrift muß dem Gespräch der Knechte, das durch drei in ihrer Aggressivität sich jeweils steigernde Aussagen über Mara hervorgehoben wird, eine weiterführende Bedeutung zukommen. Man darf wohl den Schluß ziehen, daß dadurch auf nachfolgende Geschehnisse vorbereitet werden soll. Da man nun zu Beginn des zweiten Fragments Rudimers Frau in dem Augenblick begegnet, in dem sie offenbar gerade einem Anschlag auf ihr Leben entgangen ist, läßt sich eigentlich nur annehmen, daß Rudimers Knechte versucht haben, sie umzubringen.

Eine entscheidende Rolle scheint bei ihrer Rettung eben jener Mann gespielt zu haben, dessen Ankunft mit den letzten erhaltenen Wörtern der älteren Handschrift angekündigt wird. Ich zögere nicht, hier fortzusetzen: ›... aus dem Lande der Friesjackenleute‹. Dies ergibt sich klar aus den weiteren Aussagen des Schluß-Fragments, in dem jener so wenig bedankte Retter selbst auftritt. Der Zusammenhang, in dem dort später einmal von ihm die Rede ist, legt die Vermutung nahe, daß es sich um jenen Mann handelt, dem Belegar eigentlich die Hand seiner Tochter zugedacht hatte. Warum er allerdings auf Rudimers Hof kam und wie lange er sich dort aufgehalten hat, ehe es zu diesem Überfall kam, läßt sich nicht sagen. Es ist durchaus möglich, daß die Knechte hier einen vermeintlichen Ehebruch witterten oder diesen Verdacht zumindest zur Rechtfertigung ihres Mordanschlags vorschoben, aber das sind alles schon Spekulationen, für die sich im Text kaum konkrete Anhaltspunkte finden lassen. An dieser Stelle kann ich jedenfalls ohne weiteres mit dem Schluß der Geschichte fortfahren.

... kam Rudimer, ohne zuvor Nachricht gegeben zu haben, vom Königshof zurück. Man könnte fast meinen, daß er schon zu diesem Zeitpunkt seiner Frau, die sich ihm damals so widerstandslos hingegeben hatte, nicht traute. Ist es nicht so, daß mancher sich aus bloßem Mißtrauen selber zum Hahnrei macht, ohne noch eigentlich einer zu sein?

Es war schon Nacht, als er auf sein Haus zuritt, und er erschrak, als er sah, daß die Tür offenstand und der Schein des Herdfeuers auf den Hof hinausfiel. Jeder von euch, meine lieben Herren, wird sich vorstellen können, was er dachte.

Nun ging alles sehr schnell: Er springt vom Pferd, und während er in langen Sätzen auf das Haus zuläuft und mit der Rechten schon sein Schwert in der Scheide lockert, wird die Tür vollends aufgestoßen, und Mara stürzt heraus. Sie ist halb nackt, nur um die Hüften schlappt noch ihr zerfetzter Rock. Hinter ihr tritt nun auch noch ein Mann aus der Tür, ein Fremder in einer Friesjacke, den Rudimer nicht kennt, und dieser Mann hält ein blankes Schwert in der Faust.

»Hast wohl gerade noch rechtzeitig aus dem Bett meiner Frau gefunden?« schreit Rudimer, reißt sein Schwert aus der

Scheide und will auf den Mann eindringen. Da wirft sich Mara zwischen die beiden und ruft: »Laß ihn in Frieden! Wenn ich mich ihm nicht hingegeben hätte, wäre ich nicht mehr am Leben.«

Diese Worte gehen Rudimer völlig über den Verstand, und er sieht jetzt nur noch rot. »Daß du eine Hure bist, wußte ich schon immer!« brüllt er und stößt ihr sein Schwert in die nackte Brust. Der andere Mann steht wie erstarrt und blickt entsetzt auf Mara, die zu Füßen Rudimers in ihrem Blute liegt. »Du mißverstehst das alles, Rudimer!« sagt er tonlos, doch Rudimer ist nun nicht mehr zu halten. »Das sagt ihr Friesjacken immer, wenn ihr einen betrogen habt!« brüllt er, reißt seiner toten Frau das Schwert aus der Brust und rennt es dem Mann, der sich überhaupt nicht wehrt, in den Leib. Dann steht er eine ganze Weile mit dem bluttriefenden Schwert in der Hand mitten in dem dunklen Hof und starrt auf die beiden Leichen, über die das Herdfeuer einen blutroten, flackernden Schein wirft.

Ich hoffe, meine Damen und Herren, ihr habt das grausige Schauspiel hinreichend genossen. Wollt ihr jetzt hören, was weiter geschah? Ich will es euch erzählen: Nachdem Rudimer also eine Zeitlang so im Hof gestanden hatte, wagte sich endlich das Gesinde heraus, das sich während des Überfalls in alle möglichen Winkel verkrochen hatte. Die Leute waren allesamt ziemlich verstört und zudem nicht sonderlich erpicht darauf, ihrem Herrn unter die Augen zu treten und ihm zu erzählen, was sich hier zugetragen hatte, und ihr, meine schönen Damen und meine wackeren Herren, wißt es ja schon. So erfuhr Rudimer nur das Allernotwendigste, und er war in dem Zustand, in dem er sich befand, wohl auch nicht besonders schnell von Begriff. Soviel verstand er allerdings nach einiger Zeit, daß dieser Friesjacken-Mann seine Frau vor einem Mordanschlag gerettet hatte, und er konnte dann ja auch noch drei weitere Leichen besichtigen, nämlich jene dieser Viehknechte, die drinnen in der Stube lagen, wo sie sich, als sie noch lebten, erst ihren Spaß mit seiner Frau hatten machen wollen.

»Und was war das für ein Friesjacken-Mann?« fragte er schließlich.

»Ein Gast der Herrin«, sagte eine Magd. »Er hieß Roger. Am Morgen war er zur Jagd ausgeritten und kam eben zur rechten Zeit zurück, um die Kerle zu erschlagen.«

»Hat er schon vorher mit meiner Frau geschlafen oder erst nachher?« fragte Rudimer.

Die Magd blickte ihn erschrocken an und schüttelte den Kopf. »Davon weiß ich nichts, Herr«, sagte sie. »Er hat die Herrin gerettet.« Sie brach unvermittelt ab und blickte hinüber zu Maras Leiche.

»Sie hat sich ihm hingegeben«, sagte Rudimer dumpf, und das mag wohl so geklungen haben, als wolle er sich das nun mit aller Gewalt einreden. Aber es kann ja auch sein, daß er es wirklich geglaubt hat (und in gewissem Sinne stimmte es ja auch). Er soll diese Worte jedenfalls auch später immer wieder vor sich hingesagt haben, ob er nun allein war oder nicht.

Das hatte wohl auch sein Gutes; denn die Leute von Burleby machten sich diese so oft wiederholte Meinung zu eigen, zumal der Totschlag zwei Landfremde betraf, und so kam es, daß auch König Burro seinen Gefolgsmann für diese Tat nicht zur Rechenschaft zog. Nach dem landesüblichen Brauch hatte Rudimer ja durchaus Rechtens gehandelt, als er die Ehebrecher erschlug. Wer wollte nun, da beide tot waren, noch ihre Unschuld beweisen? König Burro ließ jedenfalls die Sache auf sich beruhen und soll nur gesagt haben: »Was so fragwürdig begann, mußte wohl auch fragwürdig enden.«

Nun, meine hübschen Damen und edlen Herren, was haltet ihr von solchen Bräuchen? Sollte man sie vielleicht wieder einführen? Da sehe ich doch, wie mancher vor Schreck die Farbe aus den Wangen verliert! Aber ihr braucht euch nicht zu ängstigen. Denkt doch einmal nach: Würde sich heutzutage eine Mehrheit für eine solche Gesetzesvorlage finden lassen? Hört also in Ruhe, was danach weiter geschah.

Eine Zeitlang war diese Geschichte natürlich in aller Munde und drang schließlich auch über die Grenze in das Land der Friesjackenleute. Und hier brachte es Rudimer wenig Vorteil, wenn man erzählte, daß er die Königstochter und Roger nur deswegen erschlug, weil sie sich diesem Mann hingegeben habe. Als diese Geschichte König Belegar zugetragen wurde, sprang er auf, daß sein Hochsitz polternd umstürzte, raufte sich das Haar und schwor, jenen Mann zur Rechenschaft zu ziehen, der dies seiner Tochter und einem seiner liebsten Gefolgsleute angetan hatte.

Darüber kam Rudimer nichts zu Ohren, aber er lebte dennoch seit dieser Tat in Unrast. Obwohl man ihm in Burleby nichts weiter nachtrug, schwand doch rasch sein Ansehen, und die Leute begannen, ihm aus dem Weg zu gehen. So trieb er sich zumeist auf den ferngelegenen Weiden in den Ödbergen herum, und dort lauerten ihm ein Jahr nach dem Totschlag Belegars Männer auf, brachten ihn in ihre Gewalt und führten ihn gefesselt vor ihren König.

Bei dem Bericht über das nun folgende Gespräch zwischen Belegar und Rudimer will ich mich treu an die Worte halten, die in der alten Saga überliefert sind; denn sie scheinen mir bemerkenswert genug zu sein. Belegar soll demnach gesagt haben: »Daß du meinen lieben Gefolgsmann Roger erschlagen hast, will ich dir nachsehen, obwohl mir das schwer genug fällt. Aber ich kann verstehen, daß du im Zorn das Schwert gegen einen Nebenbuhler gezogen hast, der Roger in gewissem Sinne sogar war. Aber für den Tod meiner Tochter mußt du mir jetzt Rechenschaft ablegen, und dabei will ich mich an mein Wort halten, dir alles zu geben, was du ihr gegeben hast. Oder kannst du deine Tat rechtfertigen?«

Rudimer blickte ihn trotzig an und sagte: »Deine Tochter war eine Hure. Nicht nur, daß sie mir gleich bei unserer ersten Begegnung zu Willen war; sie hat sich auch diesem Roger hingegeben.«

»Und was siehst du darin Böses?« fragte Belegar. »Ein volles Jahr warst du mit ihr verheiratet und weißt noch immer nicht, daß diese Redensart bei uns bedeutet, sich unter den Schutz eines anderen zu stellen? Hast du Maras Sprache so wenig geachtet?«

Erst in diesem Augenblick fiel es Rudimer wie Schuppen von den Augen oder besser: es sprang ihm wie Pfropfen aus den Ohren. Ein Jahr, nachdem er sein Weib erschlagen hatte, erkannte er nun ihre Unschuld*, senkte den Kopf und schwieg.

Da legte ihm Belegar die Hand auf die Schulter und sagte: »Ich lege nun meine Hand auf dich, Rudimer.«

Rudimer blickte überrascht auf, schien noch einmal Hoffnung zu fassen und sagte: »Wie soll ich das verstehen?«

»Wie du es immer verstanden hast«, sagte Belegar. »Nachdem sich meine Tochter bei eurer ersten Begegnung deinem Sprachgebrauch gefügt hat, will auch ich jetzt das gleiche tun.« Nach diesen Worten ließ er Rudimer vor sein Haus führen und totschlagen.

Ein trauriges Ende, wie ihr hört, meine lieben Damen und Herren, aber auch eine lehrreiche Geschichte, die euch zeigen

* Hier steht nun der Satz fast wörtlich in Hadubalds Version. Diese durch sein Zitat belegte Textstelle läßt übrigens darauf schließen, daß sich der sehr viel jüngere Erzähler des Schluß-Fragments in der Tat zumindest in dieser Episode eng an die alte Überlieferung gehalten hat.

kann, wohin es führt, wenn einer glaubt, er wisse schon, was der andere mit seinen Worten meint. Achtet also künftig genau auf das zärtliche Geflüster eurer Liebsten, meine Herren, und ihr, schöne Damen, glaubt nicht gleich alles, was euch die Herren ins Ohr raunen.

B., am 15. Oktober

Liebe Freundin,

nachdem Sie mir die Freude bereitet haben, mich auf entsprechende Weise zu titulieren, nehme ich mir mit Vergnügen das Recht, auf gleiche Weise zu antworten. Es ist doch merkwürdig: Seit unserer für mich eher schmerzhaften Gips-Begegnung habe ich mich ständig mit Ihnen unterhalten, so daß mir die *Freundin* ohne Stocken aus der Feder fließt (einem alten Hagestolz wie mir, bedenken Sie das mal!).

Sie fragen mich in ihrer geradezu schon postwendend geschriebenen Antwort, was das eigentlich für Herren und Damen gewesen seien, an die sich der Erzähler des Schluß-Fragments der Rudimer-Saga wendet. Genau das gleiche habe ich Erwin gefragt, der in der Geschichte der Vor-Literatur schon viel besser zu Hause ist als ich. Dieser Text stammt also, wie ich Ihnen schon schrieb, aus einer viel späteren Epoche, in der diese Geschichten, die ursprünglich wohl die Erinnerung an die merkwürdigen Geschicke der Vorväter und auch an ihre Bräuche bewahren sollten, in Abendgesellschaften zum Amüsement feiner Herrschaften vorgetragen wurden, die im übrigen, was sich im Text ja andeutet, einen recht lockeren Lebenswandel geführt haben dürften. Was diese Leute an jenen alten Geschichten reizte, war wohl die unverblümte Schilderung von Liebeshändeln und grausigen Bluttaten, die ja der Erzähler mit einigem Geschick auszumalen versteht. Aber man sollte diesen Geschichtenerzähler nicht unterschätzen, obwohl er seinem Publikum auf diese Weise entgegenzukommen scheint. Zugleich spielt er auch die Rolle eines Hofnarren, der den Zuhörern durch seine Fragen und Zwischenbemerkungen unversehens einen Spiegel vorhält. Vor allem weiß er noch, wie gefährlich es sein kann, Sprache nicht genau zu nehmen, und allein schon dieser Zug rechtfertigt meiner Meinung nach die Mühe, diesen Text für Sie wiederhergestellt zu haben.

Was Sie allerdings dann weiterhin über diese Geschichte schreiben, hat mich in ziemliche Verwirrung gestürzt. Wenn ich Sie recht verstanden habe, halten Sie die Szene am Bach überhaupt nicht für ein Mißverständnis. ›Wenn diese Mara nicht mit Rudimer hätte schlafen wollen‹, schreiben Sie, ›dann hätte sie ihm doch nur zu sagen brauchen, wie sie ihre Redensart gemeint hatte‹, und dann setzen Sie noch hinzu: ›Vielleicht gefiel er ihr!‹ Ehrlich gesagt: Ich war ein bißchen schockiert über soviel Direktheit, meine Liebe! Sie meinen also, sie hätte dieses Mißverständnis bewußt akzeptiert oder sogar herausgefordert? Dann frage ich Sie: Warum hat Mara dann diese Formel noch einmal gebraucht, als sie – nach Ihrer Deutung – eigentlich hätte wissen müssen, daß dies sie das Leben kosten würde? Ich bin schon gespannt, wie Sie sich aus diesem Dilemma herauswinden wollen.

Ich muß Ihnen ehrlich gestehen, daß diese Geschichte von Rudimer und Mara für mich bislang nicht viel mehr bedeutet hat als ein interessantes Beispiel für die Wandlung von Sprache und Ausdrucksweise in der Epoche nach Hadubalds großer Reform, eine Wandlung, die offenbar zugleich auch noch eine stark veränderte Einstellung zu diesen alten Texten nach sich zog (oder vielleicht auch die Folge dieser anderen Einstellung war?). In dem jüngeren Fragment deutet sich ja offenkundig schon an, daß man nicht mehr bereit war, sich von dem tragischen Ernst einer solchen Geschichte erschüttern zu lassen; die Zuhörer waren vielmehr darauf aus, ihre Lust an sensationellen oder makabren Ereignissen zu befriedigen.

All das war für mich jedenfalls in erster Linie nur von historischem Belang. Zu meiner nicht geringen Überraschung zeigt mir nun Ihr Brief, daß Sie diese alte Geschichte offenbar ganz persönlich betroffen macht. Ich gewinne fast den Eindruck, daß Sie sich weitgehend mit Mara identifizieren; jedenfalls scheint mir Ihre geradezu umstürzende Deutung von Maras Verhalten in diese Richtung zu weisen. Ich sagte schon anfangs, daß mich diese spontane Parteinahme zuerst ein bißchen schockiert hat (jetzt lachen Sie mich sicher aus!), und das mag wohl auch daran liegen, daß ich bisher ziemlich neben dem wirklichen Leben her gelebt habe. Wenn ich mir's jetzt noch einmal richtig überlege, dann berührt mich das einstweilen leider nur par distance geführte Gespräch mit Ihnen gerade deshalb so stark, weil Sie in diesen scheinbar so verstaubten Texten unversehens sinnlich-konkrete Wirklichkeit entdecken, die uns selbst in unserem Leben hier und jetzt zu betreffen scheint – ach, was sage ich alter Zauderer *scheint*, eigentlich will ich sagen: die uns in der Tat betroffen macht. Denn das haben Sie immerhin geschafft: daß ich in dieser Mara nicht länger bloß eine archaisch-literarische Figur sehe, sondern eine Frau, die für mich sogar schon ein wenig Ihre Züge anzunehmen beginnt (was um Himmels willen nicht heißen soll, daß ich Ihnen dieses schlimme Schicksal wünsche!).

Ehe ich mich zu weiteren Geständnissen dieser Art hinreißen lasse, will ich lieber berichten, was sich inzwischen hier ereignet hat. Zunächst einmal habe ich Amelies Bäckermeister besucht. Natürlich sprach ich ihn nicht im Laden an, sondern ging abends zu seiner Wohnung. Als ich ihm noch unter der geöffneten Tür Amelies Grüße ausrichtete, blickte er sich erschrocken nach möglichen Zeugen um, obgleich im Treppenhaus kein Mensch zu sehen war, zog mich dann rasch in die Wohnung und schloß die Tür. Er ist ein dicklicher, etwas ängstlich wirkender Mann mit der bleichen Haut der meisten Bäcker. Sobald er mich auf das Sofa in der guten Stube plaziert und mir ein gut gekühltes Bier eingeschenkt hatte, fragte er mich noch immer fast im Flüsterton, ob ich wisse, was mit der Lehrerin geschehen sei. »Ich habe sie noch warnen können«, sagte er, »aber ich fürchte, es war schon zu spät.«

Ich beruhigte ihn erst einmal und sagte ihm, daß Amelie in Sicherheit sei, ohne ihm allerdings zu verraten, wo sie untergetaucht ist.

»Da bin ich aber froh«, sagte er erleichtert. »Sie ist ein so liebes, nettes Fräulein und weiß so schöne Geschichten zu erzählen. Meine Tochter kann es noch gar nicht fassen, daß sie nicht mehr in die Schule kommen wird.«

»Ja«, sagte ich, »so bald wird sie wohl nicht zurückkehren. Vielleicht überhaupt nicht mehr.«

Der Bäckermeister empfand das wohl als einen Vorwurf. »Ich habe ja versucht«, sagte er niedergeschlagen, »ein paar gute Worte für sie einzulegen. Vielleicht hätten das auch noch andere in der Versammlung getan. Aber Sie wissen ja, wie das ist: Wenn einer erst mal behauptet hat, es seien staatsfeindliche Umtriebe im Gange, dann wagt keiner mehr den Mund aufzumachen.« Er zuckte mit den Schultern und sagte nach einer Pause: »Ich bin kein sehr mutiger Mann.«

Er tat mir leid, wie er so schuldbewußt auf seinem Stuhl hockte und nicht wußte, was er mit seinen Händen anfangen sollte. Ich versuchte, ihn zu trösten, und sagte, daß mit dieser Art von Mut wahrscheinlich auch nicht viel auszurichten gewesen wäre und ich überdies nicht hergekommen sei, um ihm Vorwürfe zu machen.

Er schenkte mir Bier nach und sagte: »Was ist das für eine Welt, in der man den Kindern nicht einmal mehr diese harmlosen Märchen erzählen darf?«

»Ob man diese Geschichten für harmlos hält«, sagte ich, »hängt vom Standpunkt ab, von dem aus man sie betrachtet. Die Leute in der Sprachüberwachungsbehörde meinen nun einmal, die Wirklichkeit bestünde nur aus Dingen, die man anfassen oder zumindest exakt beschreiben kann, und sie können es nicht leiden, wenn man ihre Worte in Zweifel zieht. War Ihnen das nicht klar?«

»Irgendwie schon«, sagte er. »Aber ich hatte das nicht mit diesen Märchen in Verbindung gebracht, obwohl ich jetzt allmählich zu begreifen beginne, daß sie nicht so eindeutig sind, wie man das heutzutage gern hat. Da war aber diese Lehrerin ziemlich leichtsinnig, so etwas den Kindern zu erzählen!«

»Nein«, sagte ich, »das war sie nicht; denn sie wußte genau, was sie tat und in welche Gefahr sie sich begab. Aber sie hielt das für notwendig, wenn aus den Kindern ihrer Klasse nicht nur Apparate werden sollten, die alles, ohne nachzudenken tun und glauben, was man ihnen sagt. Wollen Sie, daß Ihre Tochter so wird?«

Er schüttelte langsam den Kopf und sagte: »Es tut mir jetzt doppelt leid, daß sie den Kindern keine Geschichten mehr erzählen kann.«

»Wegen dieser Geschichten bin ich eigentlich gekommen«, sagte ich. »Zumindest wegen eines Märchens, das sie den Kindern nicht mehr erzählen konnte. Wollen Sie's hören?«

Ehe er noch antworten konnte, klingelte es an der Wohnungstür. Der Bäcker blickte mich irritiert an, sagte aber nichts, sondern stand auf und ging hinaus. Dann hörte ich, wie er draußen die Tür öffnete und gleich darauf einen Wortwechsel, so als wolle er jemanden kurz abfertigen, der sich aber nicht abfertigen ließ; denn gleich darauf kam der Bäcker zurück, und hinter ihm trat ein Mann ein, der schon auf den ersten Blick den Eindruck einer Amtsperson erweckte. Die graue, überkorrekte Kleidung, das unverbindlich-dienstliche Gehaben und der rasche, alles registrierende Blick, mit dem er sich im Zimmer umschaute, ließen daran keinen Zweifel. »Ach, Sie sind nicht allein?« sagte er.

»Nein«, stammelte der Bäcker. »Ein Besucher ...«

»Ein Besucher?« wiederholte der Mann spöttisch. »Vielleicht sogar ein Freund?« Er schaute mich mit seinen humorlosen Augen prüfend an und fügte, an mich gewandt, hinzu: »Später will ich mich auch noch mit Ihnen unterhalten. Sie können einstweilen sitzen bleiben. Sie stören mich nicht.« Dann tat er so, als sei ich nicht mehr vorhanden, und sagte zu dem Bäcker: »Also noch einmal: Ich komme im Auftrag der örtlichen Sprachüberwachungsbehörde, um Ihren Fall zu untersuchen.«

»Meinen Fall?« sagte der Bäckermeister verwirrt. »Wieso bin ich ein Fall?«

»Das sollten Sie nicht fragen«, sagte der Mann. »Wer ein Fall ist, haben wir zu entscheiden, und das will ich ja gerade tun.« Er setzte sich, ohne um Erlaubnis zu bitten, an den Tisch und forderte den Besitzer dieser Wohnung mit einer knappen Handbewegung auf, das gleiche zu tun. »Wir hören«, sagte er dann und blickte dabei in sein Notizbuch, »daß Sie in der Versammlung des Elternbeirates für jene pflichtvergessene Lehrerin eintreten, die lehrplanwidrige Texte verbreitet und ihre Dienstpflicht dermaßen vernachlässigt, daß sie nicht einmal mehr zum Unterricht erscheint.«

Jetzt wußte ich, worum es ging, und ich gestehe Ihnen ehrlich, daß ich im ersten Augenblick am liebsten davongelaufen wäre, um nicht in diese Sache hineingezogen zu werden. Aber als ich dann sah, wie dieser arme Bäckermeister zitternd wie ein verängstigtes Kaninchen in das teilnahmslose Gesicht des Befragers starrte, packte mich zum Glück ein kalter Zorn auf diesen widerwärtigen Kerl, und ich blieb sitzen.

Der Bäcker versuchte inzwischen, sich zu sammeln, und warf mir einen hilfesuchenden Blick zu, ehe er sich wieder dem Befrager zuwendete. »Was wollen sie von mir?« sagte er stockend. »Ich bin nur ein unwissender Handwerker.«

Der Befrager blickte ihn kalt an (wie eine Schlange, die sich ihres Kaninchens schon sicher ist, dachte ich) und sagte: »Ob Sie unwissend sind, soll sich erst herausstellen. Was wissen Sie zum Beispiel über die Methoden dieser Lehrerin? Für einen Befragten ist es übrigens stets nützlich, offen zu antworten.«

»Das will ich gerne tun«, sagte der Bäcker. »Sie ist eine tüchtige Lehrerin, die nur Gutes für ihre Kinder im Sinn hat. Ich glaube, sie handelt stets aus Liebe zu den Schülern, die ihr anvertraut sind.«

»Liebe?« sagte der Befrager und zog befremdet die Augenbrauen hoch. »Was soll dieses Wort besagen? Soll das heißen, daß sie allzu nachgiebig ist? Daß sie es an der nötigen Strenge fehlen läßt? Oder wollen Sie damit womöglich andeuten, daß sie sich physisch zu Kindern hingezogen fühlt?«

Jetzt wurde es mir zu bunt. Ich weiß nicht, woher ich den Mut nahm, mich einzumischen (vielleicht nur aus meinem steigenden Zorn heraus), aber ich tat es jedenfalls zu meinem eigenen Erstaunen und sagte: »Mein Herr, ich habe den Eindruck, daß es Ihrem Sprachverständnis an der nötigen Eindeutigkeit mangelt. Der Befragte hier hat klar und deutlich von Liebe gesprochen, und unsere Wörterbücher verknüpfen mit diesem Wort die Bedeutung einer positiven persönlichen Zuwendung. Es ist mir unbegreiflich, wie selbst ein niederer Beamter der örtlichen Sprachüberwachungsbehörde ein dermaßen unscharfes Verständnis von Wörtern an den Tag legen kann. Es würde mich interessieren, Ihren Ausweis zu sehen.«

Als ich das sagte, fiel dem Befrager vor Verblüffung nicht nur die Kinnlade herunter, sondern auch der Bleistift aus der Hand, den er eben gezückt hatte, um sich Notizen zu machen. Er starrte mir entgeistert und dann mit zunehmender Wut ins Gesicht und kam wahrhaftig ins Stottern, als er schließlich sagte: »Was fällt Ihnen ein, mein Verhör zu unterbrechen? Wer sind Sie überhaupt, Sie …«

Offenkundig suchte er nach einer möglichst despektierlichen Bezeichnung, doch nun begann mir diese Sache unbegreiflicherweise Spaß zu machen, und ich sagte, ehe ihm ein geeignetes Wort eingefallen war: »Sprechen Sie lieber nicht weiter, sonst könnte dieses Gespräch bedauerliche Folgen für Ihre Karriere nach sich ziehen, mein Herr«, und das Ganze noch immer in äußerst höflichem Ton.

Jetzt endlich fand er seine Sprache wieder und sagte mit bebender Stimme: »Wollen Sie mich daran hindern, meine Pflicht zu tun?«

»Oh, durchaus nicht«, sagte ich heiter. »Nur scheint mir, daß ein Mensch mit derart uneindeutigen Begriffen sich nicht für eine solche diffizile Befragung eignet. Oder sind Sie da anderer Meinung?«

Nun verlor der Befrager endgültig seine Beherrschung und lief vor Wut rot an. »Was sollen diese Scherze?« schrie er. »Der Spaß vergeht Ihnen schon noch! Wer sind Sie?« und er fischte am Boden nach seinem Bleistift, um sich meinen Namen sofort zu notieren.

»Das will ich Ihnen gern sagen«, antwortete ich in aller Ruhe, nachdem er wieder mit noch stärker gerötetem Gesicht hinter dem Tisch aufgetaucht war. »Ich bin Beamter im höheren wissenschaftlichen Dienst am Institut für Nutzung der Gegenwartssprache und war eben damit beschäftigt, diesen Herrn hier in der gleichen Sache wie Sie zu befragen, allerdings auf etwas sachkundigere und eindeutigere Weise, wenn ich mir diese Bemerkung erlauben darf«, und dabei zog ich meinen Ausweis aus der Tasche und hielt ihn dem Kerl vor die Nase, jedoch so, daß er zwar die Bezeichnung meiner Dienststelle entziffern, aber nicht meinen Namen lesen konnte.

Das Ganze war natürlich eine ungeheure Frechheit, die ich mir noch vor wenigen Augenblicken selbst nicht im Traume zugetraut hätte, aber nun war sie einmal heraus und zeitigte eine geradezu erstaunliche Wirkung. Der Befrager klappte buchstäblich in sich zusammen wie ein schlampig aufgestelltes Kartenhaus. Für eine Weile hing er blöde glotzend wie eine Gliederpuppe auf seinem Stuhl, dann sammelte er mühsam seine Körperteile auf, erhob sich schwankend zu einer devoten Verbeugung und stammelte: »Weiß ja nicht, daß schon höhere Dienststellen ... will mich nicht einmischen ... handle ja nur im Auftrag ... Dienstweg offenbar nicht eingehalten ... stehe selbstverständlich zu Ihrer Verfügung ... führe sorgfältig Protokoll.«

Jetzt hätte er mir schon fast leid getan, wenn mir nicht sein Auftreten zuvor noch deutlich genug im Gedächtnis geblieben wäre. »Nicht nötig«, sagte ich also. »Ich bin gewohnt, meine Notizen selbst mit der erforderlichen Eindeutigkeit« (bei diesem Wort brach er schon wieder fast zusammen) »zu formulieren. Sie können gehen.«

Nun, er wankte gebrochen davon, gefolgt von dem Bäcker, der mir einen Blick des Entsetzens zuwarf, ehe auch er die Stube verließ, um den Befrager vor die Tür zu expedieren. Ich kippte, sobald die beiden draußen waren, erst einmal mein Bier hinunter, und als dann der Bäcker mit zitternden Knien, als ginge es zu seiner Hinrichtung, wieder die Stube betrat, kam mir das alles unsäglich komisch vor, und ich fing dermaßen an zu lachen, daß der biedere Meister mich wohl zunächst für komplett übergeschnappt gehalten haben muß. Dann fing er langsam an zu begreifen und stimmte erst zögernd und dann immer kräftiger in mein Gelächter ein, haute sich auf die fetten Schenkel, lachte und lachte, und auch ich konnte gar nicht mehr aufhören und wieherte wie eine rossige Stute. Von diesem Lärm wachte schließlich die Bäckerstochter auf, stand plötzlich barfuß und im Nachthemd in der Stube und sagte: »Was ist denn hier so komisch? Ich will auch lachen. Oder seid ihr betrunken?«

So endete dieser ziemlich aufregende Abend damit, daß ich den beiden doch noch das Märchen von dem Ding, das wie ein Ei aussah, erzählen konnte, und nun hatte auch das Mädchen etwas zum Lachen. »Es wäre doch langweilig«, sagte es schließlich, »wenn ein Ding immer nur das wäre, wonach es aussieht. Aber ich glaube, unser neuer Lehrer wird diese Geschichte nicht mögen. Er tut immer so, als wisse er alles ganz genau.«

»Dann erzähl sie ihm lieber nicht«, sagte ich und versprach zum Abschied, bei Gelegenheit mit einer neuen Geschichte wiederzukommen. Sie sehen, meine Liebe, nun bin ich sozusagen auch schon ein bißchen im Außendienst beschäftigt und hatte einen Grund, am nächsten Abend wieder einmal meinen Freund Erwin zu besuchen.

Ich traf ihn in seinem Badezimmer an, wo er am Waschbecken vor seinem Schreibpult saß und auf einem Blatt Papier alle möglichen Stempel ausprobierte. »Was machst du da?« fragte ich. »Nach philologischen Studien sieht das nicht aus.«

»Im Augenblick befindest du dich hier in einer Fälscherwerkstatt«, sagte er. »Amelie hat mir geschrieben, sie könnte in G. bei dem alten Schulmeister als Hilfslehrerin arbeiten, aber dazu braucht sie natürlich andere Papiere.«

»Natürlich?« sagte ich befremdet. »Und die machst du ihr einfach?« Dabei merkte ich wieder einmal, wie tief mir mein ordentliches Beamtendasein noch immer in den Knochen sitzt.

»Warum nicht?« sagte Erwin gleichmütig. »Soll ich sie dort hinter den Wäldern versauern lassen? Amelie braucht den Umgang mit Kindern, und vor allem brauchen Kinder eine Lehrerin wie sie. Das ist doch wohl wichtiger als dieser amtliche Papierkram. Ich kriege das schon hin. Da gibt es einen Freund im Einwohnermeldeamt ...«

»Ich kann mir's schon denken«, sagte ich. »An Freunden hast du offenbar keinen Mangel. Löst er gern Rätsel oder mag er lieber Märchen?«

»Beides«, sagte Erwin grinsend. »Aber vor allem ist er ein Blödler.«

»Ein Blödler?« sagte ich verblüfft. »Was ist denn das nun wieder?«

»Schwer zu erklären«, sagte Erwin. »Man könnte sagen, einer der die höheren Weihen der Vieldeutigkeit empfangen hat. Du wirst ihn schon mal kennenlernen, und dann soll er dir's selber zeigen. Laß mich erst mal diese Papiere fertigmachen.«

Ich ließ ihn also weiterwerkeln mit seinen Stempeln und amtlichen Vordrucken und erzählte ihm dabei von meinem Erlebnis bei dem Bäckermeister. Als ich zu dem Punkt kam, an dem ich in die Befragung eingegriffen hatte, hob er den Kopf und blickte mich verwundert an. »Du machst dich«, sagte er, aber später, nachdem er den Rest erfahren hatte, fügte er hinzu: »Sei froh, daß es nur ein kleiner Fisch war, an den du da geraten bist.«

»Ein saurer Hering«, sagte ich lachend.

Erwin griente mich an. Doch dann wurde er unvermittelt ernst und setzte hinzu: »Es gibt auch Haie. Vergiß das nicht!« Dann stand er auf, schob seine Papiere zusammen und sagte: »Den Rest erledige ich drüben am Schreibtisch. Damit du nicht so tatenlos herumsitzt, suche ich dir eine Geschichte heraus, die du inzwischen lesen kannst.«

Er holte einen Mikrofiche aus dem Magazin, schob ihn in den Badeofen und räumte mir seinen Platz. Was ich dann zu lesen bekam, schien mir so bemerkenswert, daß ich diesen Text für Sie aufgeschrieben und diesem Brief beigelegt habe. Jedenfalls war ich ziemlich nachdenklich, als ich später zu Erwin ins Wohnzimmer zurückkehrte. »Jetzt weiß ich«, sagte ich, »was du vorhin mit den Haien gemeint hast. Aber das muß man wohl riskieren.«

»Ja«, sagte Erwin. »Aber ich mag nicht, daß du blind ins Messer rennst. Diesmal hast du Glück gehabt oder deinen Gegner richtig eingeschätzt. Das zweite wäre mir übrigens lieber. Wäge also deine Chancen beim nächsten Mal vorher ab, ehe du dich von deinem Zorn hinreißen läßt.«

»Ich will's versuchen«, sagte ich. »Jedenfalls hat es mir Spaß gemacht, diesen dämlichen Befrager mit seinen eigenen Waffen zu schlagen.«

»Die sind nicht alle dämlich«, sagte Erwin und betrachtete mich eine Weile nachdenklich. Dann fragte er unvermittelt, ob ich mir nächste Woche ein paar Tage freinehmen könne, und als ich nickte (ich habe meinen Urlaub noch nicht aufgebraucht), sagte er, daß er diese gefälschten Papiere nur ungern der Post anvertrauen würde, und fragte mich, ob ich sie Amelie selbst bringen könne.

Ich hätte natürlich auf jeden Fall zugesagt, aber ich kann Ihnen nicht verhehlen, daß ich es mit besonderem Vergnügen getan habe, weil ich auf diese Weise in Ihre Nähe komme. Am Donnerstag nächster Woche werde ich also hier den Frühzug nehmen und dann nach der üblichen Umsteigerei gegen zwei Uhr nachmittags in L. ankommen. Vielleicht können Sie mir noch rasch schreiben, ob ich Sie schon an diesem Tag treffen kann. Ich freue mich ungeheuer darauf, Sie wiederzusehen und mit Ihnen zu sprechen.

In der lächerlichen Ungeduld eines jungen Mannes, der sein erstes Rendezvous erhofft

Ihr
Albert S.

Die Geschichte vom Tyrannen Kratos

Kratos, der Tyrann von Areia, hielt sich viel darauf zugute, daß in seinem Herrschaftsbereich jedes seiner Worte gleich einem Gesetz zu gelten hatte, mochte der Anschein noch so viel dagegen sprechen, und jeder tat gut daran, sich danach zu halten, wenn ihm sein Leben lieb war.

So begegnete Kratos einmal, als er am frühen Morgen über seine Insel ritt, einem Bauern, der mit einer Gerte einen Esel vor sich hertrieb. Kratos, der wohl den Schlaf noch nicht ganz aus seinen Augen gerieben hatte, hielt seinen Hengst an, sah dem Bauern eine Weile zu, wie er sich mit dem störrischen Tier abmühte, und sagte dann: »Weißt du nicht, du Tölpel, daß du ein Pferd am Halfter führen mußt, wenn es brav mit dir gehen soll?«

Der Bauer blickte ihn befremdet an und sagte: »Herr, dies ist doch ein ...« Weiter kam er nicht, denn Kratos unterbrach ihn mit einer heftigen Handbewegung und sagte: »Du willst doch wohl nicht behaupten, dies sei kein Pferd?«

Da erschrak der Bauer, besann sich und antwortete: »Nein, Herr. Wenn du es sagst, wird es schon ein Pferd sein«, knüpfte aus einem Strick ein Halfter und versuchte, es dem widerspenstigen Esel über den Kopf zu streifen, während die Leute auf der Straße stehenblieben und lachten.

»Siehst du«, sagte Kratos, »so machst du das richtig. Was hast du überhaupt vor mit diesem Pferd?«

»Ich will es verkaufen«, sagte der Bauer.

Da wendete sich Kratos an die Zuschauer und sagte: »Was

steht ihr hier herum und lacht? Habt ihr nicht gehört, daß dieser brave Mann ein Pferd zu verkaufen hat? Wer macht das erste Gebot?«

Wie er sie nun so gebieterisch anblickte, traute sich keiner der Leute zurückzustehen. Niemand wagte, das angemessene Gebot für einen Esel abzugeben, sondern der erste nannte gleich den mindesten Betrag, zu dem man ein Pferd hätte ersteigern können, und nun mußten unter den strengen Augen des Tyrannen alle anderen einander noch weiter überbieten, damit kein Zweifel entstand, daß jeder den Esel für ein Pferd hielt. So ging der Bauer schließlich, nachdem er seinen Esel auf diese Weise losgeschlagen hatte, mit einem hübschen Gewinn nach Hause, von dem Kratos allerdings gleich die Hälfte als Steuer einziehen ließ.

Ein anderes Mal brachten seine Soldaten einen Mann namens Nikenor angeschleppt, weil sie ihn dabei ertappt hatten, wie er aufrührerische Reden gegen den Tyrannen führte. Ehe sie noch ihre Anklage vorbringen konnten, begrüßte Kratos diesen Nikenor wie einen Freund, schloß ihn in die Arme und rief: »Wie freue ich mich, dich zu sehen, wackerer Nikenor! Keiner auf der ganzen Insel steht so treu zu mir wie du!«

Nikenor war dermaßen verblüfft, daß es ihm die Sprache verschlug. Der Anführer der Soldaten wollte jedoch Einwendungen machen und sagte: »Herr, du täuschst dich. Dieser Nikenor ist alles andere als ...« Was er noch hatte sagen wollen, blieb ihm im Halse stecken, denn Kratos blickte ihn drohend an und sagte: »Willst du meine Worte bezweifeln?«

Da erschrak dieser sonst als furchtlos und hart bekannte Mann zu Tode und stammelte: »Nie würde ich das wagen, Herr. Du hast wohl recht, wenn du Nikenor deinen Freund nennst.«

»Siehst du«, sagte Kratos, »ich kenne meine Untertanen

besser als du« und ließ Nikenor, der überhaupt nicht wußte, wie ihm geschah, an seiner Seite Platz nehmen. Er bewirtete ihn aufs reichlichste, so daß jedermann sehen konnte, wie vertraut er mit diesem vermeintlichen Aufrührer war, und sagte, während sie zusammen schmausten: »Mein Freund, du wärst der letzte, der hierzulande sein Leben riskieren würde, indem er sich gegen mich stellt«, und Nikenor blieb nichts anderes übrig als zu nicken und auf das Wohl des Tyrannen zu trinken; denn er hatte nicht die Absicht, sein Leben so schnell zu verlieren. Schließlich entließ Kratos seinen Gastfreund mit reichen Geschenken.

Als Nikenor in die Stadt zurückkam, wendeten sich die Leute von ihm ab, vor allem jene, die mit der Tyrannenherrschaft des Kratos nicht einverstanden waren. Aber auch die anderen lachten über ihn und sagten: »Der redet auch nur, so lange es nicht hart auf hart geht.« Viele hielten ihn sogar seither für einen Spitzel, der durch seine falschen Reden die Meinung der Leute hatte erforschen wollen, um sie seinem Freund Kratos zu verraten.

Da auf diese Weise auch die Geschäfte des Nikenor (er war Sattler) zurückgingen, war er gezwungen, als Soldat in die Leibgarde des Kratos einzutreten. Der Tyrann erwies ihm auch dann noch manche Freundlichkeit, erhob ihn sogar zum Befehlshaber der Wache, und in dieser Stellung kam Nikenor schließlich bei einem Aufstand gegen seinen Herrn durch einen letzten verirrten Pfeil ums Leben, nachdem es ihm gelungen war, mit seinen Soldaten die Aufrührer zu schlagen. »Habe ich nicht schon immer gesagt, daß dieser Nikenor der treueste der Treuen gewesen ist?« soll Kratos bei seiner feierlichen Bestattung gesagt haben.

Auf diese Weise behielt er jedenfalls immer recht, bis er eines Tages an einen Spaßvogel geriet. Dieser Mann, ein Geschichtenerzähler namens Tychos, lebte hier und dort und kam, wenn er Lust dazu hatte, auf den Markt, setzte sich in den Schatten einer Hausmauer und brauchte dann nicht lange zu warten, bis sich Zuhörer um ihn gesammelt hatten; denn seine Geschichten waren abwechslungsreich und witzig.

Als er nun eines Morgens wieder dort saß, kam der Tyrann nach seiner Gewohnheit mit seiner Leibwache über den Markt geschlendert und blieb bei ihm stehen, um ihm eine Weile zuzuhören. Tychos blickte kaum auf, obgleich er Kratos sehr wohl bemerkt hatte, und fuhr fort: »Dieser Pernix hielt sich nun für sehr schlau, und da er über die Leute der Insel Kalinos herrschen wollte, sagte er zu ihnen: ›Den lieben langen Tag streitet ihr euch miteinander über dieses und jenes. Da braucht einer von euch nur auf dem Markt ein Huhn zu kaufen, und schon fängt das Geschrei an mit Feilschen, Schimpfen und Haareausraufen. Allein schon die verlorene Zeit könnte man nützlicher verbringen. Wie wäre es, wenn ihr einen bestimmen würdet, der das alles für euch regelt und euch sagt, was ihr tun sollt? Dann hätte aller Streit ein Ende.‹

›Klug gesprochen‹, antwortete einer mit Namen Lorgos, ›aber wer soll dieser eine sein?‹

›Am besten jemand, der nicht von dieser Insel stammt und also nicht beeinflußt wird durch Freundschaft, Verschwägerung, Blutrache und dergleichen‹, sagte Pernix.

›Wahrhaft weise!‹ sagte Lorgos. ›Wir kennen aber nur einen Menschen, der aus der Fremde gekommen ist, und das bist du.‹

›Um so besser‹, sagte Pernix. ›Dann wird euch die Wahl nicht schwerfallen.‹

›Und es gibt um diese Sache nicht gleich wieder einen neuen Streit‹, sagte Lorgos. ›Reden wir also einmal von dir. Würdest du dieses Amt übernehmen wollen?‹

›Warum nicht?‹ sagte Pernix. ›Ihr braucht nur eure Zustimmung zu geben.‹

›Nur nicht so eilig!‹ sagte Lorgos. ›Vielleicht sollten wir erst einmal ausprobieren, wie das wäre, wenn du dieses Amt innehättest.‹

›Von mir aus‹, sagte Pernix, ›probieren wir also‹, denn er hielt sich – wie schon gesagt – für ganz besonders schlau. ›Was schlägst du vor?‹

Lorgos bedachte sich eine Weile und sagte dann: ›Weil du vorhin gerade vom Handeln auf dem Markt geredet hast, das ließe sich gut machen. Du da, Bulbo, bist jetzt mein Pferd, und du, Makros, willst es kaufen. Wie stellst du das an?‹

Makros, ein langer, dürrer Laban, trat auf Bulbo zu, griff ihm in den Mund und betrachtete, abschätzig mit der Zunge schnalzend, seine Zähne. Dann zog er ihm das linke Lid herunter und studierte kopfschüttelnd die Farbe seiner Augäpfel. ›Gelb sind die‹, sagte er halblaut, ›furchtbar gelb. Hast ihm wohl faules Futter gegeben?‹ Dann betastete er Bulbos fette Schenkel, zuckte mit den Schultern und sagte eher beiläufig, daß er aus lauter Gutherzigkeit und weil Lorgos den Gaul sonst wohl nicht an den Mann bringen würde, allenfalls drei Silberstücke dafür springen lasse.

Die Zuschauer fingen an zu lachen, aber das lag wohl eher an Bulbo, der bei weitem der fetteste Mann im Ort war. Lorgos jedoch schrie auf wie ein gestochenes Schwein und zeterte: ›Drei lumpige Silberstücke? Willst du mich beleidigen? Dieses edle Roß hat mindestens den vierfachen Wert, und das weißt du ganz genau! Geh nicht auf den Markt, wenn du kein Geld hast, du Hungerleider!‹ das sagte er, packte Bulbo beim Kragen und wandte sich zum Gehen.

›Warte!‹ sagte Makros, kratzte sich am Kopf und blickte sinnend auf das Pferd namens Bulbo. Dann kniff er ihm in die Speckfalte im Nacken und murmelte, daß man vielleicht – guten Willen vorausgesetzt – auch vier Silberstücke dafür anlegen könne.

›Du verschwendest deine Zeit!‹ schrie Lorgos. ›Oder meinst du, ich hätte das Pferd auf den Markt gebracht, um es zu verschenken? Ein Geizhals bist du, der mich um meinen ehrlichen Besitz betrügen will! Zehn Silberstücke, sage ich, und keines weniger!‹

›Ein Geizhals?‹ brüllte jetzt Makros. ›Und auch noch ein Betrüger? Jedermann hier weiß, was für ein freigiebiger und ehrlicher Mann ich bin‹, und dabei blickte er in die Runde auf die grinsenden Gesichter der Zuschauer. Dann wendete er sich wieder Lorgos zu und keifte: ›Du aber bist überall als Halsabschneider und Roßtäuscher bekannt, das weiß doch jedes Kind! Und doch will ich dir für die Mähre fünf Silberstücke geben, nur um dich vor allen Leuten zu beschämen!‹

Und so feilschten und stritten die beiden weiter, gerieten einander zeitweise fast in die Haare, taten, als ob sie davongehen wollten, und riefen dabei über die Schulter dem anderen ein neues Angebot zu, bis sie sich schließlich schimpfend und lamentierend auf siebeneinhalb Silberstücke geeinigt hatten. Makros packte Bulbo am Gürtel, haute ihm mit der flachen Hand auf den Hintern, daß es nur so knallte, und sagte: ›Teuer genug habe ich dich von diesem Erpresser eingehandelt, du Fettsack!‹ während Lorgos seinem Pferd jammernd nachblickte und dem Käufer mit der Faust drohte. ›Übers Ohr gehauen hast du mich, weil ich zu gut bin!‹ schrie er ihm nach. Dann wendete er sich an Pernix und sagte: ›So ungefähr läuft dergleichen bei uns ab. Was willst du daran ändern?‹

›Warum sagst du zum Beispiel nicht gleich, wieviel dir das Pferd wert ist?‹ sagte Pernix. ›Du würdest dir viel Zeit und Ärger ersparen.‹

›Das habe ich doch gesagt!‹ antwortete Lorgos. ›In meinen Augen betrug der Wert des Pferdes genau zwölf Silberstükke.‹

›Ich verstehe das zwar nicht ganz‹, sagte Pernix, ›aber

wenn dem wirklich so ist, dann hätte Makros sein Angebot nicht so weit unter dem wirklichen Wert ansetzen dürfen.‹

›Hat er das?‹ sagte Lorgos. ›In seinen Augen war der Wert des Pferdes zunächst nicht höher als drei Silberstücke.‹

›Das begreife wer will!‹ sagte Pernix. ›Es handelt sich doch jedesmal um dasselbe Pferd! Und jetzt seid ihr beide jedenfalls unzufrieden und streitet womöglich noch wochenlang über diesen Handel, der euch beiden, wie ihr meint, zum Nachteil ausgeschlagen ist. Ich mache euch einen Vorschlag: Wer künftig etwas verkaufen will, kommt damit zu mir, ich setze den Preis fest, und damit ist die Sache erledigt.‹

Als die umstehenden Leute das hörten, schauten sie Pernix zunächst an, als habe er den Verstand verloren, und dann brüllten sie vor Lachen über eine solche Torheit. Pernix wurde jetzt allmählich wütend über die Begriffsstutzigkeit dieser Leute und fragte Lorgos, was es da eigentlich zu lachen gebe. Sein Vorschlag sei doch durchaus vernünftig.

›Vernünftig?‹ prustete Lorgos. ›Noch nie habe ich so etwas Verrücktes gehört!‹ Dann faßte er sich und sagte: ›Du mußt das so sehen: Ich habe eine bestimmte Vorstellung von dem Pferd, und Makros hat eine andere. Aber wer kann sicher sein, daß er die richtige hat? Also reden wir darüber, machen hie und da einen Abstrich oder eine Zugabe und treffen uns wahrscheinlich in etwa dort, wo vielleicht der wahre Wert liegen mag, den keiner genau kennt. Anders kann man doch unter vernünftigen Menschen gar nicht verfahren. Hast du je einen Menschen getroffen, der ohne Vorurteile über eine Sache entscheiden kann? Sollen wir uns also künftig deinen Vorurteilen beugen, statt die Sache in aller Ruhe unter uns auszumachen?‹

›In aller Ruhe!‹ rief Pernix. ›Gestritten habt ihr wie die Kesselflicker!‹

›Eben‹, sagte Lorgos. ›Und nicht einmal diesen Spaß willst du uns mehr gönnen. Dabei kommt man wenigstens miteinander ins Gespräch.‹ Und so streiten die Leute von Kalinos weiterhin Tag für Tag miteinander und finden das ganz vernünftig.«

Der Tyrann hatte sich diese Geschichte bis zum Ende angehört, und man konnte ihm anmerken, daß sie ihm mißfiel. »Warum erzählst du diese Geschichte, Tychos?« fragte er. »Willst du damit behaupten, daß kein Mensch die wahre Natur der Dinge erkennen kann?«

»Ich?« sagte Tychos und hob abwehrend beide Hände. »Das habe ich nicht behauptet. Ich habe nur erzählt, daß die Leute von Kalinos so dachten. Was du daraus für Schlüsse ziehst, ist deine Sache.«

»Du weichst mir aus«, sagte Kratos. »Wie ist deine eigene Meinung dazu?«

Tychos zuckte mit den Schultern. »Ist das für dich von Belang, Kratos?« sagte er. »Du weißt doch ohnehin alles und kannst entscheiden, was richtig ist. Wer könnte das sonst von sich behaupten? Ich habe nur meine eigene Ansicht von der Welt, aber ob sie richtig ist, weiß ich nicht.«

»Also bist du ein Lügner!« sagte Kratos. »Ein Lügner, dem man keinen Glauben schenken sollte.«

»Das hast du gesagt, Kratos!« antwortete Tychos lachend. »Ich hätte bei meinem Leben nicht gewagt, mich selbst als Lügner hinzustellen, nachdem ich eben deine Allwissenheit gerühmt habe, du großer Tyrann.«

Da merkte Kratos, daß er sich in der eigenen Schlinge gefangen hatte. »Bei deinem Leben?« sagte er böse. »Das kannst du haben!« und auf einen Wink des Tyrannen zog einer seiner Leibwächter das Schwert und stieß den Geschichtenerzähler nieder.

Diesem Text ist in einer zierlichen, offenbar wesentlich jüngeren Handschrift folgender Kommentar beigefügt:

Bei der Lektüre der Geschichte vom Tyrannen Kratos habe ich mich gefragt, in wessen Interesse sie eigentlich geschrieben ist. Der Erzähler ist offenbar nicht sonderlich von der Allwissenheit des Tyrannen überzeugt und scheint ihn zeitweise sogar dem Spott seiner Zuhörer preiszugeben. Dennoch steht Kratos am Ende stets als Gewinner da. Dieser Punkt gab mir besonders zu denken. Es ist, als wolle der Erzähler seinen Zuhörern mit einem gewissen Zynismus vor Augen führen: Was ihr auch von diesem Tyrannen halten mögt, er gewinnt am Ende doch immer, denn er hat die Macht. Wer kann ein Interesse gehabt haben, eine solche Meinung unter die Leute zu bringen? Seine Feinde? Je öfter ich die Geschichte las, desto mehr zweifelte ich daran.

Später fand ich anläßlich einer Seereise Gelegenheit, die Insel Areia zu besuchen. Dort nannte man mir einen alten Mann, der über dergleichen Geschichten Bescheid wisse. Ich besuchte ihn in seiner Hütte und fragte ihn, ob er die Geschichte vom Tyrannen Kratos kenne.

»Die halbe oder die ganze?« fragte er.

Ich sagte ihm, daß ich nicht wisse, ob die mir bekannte Version vollständig sei, und faßte in Kürze den Inhalt des voranstehenden Textes zusammen.

»Also nur die halbe«, sagte er. »Offenbar haben manche Leute eine Vorliebe für üble Geschichten.«

»Wie meinst du das?« fragte ich. »Was ist so schlecht an dieser Geschichte?«

»Hast du das nicht bemerkt?« sagte er. »Der Tyrann Kratos hat sie selbst ausstreuen lassen. Nein, er wußte nicht alles, aber so schlau war er schon, daß er sich vor den Leuten scheinbar bloßstellen ließ, nur um ihnen am Ende klarzumachen, daß sie gegen den Mächtigeren stets verlieren würden, was immer sie auch über ihn denken mochten. Aber das ist eben nur die halbe Geschichte. Du solltest dir aufschreiben, wie sie wirklich zu Ende geht. Hör also gut zu!« Und dann erzählte er folgendes:

Als der Geschichtenerzähler Tychos den Tyrannen in dessen eigener Schlinge gefangen hatte, ließ dieser ihn erschlagen, weil er es nicht ertragen konnte, einen Menschen am Leben zu wissen, der ihm die Unzuverlässigkeit seiner eigenen Worte bewiesen hatte. Kratos sorgte sogar dafür, daß auch diese Geschichte verbreitet wurde, weil er meinte, daß den Leuten mehr daran gelegen sei, ihr Leben zu bewahren, als dem Tyrannen zu widersprechen. Er war wohl der Meinung, daß die Bedeutung von Wörtern von der Macht dessen abhängt, der sie ausspricht.

Darin hatte er sich jedoch getäuscht. Über die Geschichte von dem Esel, der als Pferd verkauft wurde, hatten die Leute noch gelacht, und in der Sache mit Nikenor, der trotz seiner aufsässigen Reden sein Leben im Dienst des Tyrannen geopfert hatte, war ja offenbar geworden, daß Kratos eigentlich recht gehabt hatte, diesen Mann für treu zu halten. Der Tod des Geschichtenerzählers Tychos jedoch gab den Leuten zu denken, und das nicht nur deshalb, weil ihn alle gern gehabt und mit Vergnügen seinen Geschichten zugehört hatten. Tychos hatte zudem ja vor aller Ohren bewiesen, daß den Worten des Tyrannen nicht zu trauen war, was bis dahin mancher zwar vermutet haben mag, aber nie vor anderen Ohren laut geäußert hätte. Jedenfalls nahmen die Leute seither die Entscheidungen des Tyrannen nicht mehr fraglos hin. Nicht daß sie ihm ins Gesicht widersprochen hätten – dazu war ihnen ihr Leben zu lieb; aber wenn sie unter sich waren, fingen sie an, seine Worte anzuzweifeln und sich zu fragen, ob es gut sei, unter einem Tyrannen zu leben, der mit ihnen nach seinem Gutdünken verfuhr. Sind nicht auch wir fähig zu denken? sagten sie, und sind nicht auch wir der Sprache auf gleiche Weise mächtig wie dieser Kratos, der nur vorgab, stets das Richtige zu sagen, bis ihm Tychos das Gegenteil bewiesen hat? Wenn dieser Kratos also auch nicht mehr weiß als wir, dann wäre es besser, wenn wir künftig unsere Angelegenheiten auf ähnliche Weise regeln würden wie die Leute der Insel Kalinos, von denen uns Tychos berichtet hat.

Da nun viele sich diese Meinung zu eigen machten, blieb es diesmal nicht bei bloßen Worten, zumal auch die Soldaten, die beim Tod des Tychos zugegen gewesen waren, im nachhinein – wenn auch zu spät, was das Schicksal des Tychos betrifft – die vermeintliche Allwissenheit ihres Herrn zu bezweifeln begannen. Selbst jener, der auf einen Wink des Tyrannen allzu rasch zugestoßen hatte, bedauerte jetzt seinen Gehorsam und sagte das jedem, der es hören wollte.

So kam es, daß die Leute von Areia sich eines Tages ohne sonderlichen Aufruhr vor dem Hause des Kratos versammelten, um ihm in schlichten Worten mitzuteilen, daß sie seine Tyrannenherrschaft nicht mehr benötigten. Sie stellten ihn vor die Wahl, die Insel mit dem nächsten Schiff zu verlassen oder in Zukunft so zu leben wie jeder andere auch. Kratos entschied sich für die zweite Möglichkeit, wobei er vielleicht noch gehofft haben mag, daß es ihm durch seine Wortgewandtheit gelingen könne, mit der Zeit seine Macht wieder zurückzugewinnen. Einstweilen tat er sich ein Volk Hühner ein (selbst diese gehorchten seinen Worten nur sehr selten!) und verdiente damit seinen Lebensunterhalt. Mit der Überzeugungskraft seiner Rede scheint es allerdings doch nicht so weit her gewesen zu sein, denn man sagt, er habe bis zu seinem Lebensende täglich auf dem Markt gesessen, um Eier feilzubieten, und nicht einmal die besten; denn er scheuchte seine Hennen zu viel im Hof herum. Auf diese Weise hat ihn Tychos zuletzt doch noch besiegt.

B., am 20. Oktober

Beste Freundin,

nicht ohne Herzklopfen habe ich Ihrer erfreulich rasch eingetroffenen Nachricht entnommen, daß unser Rendezvous am Donnerstag, also übermorgen, zustande kommen wird. Wie soll ich diese zwei Tage überstehen? Indem ich mich in meine tägliche Arbeit stürze, die ich dann doch nur höchst unaufmerksam und unter häufigen Perioden pflichtvergessener Geistesabwesenheit erledigen werde? Nun, zunächst einmal, indem ich Ihnen gleich wieder schreibe, obzwar kaum Aussicht besteht, daß dieser Brief Sie noch vor meiner Ankunft erreicht. Vielleicht hat das auch sein Gutes; denn ich weiß aus Erfahrung, daß es mir zumeist besser gelingt, meine Gedanken schriftlich zu entwickeln, statt sie unmittelbar auszusprechen. Wenn ich dann vor Ihnen stehe, fällt mir womöglich überhaupt nicht mehr ein, was ich Ihnen sagen wollte.

Was Ihre Antwort auf meine Frage zu Maras Verhalten betrifft, so gebe ich mich endgültig geschlagen. Ihre Deutung ist von geradezu umwerfender, allerdings sehr weiblicher Logik, wenn Sie schreiben: ›Diese Frau hat sich Rudimer in jeder Bedeutung hingegeben, und dann muß sie erfahren, daß er dies nicht als Geschenk, sondern als eine Schmach empfindet. Etwas Schlimmeres kann einer Frau gar nicht passieren‹, und daraus den Schluß ziehen, daß Mara diese Formel bewußt ausgesprochen hat, weil sie sterben wollte. ›Was sind schon Formeln?‹ steht in Ihrem Brief zu lesen, und ich entdekke angesichts dieser Frage zu meiner Beschämung, daß ich mich noch immer viel zu sehr an die scheinbare Eindeutigkeit von Wörtern klammere, während Sie sofort begriffen haben, daß selbst Mara schon die Mehrdeutigkeit dieses Satzes durchschaut hatte. Es sieht so aus, als seien Frauen seit je den Männern in dieser Kunst überlegen gewesen.

Und ich glaubte, Sie über die Unsicherheit von Sprache belehren zu müssen! Nun sehe ich, daß wohl eher ich bei Ihnen in die Lehre gehen muß, wobei ich durchaus nicht nur an Philologisches denke; denn Ihre verblüffende und doch so konsequente Interpretation nimmt ihre Argumente aus einem Bereich, der bei mir weitgehend brachgelegen hat. Empfindung und Gefühl in die Deutung eines Textes einzubringen, schien mir bislang ungehörig und vom wissenschaftlichen Standpunkt aus nicht vertretbar. Aber Sie haben ja recht: Die Erzähler solcher Geschichten hatten wohl alles andere im Sinn, als Textmaterial für philologische Analysen zu liefern. Für mich ist das eine geradezu bestürzende Entdeckung, und ich fürchte, daß Sie noch weitere meiner Maximen ins Wanken bringen werden – doch was heißt *ich fürchte?* Eigentlich will ich sagen: Ich hoffe das von ganzem Herzen!

Ob Ihre so ungezielt hingesetzte Schlußbemerkung ›Seien Sie bitte vorsichtig!‹ sich auf diese Gefährdung meiner Grundsätze bezieht? Dann werde ich sie bestimmt nicht beherzigen! Aber jetzt fange ich wohl schon an zu phantasieren oder gar zu blödeln (davon später!). Ihre Mahnung zielt wohl eher auf meine Eskapaden bei unserem biederen Bäckermeister. Nun, ich glaube kaum, daß diese Komödie irgendwelche Konsequenzen nach sich ziehen wird; denn dieser Befrager wird wohl im Bewußtsein seiner Blamage kaum wagen, in meiner Dienststelle Erkundigungen einzuholen.

Dennoch hätte man mir im Institut um ein Haar meine Reisepläne verdorben. Es wurde nämlich unversehens eine Versammlung aller Bediensteten für Freitag anberaumt, die dann doch auf die kommende Woche verschoben werden mußte. Das wäre nun wirklich sehr ärgerlich gewesen, zumal ich Amelies neue Papiere schon bei mir habe.

Das war auch so eine komische Geschichte: Gestern abend komme ich zu Erwin, um die Produkte seiner Fälscherkunst in Empfang zu nehmen, und dort treffe ich jenen freundlichen Herrn aus dem Einwohnermeldeamt, der ihm dabei behilflich war. Er drückt mir die Hand und nennt einen Namen, den ich nicht recht verstanden zu haben meine; denn was der Mann sagt, hört sich wie ›Mehlhut‹ an. Er bemerkt meine Verwirrung und sagt: »Ja, Sie haben schon richtig gehört: Mehlhut oder besser: Melhut, nämlich ohne *h* im Mehl, sondern nur vor dem Hut. Ein sehr alter Name, müssen Sie wissen, daher die sonderbare Schreibung. Es gibt da übrigens zwei unterschiedliche Deutungen, die sich als dermaßen strittig erwiesen haben, daß meine Familie sich darüber in zwei Linien aufgespalten hat. Die hiesigen Melhüte führen sich zurück auf einen Brotausträger als Stammvater, was ja ohne weiteres einleuchtet. Man pflegte in früheren Zeiten schwere Lasten auf dem Kopf zu balancieren, wobei Männer, um eine durch die Reibung der Last geförderte vorzeitige Glatzenbildung zu vermeiden, mit Vorliebe einen Hut trugen. Es versteht sich, daß bei dieser Arbeit die Hutkrempe ständig von Mehlresten, wie sie oft noch an Brotlaiben haften, überrieselt wurde, und so kam es zu diesem Beinamen: Mehlhut oder in der unsicheren Orthographie der Alten *Melhut.* So jedenfalls diese Theorie. Die anderen – sie wohnen, wie Sie gleich begreifen werden, sehr viel weiter im Süden, sozusagen schon am Rande der Wüste – halten die Bestandteile des Namens für abgeschliffene Reste durchaus anderer Wörter, wobei, wie ich zugeben muß, das fehlende *h* in *Mel* eine recht plausible Erklärung erfährt. Diese fernen Verwandten meinen nämlich, dieses *Mel* sei gleichsam das Hinterteil von Kamel, und da nun Kamele kaum Hüte zu tragen pflegen, kann man im Rahmen dieser Hypothese vernünftigerweise nur weiter folgern, daß *hut* wohl gleichfalls verkürzt ist und in vollem

Wortlaut ursprünglich ein Hüter gewesen sein muß. Aber sagen Sie selbst: Wollen Sie der Abkömmling eines Kamelhüters sein?«

Was soll man auf eine solche Frage antworten? Ich blickte mich hilfesuchend nach Erwin um, der in der Tür stand und grinste. »Du hast mich doch neulich gefragt«, sagte er, »was ein Blödler ist. Jetzt weißt du's. Dergleichen improvisiert Helmut am laufenden Band.«

»Helmut?« sagte ich. »Wieso Helmut?«

»Ist doch ganz einfach«, sagte dieser Blödler vom Einwohnermeldeamt und blieb dabei, weiß der Himmel, noch immer todernst. »Schwesterlein – Lästerschwein, Eichenleiter – Leicheneiter, Helmut – Melhut. Siehst du, wie aus kessen Reimen neue Interessen keimen? Das kann doch jedes Kind!«

»Bin ich ein Kind?« sagte ich, wie ich zugeben muß, ein wenig ungehalten, weil ich allen Ernstes schon angefangen hatte, über die philologische Korrektheit dieser Namens-Ableitungen nachzugrübeln.

»Leider nicht«, sagte Helmut Melhut, »sonst hätten Sie vermutlich gelacht.«

»Entschuldigen Sie«, antwortete ich. »Wahrscheinlich reagiere ich deshalb noch ziemlich langsam, weil ich in den Gefilden der Vieldeutigkeit ein völliger Neuling bin. Ist das, was Sie da mit der Sprache treiben, auch eine Kunst aus der Epoche der Vor-Literatur?«

»Aber sicher!« sagte Helmut. »Es gibt sogar eine Art Anfänger-Lehrbuch von einem gewissen Hans W. Igel. In Erwins Badezimmer werden Sie ein Exemplar vorfinden.«

»Vielen Dank für den Hinweis«, sagte ich, notierte im Geiste diese Literaturangabe und begann mich nun ernstlich für diese merkwürdige Sprechweise zu interessieren. »Offenbar geht es beim Blödeln darum«, sagte ich, »die Mehrdeutigkeit von Sprachpartikeln bewußt im Sinne absurder Bedeutungsänderungen von Wörtern einzusetzen. Ist das richtig?«

»Sie haben's erfaßt!« sagte Helmut. »Sie können aber auch die absurde Sinndeutigkeit von Wortpartikeln bewußt zu bedeutend mehr Sprachänderungen einsetzen oder das absurde Wortbewußtsein unserer Bedeutungssprache durch mehr Partikel sinndeutend ändern, vielleicht auch die absurden Sinnpartikel bedeutsamer Sprache durch mehrdeutige Wortänderungen bewußt machen und schließlich sogar durch Sinnänderung des Bewußtseins bei der Partikeldeutung die absurden Bedeutungen von Wörtern mehren – das alles können Sie machen, wie Sie wollen, es sei denn, sie wollen es einstweilen nur so machen, wie Sie's können.«

Das war wohl für mich ein bißchen viel auf einmal; denn ich blickte ihn verwirrt an, versuchte seinen Darlegungen zu folgen, geriet dabei jedoch in labyrinthische Denkbahnen, die mich sonstwohin führten, nur nicht zum Verständnis dessen, was er äußerte. Erwin sah mir dabei zu und amüsierte sich königlich. »Gib dir keine Mühe«, sagte er lachend, »mit Logik und Philologie kommst du nicht weiter, wenn der Unsinn zum Prinzip erhoben wird.«

»Und wozu soll das gut sein?« fragte ich.

»Um den Leuten die Absurdität der Behauptung einer eindeutigen Sprache bewußtzumachen«, sagte Erwin. »Eine Art Lockerungsübung für das Sprachzentrum, wenn du so willst, und eine lustbetonte obendrein, die man nur spielerisch betreiben kann. Wenn die Leute erst einmal wieder das Blödeln gelernt haben, können die beschränkten Ideologen in der Sprachüberwachungsbehörde einpacken. Stell dir mal vor, was für herrlich absurde Texte man durch Blödeln aus amtlichen Verlautbarungen gewinnen könnte! Hast du dir als Kind nicht auch solchen lustigen Unsinn besser merken können als Schulbuch-Lehrsätze? So ist der Mensch nun einmal, und wer das nicht wahrhaben will, der handelt unmenschlich. Die Lust am Unsinn, das ist's, was wir brauchen!«

»Schlag das mal der Lehrplankommission vor«, sagte ich.

»Unnötig!« erwiderte Erwin. »Völlig überflüssig! Kinder können das ohnehin von selber. Wir brauchen nur Lehrerinnen wie Amelie, die ihnen das nicht durch den heutzutage herrschenden platten Realismus systematisch austreiben – womit wir beim eigentlichen Thema wären. Die Papiere sind fertig.« Er gab mir ein dickes Kuvert voller Papierkram, und den Rest des Abends verbrachten wir in seinem Badezimmer, wo Helmut mich in die Blödel-Literatur einführte, sehr zum Gaudium Erwins, der noch gar nicht gewußt hatte, welche Schätze dieses Genres sein Mikrofiche-Archiv birgt.

Dabei stießen wir auf einen kurzen Essay, von dem behauptet wird, daß er eine wesentliche Grundlage für die Große Nationale Sprachreinigung und die in ihrem Gefolge entstandene Eindeutigkeits-Ideologie gebildet habe. Offenbar waren die damaligen Theoretiker schon dermaßen in ihre Hypothesen verrannt, daß sie nicht mehr imstande waren, den Blödel-Charakter dieses Textes zu durchschauen (Ideologen, sagt man, sind gänzlich unfähig zu blödeln!). Ich lege ihn diesem Brief bei auf die Gefahr hin, daß Sie an meinem Verstand zu zweifeln beginnen, zumal wenn ich Ihnen zugleich auch noch bekenne, daß mir das Blödeln Spaß zu machen beginnt.

Auf übermorgen, verehrte, liebe Freundin, auf übermorgen! Ihr leicht aus den philologischen Fugen geratener

Albert S.

Grübelei über Spiridions Axiom

Spiridion Spalthirns Axiom bedenkend und also eigentlich nur – wie er gelehrt hat – meine eigenen, höchst persönlichen Gedankenbahnen abschreitend, komme ich zu der Erkenntnis, daß ich überhaupt nicht wissen kann, wie er seine Worte gemeint hat. Mein Sieb ist ja nicht sein Sieb. Gesetzt den Fall, sein Sieb war auf eine andere Weise gelocht als meines (soweit ich überhaupt verstehe, was für ihn das Wort *Sieb* bedeutet hat!), heißt sein berühmter Satz ›Mit diesem Sieb fischen wir im Trüben der Wirklichkeit‹ vielleicht in seiner wahren Bedeutung ›Mit diesem Schwamm spülen wir uns den Dreck von der Glatze‹ oder auch ›Aus diesem schlammigen Teich habe ich wahrhaftig einen Fisch gezogen‹, wobei man im zweiten Falle durchaus eine poetische Metaphorik vermuten darf, etwa in dem Sinne, daß mit *schlammiger Teich* die wirre und widersprüchliche Hypothesenbildung der Sprachwissenschaft gemeint ist, aus der eine für seinen Verstand verdauliche Erkenntnis (= Fisch) zu ziehen ihm zu seiner nicht geringen Verwunderung geglückt ist.

Aber welche Erkenntnis? Das bleibt offen. Vielleicht die Einsicht, daß man – wider alle Vernunft – ganz einfach so tun müsse, als bestehe unter allen Leuten Einigkeit in bezug auf das Verständnis von Sprache. Darin läge ja immerhin die Chance, dem absoluten Chaos zu entgehen, in das jene von Spiridion anscheinend postulierte Unmöglichkeit, einander zu verstehen, die Menschheit stürzen würde. Wenn dann einer sagt: ›Wer zu viel weiße Bohnen ißt, wird unter Blähungen leiden‹, dann versteht der andere zwar beispielsweise ›Wer Wind sät, wird Sturm ernten‹, aber was macht das schon aus? Solche Mißverständnisse fördern allenfalls den Sinn für poetische Metaphern.

Nach einer Zeit völlig unnötiger Wirren könnte unsere Sprachgemeinschaft auf diese Weise zu einer Art Regeneration gelangen, und dies im wahrsten Sinne des Wortes (soweit man die Orthographie ein wenig lockerer faßt, als dies in Schulen und Amtsstuben üblich ist), nämlich zu jenem optimalen Einverständnis, das unter einer Reh-Generation herrscht: Die – wie leider nur wenige Spezialisten wissen – höchst differenzierten Laute, mit denen sich dieses flinke und außerordentlich scheue Waldgetier untereinander zu verständigen pflegt, sind von solch stupender Eindeutigkeit, daß es Jägern sogar gelingt, durch die (sicher unvollkommene) Nachahmung bestimmter Fiep-Folgen einen Rehbock vor ihre Flinte zu locken; denn der Bock setzt nicht den geringsten Zweifel darein, daß ihn an der Stelle, wo der Schütze lauert, eine Ricke zum Liebesspiel erwartet. Er begibt sich also lieber in Todesgefahr, als daß er die Eindeutigkeit seiner Sprache in Frage stellen würde.

Sollte uns dies nicht ein Vorbild sein? Nicht einen Deut werde ich also künftig für die destruktiven Hypothesen der Sprachphilosophen geben, sondern jeden auffordern, sich nach meiner These von der Eindeutigkeit der Sprache zu richten. Welch schönes, ungestörtes und von keinerlei Streitigkeiten getrübtes Leben würde uns dann winken!

B., am 25. Oktober

Liebe Rachel,

nun bin ich wieder zu Hause in meinem – wie ich jetzt zum ersten Mal bewußt registriere – ziemlich tristen Junggesellenzimmer und kann mir schlechterdings nicht vorstellen, daß ich nur ganze vier Tage unterwegs war. Ich frage mich überhaupt, ob ich noch derselbe Mensch bin, der sich am vergangenen Donnerstag hier auf die Reise begeben hat. Gut, ich war voller Vorfreude auf unsere Begegnung, ja auf eine merkwürdige Weise beschwingt, wie ich mich sonst gar nicht kenne. Aber vom Augenblick meiner Ankunft in L. an habe ich gelebt wie in einer anderen, verzauberten Welt.

Das fing schon an, als ich mit meiner Reisetasche auf die Treppe hinaustrat, die in die Bahnhofshalle hinunterführt, und unter mir in all dem Getriebe zwischen den zahllosen, kreuz und quer dahinhastenden Menschen Dich gleich im ersten Augenblick stehen sah, eine scheinbar unauffällige Gestalt in einem grünen Lodenmantel, für andere vermutlich ununterscheidbar von Tausenden anderer Menschen, aber für mich sofort und trotz der noch beträchtlichen Entfernung so erkennbar und so nahe, als stündest Du schon unmittelbar vor mir. Deine dunklen Augen schauten mir entgegen, und ich ließ ihren Blick nicht mehr los, bis ich bei Dir war und dann auf einmal nicht mehr wußte, was ich sagen sollte.

Von der Stadt habe ich nicht das geringste gesehen, während wir in Deinem Auto zu Dir nach Hause gefahren sind. Deine Augen waren jetzt anderweitig beschäftigt (Du mußtest ja auf den Verkehr achten), aber jetzt waren es Deine schmalen und doch so energisch und zielbewußt zupackenden Hände, denen ich zuschaute, wie sie auf dem Lenkrad lagen oder einen der vielen Hebel betätigten, mit denen ein Autofahrer ständig hantiert (für mich sind das unvertraute Verrichtungen, denn ich habe keinen Führerschein – wozu auch?), und ich sah diese Hände wieder mit dem gleichen bedachten und sicheren Zugriff meinen verstauchten Knöchel abtasten. Ich glaube, die Art dieser körperlichen Berührung hat mit beigetragen zu dieser Vertrautheit, die ich seither Dir gegenüber ständig empfunden habe.

Und dann waren es Deine Augen und Deine Hände zugleich, als wir schon ein wenig miteinander sprachen, während Du den Tisch gedeckt hast, Gläser, Teller und Bestecke mit wenigen Handgriffen in eine schöne Ordnung bringend, und wir dann einander gegenübersaßen und uns den Genüssen hingaben, die Du in Deiner Küche schon vor meiner Ankunft gezaubert hattest. Was für ein Essen für einen an den ewig gleich schmeckenden Kantinenfraß gewöhnten Mann! Sie ist nicht nur schön und klug, sie kann auch fabelhaft kochen, dachte ich und überlegte, wie ich dieses Kompliment am besten formulieren könnte, ohne wie ein platter Charmeur zu wirken, doch inzwischen war unser Gespräch (der trockene Rotwein – ganz mein Geschmack! – hatte mir wohl die Zunge endgültig gelöst) schon so aufs Wesentliche geraten, daß ich es nicht mehr mit dergleichen Ergüssen stören wollte.

Es war ja ein Glück, daß mein letzter Brief wider alles Erwarten doch noch mit der Morgenpost in Deine Hände gekommen war, und das nicht nur deshalb, weil ich so bei meinen Blödelversuchen auf Dein Verständnis hoffen konnte, sondern vor allem wegen der Frage, die Du mir im Hinblick auf den beigelegten Text gestellt hast und die mich seither noch immer beschäftigt. ›Was dieser anonyme Blödler da äußert‹, hast Du gesagt, ›ist natürlich alles andere als ein Plädoyer für Eindeutigkeit. Aber wie steht er zu Spiridions

Theorie? Oder genauer gefragt: Wie steht es mit Spiridions Theorie überhaupt? Auch sie ist ja zusammen mit aller Vor-Literatur verbannt worden, scheint also durchaus nicht geeignet zu sein, die heute herrschende Meinung zu unterstützen, obwohl doch die Spiridionisten diesen Umsturz selbst herbeigeführt haben. Wo liegt da der Zusammenhang?‹

Ja, wo liegt er? Das habe ich mich seit diesem Gespräch auch gefragt, nachdem wir trotz langen Herumredens keine brauchbare Antwort darauf gefunden haben. Dabei hast Du mir – allerdings später in ganz anderem Zusammenhang – vielleicht doch einen gangbaren Weg gezeigt, ohne daß wir beide das zu diesem Zeitpunkt erkannt hätten.

Um Dir das zu erklären, muß ich erst einmal weit in die Geschichte zurückgreifen. Für Hadubald stand es außer Frage, daß es eine Wirklichkeit außerhalb des Menschen gibt, oder noch besser: eine Wirklichkeit, die größer ist als der Mensch, und seine Bemühungen bestanden lediglich darin, daß er sprachliche Mittel suchte, um diese Wirklichkeit adäquat beschreiben zu können. Für Spiridion lagen die Dinge völlig anders: Nach seiner Anschauung ist der Mensch unfähig, eine Wirklichkeit zu erfassen, die außerhalb seiner selbst liegt, ja er behauptet sogar, daß alle Ordnungen, die bislang einer solchen größeren Wirklichkeit zugeschrieben wurden (beispielsweise in den Mythen unserer Vorfahren), lediglich auf die Denkstrukturen des Menschen zurückzuführen sind, also in Wahrheit überhaupt nicht außerhalb des Menschen existieren, sondern nur als *Hirngespinste* gelten können. Er vergleicht das Denken des Menschen mit einem Sieb, also mit einem mechanischen Gegenstand, und damit scheint er zugleich zu leugnen, daß es eine größere Wirklichkeit geben könne, auf die hin auch der Mensch geordnet ist. Die Folge daraus wäre, wenn man diesen Gedanken konsequent weiter verfolgt und wie auch unser liebenswerter Blödler richtig erkannt hat, das absolute Chaos. Wenn man erst einmal soviel begriffen hat, versteht man auch, warum Spiridion, der sich über solche Konsequenzen offenbar völlig im klaren war, es strikt ablehnte, seine kühne Hypothese zum Ausgangspunkt einer zu praktizierenden Weltanschauung machen zu lassen.

Aber es gibt da dennoch einen Zusammenhang. Wenn man so radikal wie Spiridion behauptet, daß der Mensch unfähig sei, in dieser Welt irgendein Ordnungsprinzip zu erkennen, weil er den Menschen nur wie eine mechanische Apparatur, z. B. wie ein Sieb, betrachtet, dann kann ein realpolitisch denkender Zeitgenosse, der sich diese Meinung zu eigen gemacht hat und im Menschen, wie es heute üblich ist, nur noch ein Produkt komplizierter chemischer Prozesse sieht, daraus die Folgerung ziehen, daß er damit jeder Verantwortung gegenüber etwelchen höheren Ordnungen ledig sei und das Zusammenleben der Menschen nach Belieben oder doch wenigstens nach rein pragmatischen Grundsätzen einrichten könne. Spiridions These selbst muß dabei natürlich unterdrückt werden, da sie in dieser Hinsicht nichts weiter als die Keimzelle chaotischer Verhältnisse darstellt. Statt dessen hat man versucht, die unterschiedlichen Siebe und damit das Denken der einzelnen Menschen zu vereinheitlichen und die Ideologie der Eindeutigkeit geschaffen, weil sie einem die Möglichkeit in die Hand gibt, das Denken der Menschen in jede gewünschte Richtung zu lenken und dadurch eine perfekt funktionierende Gesellschaft aufzubauen, die nur noch sich selbst gegenüber verantwortlich ist.

So weit war ich gekommen und weidete mich gerade voller Entsetzen am Anblick dieser grandiosen Manipulation, mit der man uns alle zu gut funktionierenden Apparaten machen will, als mir unser Abendgespräch einfiel. Wir waren inzwischen zum freundschaftlichen Du übergegangen (mir blieb beinahe das Herz stehen, als Du mit dem brüderlichschwesterlichen (?) Kuß Ernst gemacht und mir statt der Wange Deinen Mund hingehalten hast!), und Du hast mir von Deinem Elternhaus berichtet, jenem einsamen Gehöft im Flachland, dessen rotes Ziegeldach zwischen uralten Bäumen hervorlugt, und von den Geschichten, die dort erzählt wurden. Ich hatte noch nie von diesem alten Volk gehört, aus dem Deine Familie sich herleitet und dessen Überlieferung offenbar noch immer unter Euch lebendig ist. Und dann hast Du jenes alte Buch geholt, das man von hinten nach vorn liest und dessen merkwürdige Schriftzeichen ich nicht entziffern konnte, und hast mir – langsam übersetzend – daraus vorgelesen.

Das waren Texte, wie ich sie noch nie zuvor gehört oder gelesen hatte, selbst nicht in Erwins Badezimmer, in dem doch nahezu alle wesentlichen Quellen der Vor-Literatur zu finden sind. Wenn ich mir das jetzt recht überlege, so müssen seinerzeit ganz bestimmte Bücher, die man als besonders gefährlich für die noch junge Staatsideologie erachtet hat, eigens ausgesondert und vernichtet worden sein, und zwar eben jene, zu denen auch dieses Buch zählt, das wahrscheinlich nur deshalb überlebt hat, weil es kein Außenstehender lesen konnte.

Die Texte, die Du mir aus Eurer alten Sprache übersetzt hast, diesen schönen Schöpfungsmythos etwa oder die Geschichte von dem Mann, der so lange um seine Braut dienen mußte (hat man Dich nach ihr genannt?) und vor allem dann die bildkräftigen Liebeslieder dieses Königs haben, wenn ich sie mir jetzt vergegenwärtige, einen gemeinsamen Nenner: All diese Geschichten und Gedichte unterstellten von vornherein die Existenz einer höheren Ordnung, unter deren Voraussetzung der Mensch überhaupt erst leben kann, und das leitende Prinzip dieser Ordnung ist die Liebe, verkörpert in einer Person, deren Name der Mensch nicht aussprechen darf (oder kann? – Die Alten kannten also vielleicht auch schon Spiridions Weisheit, daß die Sprache des Menschen ein allzu grober Raster ist!). Es wurde auch von Menschen erzählt, die versucht hatten, sich außerhalb dieser Ordnung zu stellen, aber sie zerstörten dabei nur sich selbst, weil offenbar kein Mensch ohne Liebe leben kann.

Ich begreife jetzt sehr gut, warum man solche Bücher mit besonderem Eifer ausgerottet hat. In ihnen wird die absolute Gegenposition zu der heute herrschenden Weltanschauung aufgebaut; denn sie zeigen zweierlei: einmal, daß es eine solche Ordnung von Anfang an gegeben haben muß, weil die Menschheit sonst sehr schnell an sich selbst zugrunde gegangen wäre. Diese Ordnung kann also nicht nur ein Hirngespinst sein, das Menschen sich ausgedacht haben. Zum zweiten erzählen diese Texte davon, wie der Mensch die Freiheit besitzt, die Welt nach diesem Prinzip zu gestalten, und das ist für unsere Staatsideologen fast noch schlimmer; denn sie wollen einen Menschen, der nur noch so etwas wie ein kollektives Bewußtsein besitzt, also zutiefst unfrei ist. Dahin haben sie jedenfalls einen Großteil der Bevölkerung gebracht, und ich beginne erst jetzt zu ahnen, welche Aufgabe eigentlich auf uns wartet (mit *uns* meine ich Erwins Freunde und natürlich auch Dich mit inbegriffen). Wenn die Eindeutigkeits-Ideologie nur auf einer Art Nützlichkeits-Hypothese beruht, dann ist diese doch ohne weiteres durch eine andere ersetzbar. Versuchen wir's also einmal mit der Hypothese der Liebe!

Da muß ich nun erst einmal bei uns selbst beginnen, meine liebe Rachel. Es mag vielleicht verrückt sein, wenn ich alter Esel nun auch noch damit anfange (der einzige Trost ist mir dabei die immerhin schon graue Strähne in Deinem rabenschwarzen Haar, die Dir so gut steht), aber was ich bei Dir die ganze Zeit über schon sagen wollte und doch nie über die

Lippen brachte, auch nicht auf dem kurzen Spaziergang am späten Nachmittag, wo wir unter den alten Bäumen des Stadtwaldes durch das schon abgefallene Laub schlurften, all das muß nun heraus: Ich liebe Dich, wie ich noch nie zuvor einen Menschen geliebt habe, und zwar – wie ich erst jetzt im nachhinein begreife – schon seit unserer ersten Begegnung. Versteh das bitte nicht so, daß ich irgend etwas von Dir verlangen will; ich muß es Dir nur sagen.

Vielleicht erscheint Dir dieser Übergang von dem, was ich vorher geschrieben habe, etwas abrupt, aber ich meine, daß beides zusammengehört. Ich kann dieses Prinzip Liebe, von dem da die Rede war, erst dadurch begreifen, daß ich es sozusagen am eigenen Leibe erlebe in der Begegnung mit Dir. Was Du auch immer davon halten magst: Du bist der Mensch, in den ich unbegrenztes Vertrauen setze und bei dem ich mich geborgen fühle wie noch nie zuvor in meinem ziemlich langweiligen Leben, ja ich beginne eigentlich erst jetzt zu begreifen, was dieses Leben ist und bedeutet.

Jedenfalls mußt Du mir noch mehr von diesem Buch schreiben, und ich werde in Erwins Badezimmer danach fahnden, ob sich nicht doch noch Spuren von diesen Geschichten erhalten haben, vielleicht versteckte Andeutungen in anderen Texten, Zitate oder dergleichen. Seit ich am nächsten Morgen weitergefahren bin, um Amelie zu besuchen, lebe ich in der Hoffnung, bei nächster Gelegenheit wieder zu Dir reisen zu können, dies allerdings nicht nur, wie Du jetzt verstehen wirst, um noch mehr von diesen Geschichten aus dem alten Buch zu erfahren. Allerdings auch deshalb.

Nun zu meinem Besuch bei Amelie, von dem zu berichten Du mich gebeten hast. Ich schaukelte also mit dem uralten Bus über Land von Dorf zu Dorf, vorüber an abgeernteten Feldern, die zum Teil schon wieder unter dem Pflug gewesen waren und in sattem, fettglänzendem Braun unter der Sonne hingebreitet lagen. Die Wälder auf den Hügeln, die immer dichter zusammenrückten, waren schon gelb und rot überflammt. Schließlich rief der Schaffner die Wiesenhöfe aus, ich packte meine Tasche und machte mich auf den Weg. Das war gar nicht so anstrengend, wie ich wanderungewohnter Büromensch gefürchtet hatte. Es gab für einen Stadtbewohner wie mich soviel Unvertrautes zu sehen und zu riechen: Der Duft von Pfefferminz und Thymian wehte vom Wegrand herüber, auf der Böschung wuchs stellenweise dicht verfilztes Brombeergestrüpp, an dessen Ranken noch überreife, schon fast tropfende Beeren hingen, die köstlich schmeckten, süß und ein bißchen bitter. Ich hatte vom Pflücken ganz blaue Finger, als ich schließlich den Hof von Onkel Max erreichte.

Auf mein Klopfen öffnete niemand, und so ging ich ums Haus und fand Amelie im Garten, wo sie Äpfel abnahm, Boskop, wie sie sagte (eine Lehrerin muß sich wohl auch in Obstsorten auskennen, jedenfalls eine wie Amelie), von denen sie mir zur Begrüßung gleich einen gab, noch sonnenwarm, und ich biß hinein, daß mir der Saft übers Kinn lief – auch so ein Stück wirkliches Leben, an das ich mich nur noch aus früher Kindheit erinnern kann. Amelie wollte den müden Wanderer gleich in die Stube bitten, um ihn zu laben, aber ich war noch tatendurstig genug, ihr beim Pflücken zu helfen, weil ich ja doch ein gutes Stück länger bin als das kleine Persönchen, und dabei erfuhr ich, daß ihr die Kunst des Blödelns durchaus vertraut ist: »Boskop! Bösköppe! Dösköppe« riefen wir einander abwechselnd zu, bis wir schließlich bei »Käspuppe! Griessuppe! Steißrippe und Reisstippe!« landeten und Amelie vor Lachen den Korb fallen ließ, daß die Äpfel über den Rasen rollten.

Du siehst: Sie ist guter Dinge und hat die zehn Tage unfreiwillige Ferien durchaus genossen. Am Abend zeigte sie mir voller Begeisterung die Märchensammlungen, die sie in Onkel Maxens Bibliothek ausgegraben hat, und las mir daraus vor. Ich will versuchen, Dir eine dieser Geschichten weiterzuerzählen, wie ich sie noch im Gedächtnis habe:

In einem Dorf lebte bei seinem Großvater ein Mädchen, das hieß Janina. Als Janina eines Tages vom Einkaufen kam, stand da ein Bursche namens Jurek auf dem Platz und pfiff, während sie vorüberging. Er wird einen Hund suchen, der seinen Hof bewacht, dachte Janina und ging nach Hause.

Ein anderes Mal hatte sie beim Bauern Milch und Eier geholt, und als sie auf dem Heimweg über den Platz ging, stand da wieder Jurek und schnalzte mit der Zunge. Er wird ein Pferd suchen, auf dem er reiten kann, dachte Janina und ging weiter.

Ein paar Tage später war sie beim Schuster gewesen, dem sie ihre Schuhe zum Flicken gebracht hatte, und da stand doch schon wieder dieser Jurek auf dem Platz und schaute ihr in die Augen, daß ihr ganz schwach in den Knien wurde.

Da wurde ihr die Sache unheimlich. »Großvater«, sagte sie, als sie nach Hause kam, »auf dem Platz steht immer ein hübscher Bursche namens Jurek, und wenn ich an ihm vorbeigehe, dann pfeift er oder schnalzt mit der Zunge, und heute hat er mir gar in die Augen geschaut, daß mir ganz schwach in den Knien wurde. Kannst du mir erklären, was das bedeuten soll?«

Als er das hörte, lachte der Großvater und sagte: »Frag ihn doch selber! Aber gib acht auf seine Worte!«

Sobald Janina am nächsten Tag vor die Tür trat und Jurek wieder auf dem Platz stehen sah, faßte sie sich ein Herz, ging zu ihm hin und sagte: »Warum stehst du immer hier auf dem Platz herum und pfeifst oder schnalzt und schaust mir in die Augen?«

»Weil du mir gefällst, Janina«, sagte Jurek.

»Du gefällst mir auch«, sagte Janina und lachte.

»Wenn das so ist, dann wollen wir uns zusammentun«, sagte Jurek und wollte sie gleich in die Arme nehmen. Janina wurde schon wieder schwach in den Knien, sobald er ihr in die Augen schaute, aber dann fiel ihr ein, was ihr der Großvater gesagt hatte »Wollen wir das?« sagte sie. »Woher willst du wissen, was ich will?«

»Du hast doch gesagt, daß ich dir gefalle«, sagte Jurek.

»Gefallen ist eines und zusammentun ein anderes«, sagte Janina. »Was kannst du überhaupt?«

Jurek zuckte mit den Schultern und sagte: »Was halt ein Bursche wie ich schon kann.«

»Ich weiß schon«, sagte Janina. »Den Mädchen nachpfeifen und ihnen schöne Augen machen, das kannst du. Wenn das schon alles ist, dann komm wieder, wenn du was Rechtes gelernt hast.«

Da packte Jurek seine sieben Sachen und zog hinaus in die Welt. Nach ein paar Tagen kam er ins Gebirge, und dort traf er einen Mann, der eben aus einem Loch im Felsen herauskroch.

»Was machst du dort unten in dem Loch?« fragte Jurek.

»Nach Gold und Silber graben«, sagte der Mann. »Wenn du Lust dazu hast, kannst du bei mir in die Lehre gehen. Aber ich sage dir gleich: Es ist eine schwere Arbeit dort unten.«

»Warum tust du sie dann?« fragte Jurek.

Da lachte der Bergmann und sagte: »Weil ich mir dort unten nehmen kann, was ich will, ohne erst lange zu fragen und zu bitten. Hier bin ich mein eigener Herr und keinem Rechenschaft schuldig. Hast du Angst vor dem Dunkel unter der Erde?«

»Das macht mir nichts aus«, sagte Jurek, »und außerdem nehme ich mir auch gern, was ich kriegen kann. Was willst du mir als Lohn geben?«

»Den zehnten Teil von all dem Gold und Silber, das wir aus

dem Gestein hauen«, sagte der Bergmann. »Aber dafür mußt du mir ein volles Jahr dienen.«

Jurek war's zufrieden und folgte dem Bergmann zu seinem Haus. Als sie näher kamen, liefen vier riesige Hunde aus dem Garten heran und sprangen mit wildem Kläffen am Zaun hoch, sobald sie den Fremden rochen. »Siehst du«, sagte der Bergmann, »sie passen auf, daß mir keiner meine Schätze raubt. Du brauchst gar nicht erst zu überlegen, wie du mir etwas davon stehlen könntest, denn ohne mich werden sie dich nicht aus dem Garten lassen.« Dann beruhigte er die Tiere, ging mit Jurek ins Haus und wies ihm eine Schlafkammer an.

Seither arbeitete Jurek Woche für Woche hart unter Tage und schleppte am Abend die Erzbrocken ins Haus. So ging das ein ganzes Jahr lang, und als diese Frist abgelaufen war und er das Handwerk des Bergmanns gelernt hatte, gab ihm der Meister den zehnten Teil von all dem Gold und Silber, das sie in dieser Zeit gewonnen hatten, und einen Karren obendrein; denn es war soviel, daß Jurek es nicht hätte allein tragen können. Beim Abschied erbat er sich von dem Bergmann auch noch einen der Hunde; denn er bekam Angst, daß ihm jemand seine Schätze rauben könne.

»Recht so!« sagte der Bergmann. »Paß nur gut auf, daß dir keiner was nimmt!« rief einen der Hunde herbei und sagte zu Jurek: »Du mußt ihm ins Maul spucken, dann gehorcht er dir aufs Wort.«

Jurek tat dies, zog mit Karren und Hund davon und kam nach ein paar Wochen wieder zurück in das Dorf, von dem er ausgezogen war. Dort kaufte er sich von einem Teil seines Lohnes ein Haus, in dem er sein Gold und Silber gut einschließen konnte, ging dann auf den Platz und wartete.

Janina sah ihn aus dem Fenster, kam heraus und sagte: »Da bist du ja wieder. Hast du was Rechtes gelernt?«

»Etwas Einträgliches«, sagte Jurek. »Ich weiß jetzt, wie

man Gold und Silber aus dem Gestein haut. Dabei habe ich so viel verdient, daß ich mir ein Haus gekauft habe, in dem ich meine Schätze sicher verwahren kann. Willst du es sehen? Vielleicht gefällt es dir.«

»Zeig es mir«, sagte Janina und folgte Jurek zu dem Haus. Sobald sie sich dem Tor näherten, fing drinnen der große Hund an zu kläffen und zu knurren.

»Einen Hund hast du also auch mitgebracht?« sagte Janina. »Wozu?«

»Damit mir niemand an meine Schätze geht«, sagte Jurek. »Hart genug habe ich dafür gearbeitet.«

Als sie diese Worte hörte, schüttelte Janina den Kopf und sagte: »Ich hab mir's doch gleich gedacht, daß du nur einen Hund suchst, der auf deine Sachen aufpaßt. Dafür bin ich mir zu schade. Wenn du mich haben willst, mußt du erst was Rechtes lernen.«

Da verschenkte Jurek das Haus samt dem Gold und Silber und dazu auch seinen Wachhund und machte sich wieder auf den Weg. Nachdem er ein paar Wochen über Land gegangen war, traf er auf einen Trupp Soldaten, die lustig und guter Dinge waren und Jurek aufforderten, mit ihnen zu reiten. »Ein starker Bursche wie du wird es bei uns zu etwas bringen«, sagten sie.

»Kann ich dabei was Rechtes lernen?« fragte Jurek.

»Darauf kannst du Gift nehmen!« sagte einer der Soldaten. »Zum Beispiel kannst du lernen, dich deiner Haut zu wehren, und wenn du erst einmal gehorchen gelernt hast, dann wirst du bald auch befehlen können.«

»Und was bekomme ich als Lohn?« fragte Jurek.

Da lachte der Soldat und sagte: »Du bist mir der Richtige!« gab ihm ein gutes Handgeld und versicherte ihm, daß er jede Woche soviel bekommen würde. »Und die Beute wird unter uns geteilt«, fügte er hinzu.

Das alles gefiel Jurek gut, und so ritt er mit den Soldaten, bekam einen bunten Rock, Säbel und Pistolen, und als er das Gehorchen hinreichend gelernt hatte, setzte ihn der Oberst über einen Trupp und ernannte ihn zum Feldwebel. Gehorchen mußte er jetzt zwar auch noch, nämlich dem Obersten und allen, die im Rang höher standen als er selbst, aber befehlen konnte er nun auch, nämlich den zehn Soldaten, die ihm untergeben waren.

So zog Jurek in den Krieg, und da lernte er nun erst richtig, sich seiner Haut zu wehren und kräftig dreinzuschlagen; denn jetzt ging's ums Leben, und da war es ihm schon lieber, daß ein anderer ins Gras beißen mußte als er selber. Er empfand es dabei durchaus als einen Vorteil, daß er nicht erst lange nachzudenken brauchte, wozu das alles gut sein sollte. Befehl ist Befehl, soviel hatte er schon verstanden, tat, was man ihn zu tun geheißen hatte, und verlangte das gleiche von seinen Leuten. Es war übrigens auch jetzt recht nützlich, daß er kein gemeiner Soldat mehr war; denn als Feldwebel erhielt er den doppelten Beuteanteil, darunter auch einen feurigen Rappen, auf dem er dann, als nach einem Jahr der Krieg vorüber war, stolz wie ein General nach Hause ritt.

Janina sah ihn auf den Platz traben, ging hinaus zu Jurek und sagte: »Da bist du ja wieder. Hast du jetzt was Rechtes gelernt?«

»Etwas Vorteilhaftes«, sagte Jurek. »Ich habe gelernt, mich meiner Haut zu wehren und Befehle zu erteilen.«

»Auch schon was«, sagte Janina. »Woher hast du das schöne Pferd«.

»Ich hab's mir als Beute genommen«, sagte Jurek, »und es folgt mir aufs Wort«, und dann ließ er seinen Rappen vor Janina paradieren, im Schritt, im Trab und im Galopp, und das Pferd tat alles, was er wollte, und blieb schließlich wieder brav vor Janina stehen, als Jurek es ihm befahl.

Da schüttelte Janina den Kopf und sagte: »Ich hab mir's ja gleich gedacht, daß du eigentlich nur ein Pferd suchst, auf dem du reiten kannst und das deine Befehle befolgt. Wenn du meinst, du könntest auch mich so einfach nehmen wie dieses Pferd, dann hast du dich geirrt. Willst du mich haben, dann mußt du erst was Rechtes lernen.«

Jurek hatte sich inzwischen Janina so in den Kopf gesetzt, daß er auch diesmal alles herschenkte, das Pferd, seine übrige Beute, Säbel und Pistolen und auch seinen bunten Rock. Er zog seine alten Kleider an und machte sich wieder auf den Weg, war aber schon ziemlich trübsinnig, weil es ihm gar nicht gelingen wollte, etwas Rechtes zu lernen. So kam er nach ein paar Wochen in einen großen Wald, der überhaupt kein Ende nehmen wollte, ging den ganzen Tag unter den hohen Bäumen dahin, bis es dunkel zu werden begann, und wollte sich schon im Gebüsch schlafen legen, als er ein Licht blinken sah. Da folgte er diesem Schimmer und kam zu einem Haus, das mitten in einem Garten auf einer Waldlichtung stand. Auf sein Klopfen öffnete ihm ein alter Mann, bat ihn herein und bot ihm Abendessen und Nachtlager an.

Als sie dann ein wenig später am Tisch beieinander saßen und das Abendbrot verzehrten, fragte der Alte: »Kannst du mir sagen, warum ein junger Bursche wie du ein so betrübtes Gesicht macht?« Da erzählte ihm Jurek, wie es ihm ergangen war und daß es ihm nicht gelingen wollte, etwas Rechtes zu lernen, mit dem seine Janina zufrieden war.

»Bleib ein Jahr bei mir«, sagte der Alte, »dann will ich dir schon was Rechtes beibringen.«

»Was betreibst du denn für ein Handwerk?« fragte Jurek.

»Alles mögliche«, antwortete der Alte.

Wenn dieser Mann alles mögliche kann, dachte Jurek, dann wird schon auch für mich etwas Rechtes dabei sein, und nahm den Vorschlag an.

Als er am anderen Morgen in seiner Schlafkammer aufwachte, schien es Jurek, als habe er in der Nacht von Janina geträumt, aber er konnte sich nicht mehr genau an diesen Traum erinnern. Da er jedoch bei dem Bergmann und unter den Soldaten nie von Janina geträumt hatte, meinte er, es hier schon richtig getroffen zu haben.

Nach dem Frühstück sagte der Alte zu ihm: »Komm mit mir in meine Werkstatt, damit ich dir eine Arbeit gebe!« Er führte ihn in eine Stube, die eher wie ein Studierzimmer als wie eine Werkstatt aussah; rings an den Wänden standen in Regalen unzählige Bücher, und dazwischen lagen allerlei farbige Steine, Muscheln und Schneckenhäuser, Nüsse und sonderbar geformte Wurzeln. Der Alte nahm einen silbriggrauen, schiefrigen Stein von einem Wandbord, gab ihn Jurek und dazu ein paar beinerne Stichel und Messerchen und sagte: »Mitten in diesem Stein steckt ein dunkelroter Granat. Den sollst du hervorholen. Aber du mußt dir dabei viel Zeit lassen und eine Menge Geduld aufbringen; denn wenn du die Sache zu grob und gewalttätig anpackst, zerbrichst du den Kristall. Du sollst ihn so freilegen, daß keine Spur von dem grauen Glimmerschiefer mehr an ihm haftet.«

Das schien Jurek ein sonderbarer Auftrag zu sein, aber da er sich nun einmal darauf eingelassen hatte, machte er sich an die Arbeit. Er merkte bald, wie hart das Gestein war, das den Granat umschloß, aber mit der Zeit erkannte er, daß es aus lauter hauchdünnen Blättchen bestand, die zwar felsenfest zusammengebacken waren, aber sich doch Splitter für Splitter abtragen ließen, wenn man mit dem beinernen Gerät vorsichtig zu Werke ging.

Nachdem er eine Woche an dem Stein herumgeschabt und -gestochert und eben wieder ein feines Blättchen abgehoben hatte, schimmerte es darunter dunkelrot auf, und bald hatte er eine ebenmäßig glatte, rhombenförmige Fläche freigelegt, unter der es in der Tiefe glühte, als blicke er in ein Glas mit Rotwein. Er säuberte die Fläche sorgfältig von den letzten Resten des silbrigen Gesteins und machte sich dann daran, auf die gleiche Weise auch die übrigen Flächen des Kristalls ans Tageslicht zu holen, und da ein Granatkristall zwölf Flächen hat, brauchte er dazu volle zwölf Wochen. Je klarer die Form des Kristalls aus dem Gestein hervortrat, desto vorsichtiger und geduldiger ging Jurek zu Werke, um die Schönheit dieses Steins nicht zu verletzen. Am letzten Tage der zwölften Woche rieb er noch ein paar Stäubchen von dem dunkelrot schimmernden Kristall und brachte ihn dem Meister.

Der Alte betrachtete ihn lange von allen Seiten, nickte zufrieden und sagte: »So habe ich ihn mir vorgestellt: vollkommen in seiner Schönheit und ohne Fehler. Das hast du gut gemacht. Nun hast du schon was Rechtes gelernt.«

»Ich weiß«, sagte Jurek. »Ich habe gelernt, wie man einen Kristall aus dem Gestein löst.«

»Gar nichts weißt du!« sagte der Alte. »Vielleicht kannst du das jetzt, aber das ist es nicht, worauf es ankommt.«

»Was meinst du denn, was ich außerdem gelernt haben soll?« fragte Jurek.

»Geduld«, sagte der Alte. »Den Granat kannst du übrigens behalten. Vielleicht begegnet dir einmal jemand, dem du etwas Schönes schenken willst. Und nun will ich dir eine andere Arbeit geben. Komm mit!«

Der Alte führte Jurek hinaus in den Garten zu einem Schuppen, in dem er Rechen, Spaten und Hacken, Blumentöpfe und dergleichen Gerät aufbewahrte. In einem Regal stand eine Reihe von Büchschen mit unterschiedlichen Aufschriften, und eines davon nahm der Alte herunter, öffnete es und ließ vorsichtig ein einzelnes Samenkorn auf seinen Handteller fallen. Dann stellte er das Büchschen zurück an seinen Platz und sagte zu Jurek: »Aus diesem Korn mußt du eine Pflanze ziehen!«

»Wie soll ich das anfangen?« fragte Jurek.

»Ganz einfach«, sagte der Alte.»Indem du es in die Erde steckst und zuschaust, wie es wächst. Ich kann dir nicht sagen, ob diese Pflanze lieber trocken oder feucht steht und ob sie Sonne verträgt oder lieber Schatten hat. Das muß sie dir selber sagen.«

»Seit wann können Pflanzen reden?« sagte Jurek, dem diese Auskunft seltsam erschien.

»Sie haben ihre eigene Sprache«, sagte der Alte, »und die mußt du lernen, indem du genau zuschaust, wie es deiner Pflanze geht«, und dann ließ er ihn allein.

Jurek suchte sich einen Blumentopf heraus, legte unten einen Scherben auf das Loch und füllte den Topf mit guter schwarzer Gartenerde. Dann steckte er das Samenkorn mitten hinein, goß ein bißchen Wasser darauf und wartete. Er merkte bald, daß ihm bei dieser Arbeit die Geduld zunutze kam, die er zuvor gelernt hatte; denn das Korn ließ sich Zeit. Nach einer Woche aber waren über Nacht zwei winzige Keimblätter aus der Erde gesprossen und fingen an zu wachsen, wenn auch recht langsam.

»Nun mußt du mir verraten, wie du's haben willst«, sagte Jurek zu seiner Pflanze und schaute ihr Tag für Tag beim Wachsen zu. Ließ sie ihre Blätter hängen, gab er ihr ein bißchen Wasser zu trinken, trocknete sie in der Sonne zu rasch aus, trug er sie in den Schatten, und wollte sie dort nicht recht weiterwachsen, brachte er sie wieder in die Sonne. Doch auch dieser ständige Ortswechsel behagte der Pflanze offenbar wenig, und so suchte er ihr einen Platz unter einem Baum, wo sie zwar morgens und abends Sonne hatte, um die Mittagszeit aber, wenn es am heißesten war, im Schatten blieb. So lernte Jurek die Sprache seiner Pflanze, hielt ihr Ungeziefer und

Schnecken fern und beobachtete, wie sie höher und höher wuchs, neue Blätter trieb und Blütenknospen ansetzte. Am letzten Tag der zwölften Woche, nachdem er das Samenkorn in die Erde gelegt hatte, öffnete sich die erste Blüte, ein feuerroter Stern um ein samtig leuchtendes gelbes Polster in der Mitte. Da nahm Jurek den Topf mit der Pflanze und brachte ihn dem Meister.

Der Alte betrachtete den blühenden Stock genau, nickte zufrieden und sagte: »So hab ich mir vorgestellt, daß sie blüht: vollkommen in ihrer Schönheit und ohne Fehler. Das hast du gut gemacht. Nun hast du schon wieder was Rechtes gelernt.«

»Du meinst wohl, ich habe jetzt gelernt, wie man eine Pflanze aufzieht?« fragte Jurek.

»Du weißt noch immer nicht genug«, sagte der Alte. »Vielleicht verstehst du dich jetzt ein bißchen auf Pflanzen, aber das ist es nicht, worauf es ankommt.«

»Was soll ich denn außerdem noch dabei gelernt haben?« fragte Jurek.

»Zuschauen, wie etwas wächst«, sagte der Alte. »Die Pflanze kannst du übrigens behalten. Sie wird noch das ganze Jahr über blühen, und dann hast du etwas Schönes, das du herschenken kannst, wenn du jemanden triffst, den du magst. Und nun will ich dir eine dritte Arbeit geben. Komm mit!«

Der Alte führte ihn hinter das Haus in einen Stall, in dem eine Kuh stand und Heu kaute.

»Soll ich deine Kuh melken?« fragte Jurek. »Das konnte ich schon als kleiner Junge.«

»Dann ist es jetzt keine Arbeit für dich«, sagte der Alte. »Ich denke an eine andere Aufgabe.« Er ging zu einem Futterkasten, und darin lagen auf einem Polster aus Heu, über das ein Tuch gebreitet war, zwei neugeborene Kätzchen. »Meine Katze hat sie gestern geworfen«, sagte der Alte, »doch dann hat sie wohl der Fuchs geholt; denn sie ist nicht mehr nach Hause gekommen. Du sollst mir die beiden Kätzchen aufziehen.«

Auch schon eine Arbeit für einen kräftigen jungen Mann, dachte Jurek, aber da er die beiden ersten Aufgaben zur Zufriedenheit des Alten gelöst hatte, wollte er nun auch noch die dritte schaffen, auch wenn er wenig Lust verspürte, sich mit diesen beiden winzigen Bälgern abzugeben. »Wie soll ich das anfangen?« fragte er also.

»Indem du ihnen die Mutter ersetzt«, sagte der Alte. »Wenn du das ernsthaft versuchst, wird schon nichts schiefgehen«, und dann ließ er ihn allein.

Jurek hockte sich vor den Futterkasten und betrachtete die Kätzchen. Das eine war schwarz mit einer weißen Larve, das andere rot, weiß und schwarz gefleckt. Sie waren so klein, daß er sie, als er sie aus dem Kasten nahm, in einer Hand halten konnte. Sie fiepten mit ihren dünnen Stimmen und versuchten, hungrig wie sie waren, an seinen Fingern zu nuckeln. Das war ein Gefühl, das Jurek auf eine merkwürdige Weise ans Herz griff.

»Nun muß ich wohl doch die Kuh melken«, sagte er, machte sich an die Arbeit, nahm dann ein Schälchen von der Milch und verdünnte sie mit Wasser. Dann tauchte er ein Tuch in die Milch und ließ die Kätzchen daran saugen.

So wurde Jurek zu einer Katzenmutter, nährte die Jungen, hielt ihr Nest sauber, und bald krochen sie, sobald er sie aufnahm, seine Arme hinauf, kletterten auf seine Schultern und strichen mit ihrem weichen Fell um seine Ohren, und das fühlte sich an, als stende Janina hinter ihm und streichelte seine Wangen – so jedenfalls stellte Jurek sich das vor.

Später liefen sie ihm schon nach, wenn er über den Hof ging, und zu dieser Zeit brachte er ihnen bei, auch andere Nahrung anzunehmen. Und da er früher gesehen hatte, wie

Katzenmütter ihre Jungen sauberlecken, pflegte er sorgsam ihr Fell, wenn auch mit einer Bürste. So vergingen wieder zwölf Wochen, und als Jurek beobachtete, wie seine Kätzchen zum ersten Mal einer Maus nachstellten, nahm er sie auf und brachte sie dem Meister.

Der Alte betrachtete sie gründlich, prüfte, ob ihr Fell sauber und ihre Augen klar waren, nickte dann zufrieden und sagte: »So habe ich mir vorgestellt, daß sie werden sollen: vollkommen in ihrer Schönheit und ohne Fehler.«

»So sind sie wirklich«, sagte Jurek. »Ich weiß nicht, welches von beiden ich lieber habe.«

»Ja«, sagte der Alte, »das habe ich gehofft. Du hast auch das gut gemacht und dabei zum dritten Mal was Rechtes gelernt.«

»Wie man junge Katzen aufzieht, weiß ich jetzt«, sagte Jurek, »aber darauf kam's dir wohl auch diesmal nicht an. Was, meinst du, habe ich dabei noch gelernt?«

»Lieben«, sagte der Alte, »ein Wesen wirklich lieben. Eines der Kätzchen kannst du übrigens behalten. Es könnte ja sein, daß du bald etwas Schönes brauchst, das du jemandem schenken kannst. Das andere will ich selber haben; denn inzwischen nehmen in meinem Haus die Mäuse überhand. Damit hast du bei mir ausgelernt und kannst nach Hause gehen.«

Jurek fiel die Wahl schwer, doch er nahm schließlich das buntscheckige Kätzchen für sich, weil es so lustig aussah. Dann packte er seine Sachen, nahm auch den Granat und den Blumenstock mit und machte sich auf den Weg. So war genau ein Jahr vergangen, als er in sein Dorf zurückkehrte und auf den Platz kam. Janina hatte diesmal schon auf ihn gewartet, ging hinaus zu ihm und sagte: »Da bist du ja wieder. Hast du jetzt endlich was Rechtes gelernt?«

»Etwas Schönes«, sagte Jurek. »Zum ersten habe ich gelernt, Geduld zu haben«, und dabei gab er ihr den Granatkristall. »Zum zweiten habe ich gelernt, zuzuschauen, wie etwas wächst«, und dabei gab er ihr die Blume. »Und zum dritten habe ich gelernt, ein Wesen wirklich zu lieben«, und dabei setzte er ihr das buntscheckige Kätzchen auf den Arm. »Genügt dir das?«

Da gab ihm Janina einen Kuß und sagte: »Jetzt gefällst du mir noch viel besser als damals«, und bei diesen Worten wurde ihr schon wieder ganz schwach in den Knien, weil Jurek sie so anschaute, als wolle er sie vor lauter Liebe gleich auffressen.

So kamen die beiden endlich doch noch zusammen, und als Janina ihren Jurek fragte, ob er auch etwas gelernt habe, von dem man leben könne, sagte er: »Das habe ich dir doch schon gesagt! Ich kann alles mögliche!«

Mag sein, daß er ein Bauer geworden ist, vielleicht aber auch ein Arzt; denn in beiden Berufen kann man die Künste, die er bei dem Alten gelernt hatte, gut brauchen. Aber kommt es denn überhaupt darauf an, was einer tut, wenn er es nur richtig macht?

Amelie hat diese Geschichte sicher besser erzählt als ich, aber ich mußte sie für Dich aufschreiben, weil ich, während ich zuhörte, ständig an Dich denken mußte, meine liebe Rachel. Vor allem, als es zum Schluß hieß, daß dieser Jurek vielleicht ein Arzt geworden sei, fiel mir wieder ein, wie Du damals meinen Knöchel behandelt hast: geduldig und liebevoll, und außerdem hast du dabei auch zugeschaut, wie etwas wächst, nämlich der Bluterguß, der sich rapide zu einem veritablen, bläulich schimmernden Klumpfuß auswuchs.

Amelie will gleich diesen Montag bei dem Schulmeister in G. anfangen zu unterrichten. »Ich muß doch die vielen neuen Märchen weitererzählen«, sagte sie, »die ich hier in der Bibliothek von Onkel Max entdeckt habe.«

Gestern bin ich dann mit dem Frühbus wieder nach L. gefahren. Am liebsten wäre ich spornstreichs in Deine Ordination gelaufen (ich wäre nicht darum verlegen gewesen, Dir Symptome zu nennen, die Deiner heilenden Hände bedürfen!), aber Du hattest mir ja gesagt, daß Du Dich am Samstag um Deine Patienten im Krankenhaus kümmern mußt. So habe ich dann den nächsten Zug genommen und bin nach Hause gefahren. Eigentlich wollte ich unterwegs ein bißchen lesen (Amelie hat mir einen Band mit allerlei Märchen geliehen), aber dann mußte ich doch immer wieder an den Tag denken, den ich zusammen mit Dir verbracht habe, vor allem an diesen Weg unter den alten Eichen, den wir am Nachmittag – ich weiß nicht wie oft – im Gespräch hin- und hergegangen sind. Meist habe ich Dir zugehört, wie Du von Dir und von Deiner Arbeit erzählt hast, und dabei hätte ich Dir die ganze Zeit über gern gesagt, wie mir zumute war, aber ich fand einfach nicht die richtigen Worte und fürchtete zudem, durch meine Geständnisse Deine Freundschaft zu verscherzen.

Jetzt in der ruckelnden Bahn holte ich Notizheft und Bleistift aus der Tasche und fing damit an, das alles aufzuschreiben, was ich nicht gesagt hatte. Das Erlebnis dieses Spaziergangs an Deiner Seite durch den herbstlichen Wald drängte mit solcher Kraft aus meiner Erinnerung hoch, daß ich vergaß, wo ich mich befand; das Dahinrauschen des Zugs verschmolz mit dem Rascheln des dürren Laubs am Boden, dessen bitterer Geruch mich einhüllte, Eicheln zerknackten unter meinen Sohlen, und ich spürte Dich, obgleich der Zug mich bei jeder rasenden Umdrehung seiner Räder weiter von Dir wegriß, mit derartiger Intensität neben mir, daß ich unter einem unwiderstehlichen Zwang mein Herz auszuschütten begann. Erinnerst Du Dich an die Amsel, die unter dem kühlen Herbsthimmel unversehens ihr Lied sang? »Die hat sich wohl von diesem späten Sonnentag täuschen lassen und meint, es sei noch Frühling«, hast Du gesagt. Das traf mich ins Herz wie ein jäher Stich, als hättest Du von mir gesprochen, meine liebe Rachel, und verschloß mir die Lippen. Aber jetzt brachen mir endlich die Wörter hervor wie ein Sturzbach, und dabei ist fast so etwas wie ein Gedicht entstanden, auch wenn's sich nicht reimt. Wenn mir noch vor kurzem einer gesagt hätte, ich würde Gedichte schreiben, hätte ich ihm ins Gesicht gelacht – ein alter, ausgetrockneter Philologe und Gedichte! Aber nach allem, was mir seit meinem ersten Besuch in Erwins Badezimmer widerfahren ist, überrascht es mich kaum noch, wenn ich solche Briefe schreibe wie diesen hier, nicht zu reden von dem Text, den ich beilege. Kennst Du die alte Arztregel *similia similibus?* Ich will sie auf unser anfangs erörtertes Problem anwenden: Wenn man uns über die Sprache verderben will, dann müssen wir uns eben durch die Sprache oder vielleicht sogar in die Sprache zu retten versuchen. Vielleicht finden wir dort uns selbst wieder. Vor allem Dir habe ich dafür zu danken, daß all diese Verkrustungen meines bisherigen Lebens plötzlich aufbrechen und ich mich wie ein richtiger, lebendiger Mensch zu fühlen beginne.

Schreib mir bitte bald, meine Liebe! Ich dürste nach einer Antwort.

Dein
Albert

Herbst

Was weiß ich noch
von dem Weg durch den Wald?
Fünfzig Schritte hin
und fünfzig zurück.
Eicheln lagen
zertreten im Kies,
herabgefallene Blätter,
die rochen bitter.
Kühle Sonne
zwischen schwarzen Ästen
und braunem Laub.
Fünfzig Schritte hin
über knackende Eicheln
und raschelnde Blätter,
fünfzig zurück
unter kühler Sonne,
unter schwarzen Ästen
und braunem Laub.
Was weiß ich noch
von diesem Weg?

Sang ein Vogel?
Ich weiß es nicht mehr.
Im Herbst
verstummen die Vögel,
hocken unter kühler Sonne

auf schwarzen Ästen
zwischen braunem Laub
und warten auf den Winter.

Was weiß ich noch
von den fünfzig Schritten hin
und den fünfzig zurück?
Waren es nur meine Schritte
oder gab es ein Echo,
das Geräusch anderer Schritte
unerreichbar nah
fern neben meinem Fuß?
War da ein Gleichklang
oder nur das Echo
der eigenen Schritte?

Könnte ich den Blick
vom Boden lösen,
von zertretenen Eicheln
und raschelnden Blättern,
vielleicht wäre erkennbar,
wessen Schritte
ich zu hören glaube,
ein Gesicht
unter kühler Sonne,
Augen
unter schwarzen Ästen
und braunem Laub,
eine Stimme,
die vergessen läßt,
daß im Herbst
die Vögel verstummen,
eine Stimme
unerreichbar nah

fern neben meinem Mund,
der Worte spricht,
von denen ich nichts mehr weiß.

Ich könnte den Blick
vom Boden lösen,
vielleicht hockt nur ein Vogel
auf schwarzem Ast,
ein Vogel, der verstummt
unter meinem Blick,
erschreckt aufflattert
und davonstreicht
zwischen braunem Laub.
Dann bleibt nichts
als der bittere Geruch
des Herbstes.
Gibt es nichts,
das ich weiß,
außer dem Geruch
der Bitternis
sterbender Blätter?
Kann ich nichts anblicken,
ohne es zu verjagen,
nichts festhalten,
ohne es zu zerbrechen?

Was weiß ich noch
außer meinen Gedanken
beim Anblick
zertretener Eicheln,
beim Rascheln der Schritte
im braunen Laub?
Weiß ich nur Bilder?

Blättern in einem Album
mit braunen Fotografien:

War das gestern?
Oder vor Jahren?
Was sind das für Bäume?
Ist dort
zwischen schwarzen Ästen
und braunem Laub
ein Gesicht?
Was weiß ich
von diesem Gesicht?

Was sprach dieser Mund?
Wovon war die Rede
auf dem Weg durch den Wald,
fünfzig Schritte hin
und fünfzig zurück?
Gerede von Alltäglichem,
Informationen
über Sachen und Leute?
Oder war da ein Gleichklang?
Gibt es das
zwischen Menschen?
Oder sind wir wie Vögel,
die erschreckt aufflattern
und davonstreichen
zwischen schwarzen Ästen,
wenn im braunen Laub
Schritte rascheln?

Was weiß ich noch
von diesen Wörtern

auf dem Weg durch den Wald?
Formten sich Bilder
aus diesen Wörtern
zwischen Kies
und zertretenen Eicheln
und braunem Laub?
War da ein rotes Dach
zwischen grünen Bäumen
unter glasblauem Himmel?
Die kühle Sonne
zwischen schwarzen Ästen,
wärmte sie meine Haut?
War da ein Vogel,
der sein Lied sang
mitten im Herbst?
Eine Musik
zwischen den Worten,
ein Gleichklang?

Wie kann ich wissen,
woher die Bilder kommen,
die mein Hirn überschwemmen,
woher die Wärme ausstrahlt,
die meine Haut
nicht mehr frösteln läßt?
Ausschüttung von Hormonen,
Triebreaktion,
Mißverständnis der Natur;
ein Vogel,
der sich betrügen läßt
von einem warmen Herbsttag
und sein Lied singt
mitten im Herbst

ohne Echo
ins Leere.

Oder nicht ins Leere?
Sind die Worte des Menschen
nicht ins Leere gesprochen?
Sind wir anders
als die Vögel,
mehr als Triebreaktion,
nicht hilflos ausgeliefert
der Ausschüttung von Hormonen?
Doch was sind wir dann?
Reimen wir uns etwas zusammen
aus den Einflüsterungen
des Bluts?
Ist ein Gedicht
nur der Versuch,
bestimmte Konstellationen
von Nukleinsäuren
zu interpretieren?

Oder war da etwas
von Anbeginn,
ehe die Nukleinsäuren
sich verknüpften
zu den Ketten des Lebens,
ehe der Wald wuchs,
durch den ich gehe,
fünfzig Schritte hin
und fünfzig zurück,
und seine Eicheln abwarf,
die zertreten werden
oder keimen

zu neuen Bäumen;
ehe die Vögel waren,
die verstummt
auf schwarzen Ästen hocken
und auf den Winter warten.
Oder auf den Frühling warten.
Was war da,
daß der Mensch die Hoffnung nährt,
er könne sich befreien
aus dem Netz der Makromoleküle,
sich erheben
über die Einflüsterungen
seiner Hormone?

War da einer von Anbeginn?
Hat er uns in das Gefängnis
unserer Leiber geworfen,
damit wir lernen,
was der Mensch ist?
Hat er die Chemie unserer Leiber
dazu erschaffen,
damit wir uns Botschaften sagen,
zu denen Wörter nicht taugen?
Lebt das Wissen darum,
wozu er uns erschaffen hat,
schon als Keim
in den Zellen meines Hirns,
ein Keim,
der mich bewahren soll
vor der Verzweiflung
unter den Zwängen
chemischer Prozesse?

Die Eicheln,
die ich zertrete,
werden vermodern;
das braune Laub
wird verwesen;
die fünfzig Schritte hin
und die fünfzig zurück
hole ich nie mehr ein.
Aber das,
was wirklich ist,
liegt nicht dort,
wo der Wald vermodert,
wo meine Schritte
längst nicht mehr
in den Blättern rascheln.

Was aber bleibt
von dem Weg durch den Wald?
Die Eicheln bleiben nicht,
die mein Fuß zertritt;
die Blätter bleiben nicht,
die unter meinen Schritten rascheln;
die Vögel nicht.
Sie fliegen davon,
leben irgendwo
und sterben.
Aber was wirklich ist,
lebt.

Doch was weiß ich vom Leben?
Was ich sehe,
ist vom Tod gezeichnet,
der Weg,

auf dem ich gehe,
übersät von Sterbendem,
zertretenen Eicheln,
braunem Laub.
Der Tod ist schon eingebaut
in die Ketten des Lebens.
Wie kann ich etwas wissen
vom Leben,
wenn in meinem Hirn
der Tod nistet?
Ein Wurm,
der mir am Leben frißt,
unersättlich in seiner Gier,
Leben zu vertilgen.

Ist es seine Gier,
die mich gelehrt hat,
zu fressen,
zu vertilgen,
solange noch Zeit bleibt
den kurzen Weg durch den Wald
oder sonstwohin?
Was weiß ich vom Leben,
solange der Wurm
an meinen Gedanken frißt,
die das Leben suchen
im Rachen des Todes?

Was geschah
auf dem Weg durch den Wald,
fünfzig Schritte hin
und fünfzig zurück,
das mich zwingt,

auf dem Weg des Todes,
im Rachen des Todes
nach dem Leben zu fragen?
Wurde für wenige Schritte
unerreichbar nah
fern neben mir
eine Botschaft hörbar,
ein Gleichklang
im Geräusch anderer Schritte,
im Klang
einer anderen Stimme?

Ist das Leben:
anderes aufnehmen,
das nicht aus mir selbst kommt
und das mich verändert?
Das kann er nicht fressen,
der Wurm,
der mir am Leben frißt,
das kann er nicht vertilgen:
Zuneigung,
die nicht fressen will,
sondern geben;
Nähe,
die nicht vertilgen will,
sondern wärmen.

Das weiß ich noch
von dem Weg durch den Wald,
fünfzig Schritte hin
und fünfzig zurück:
Die zertretenen Eicheln
werden vermodern,

das braune Laub
wird verwesen,
die Vögel fliegen davon,
aber was wirklich ist,
stirbt nicht,
sondern lebt.

B., am 26. November

Meine liebe Rachel,

ist erst ein Monat vergangen, seit ich Dir zuletzt geschrieben habe? Der Kalender sagt es, aber mir kommt es so vor, als wären inzwischen Jahre verstrichen. So traurig es mich macht, daß ich seither ohne Nachricht von Dir bin – es war dennoch gut, daß Erwin Dich sofort von meinem *Verschwinden* verständigt und Dir geraten hat, mir vorderhand nicht zu schreiben. Die Post an meine Adresse wäre sicher abgefangen worden, und meine Wohnung hat man, wie ich erfahren habe, durchsucht und versiegelt (ein Glück, daß ich Deine Briefe sicherheitshalber bei Erwin deponiert hatte!). Womöglich wärst auch Du noch in diese Geschichte hineingerissen worden. Nicht auszudenken! Das war während der vergangenen Wochen meine größte Sorge.

Inzwischen sitze ich nun wieder – ziemlich angeschlagen, wie ich zugeben muß – in Erwins Badezimmer und will versuchen, Dir der Reihe nach zu berichten, was mir passiert ist. Es begann mit dieser Angestelltenversammlung in meinem Institut, die mir beinahe meine Fahrt nach L. und zu Amelie versalzen hätte. Erst jetzt weiß ich mein Glück voll zu schätzen, daß ich doch noch diesen schönen Tag bei Dir verbringen konnte. Du hast ja inzwischen erfahren, was er für mich bedeutet.

Ich ging also am Montag nach meiner Rückkehr nichtsahnend zu dieser Zusammenkunft und bemerkte nur – auch das erst im letzten Augenblick –, daß vor dem Eingang zu dem Saal, in dem sie stattfinden sollte (was dann übrigens gar nicht geschah), ein paar Leute standen, an denen jeder vorübergehen mußte. Sobald ich vor der Tür angekommen war, sprang von der Seite her jemand auf mich zu, zeigte mit dem Finger auf mich und rief: »Das ist er!« Ich wendete mich erschrokken um und fand mich Auge in Auge mit jenem gräßlichen Befrager, den ich bei meinem Bäckermeister so unverschämt ins Bockshorn gejagt hatte. Er zeterte, wie ein gekränkter Subalternbeamter nur zetern kann, packte mich beim Arm und schrie immer wieder: »Das ist er! Das ist er! Nehmen Sie ihn fest!« und das taten dann auch zwei Polizisten, die plötzlich aus dem Hintergrund auftauchten und mir gleich Handschellen anlegten. Dann trat so ein betont unauffällig gekleideter Geheimdienstmann auf mich zu und sagte halblaut: »Geben Sie zu, daß Sie diesen Beamten der örtlichen Sprachüberwachungsbehörde an der Ausübung seiner Dienstpflicht gehindert haben?«

Ich war so perplex, daß ich nickte. Leugnen hätte mir ohnehin kaum etwas genützt, zumal dieser Befrager immer noch triumphierend um mich herumhampelte und schrie: »Das sollen Sie mir büßen! Dienstbehinderung, Amtsanmaßung, Begünstigung verdächtiger Personen et cetera et cetera!«, und diesen Geheimdienstler forderte er auf, sich meinen Ausweis zeigen zu lassen. »In der rechten unteren Ecke ist ein eiförmiger Tintenklecks«, sprudelte er diensteifrig hervor, »daran können Sie erkennen, daß dies der Mann ist, der all dieser Verbrechen schuldig ist.«

Der Geheime durchsuchte meine Taschen, nahm mir dabei gleich alles mögliche weg, das er für gefährlich oder verdächtig hielt, und fand natürlich auch meinen Ausweis, in dem sich tatsächlich der besagte Fleck befand. Damit galt für ihn meine Schuld als erwiesen, und er ließ mich abführen, mitten durch meine Kollegen, die sich vor der Tür zusammengedrängt hatten. Jetzt gab es plötzlich keinen mehr, der mir freundlich zugenickt hätte. Sie rückten von mir ab wie von einem Aussätzigen und wagten kaum, mir in die Augen zu blikken. »Gehen Sie an Ihre Arbeit!« rief der Geheimdienstler.

»Die Versammlung ist abgesagt!« Nun, das hatte wohl inzwischen auch der letzte kapiert, wozu das alles veranstaltet worden war, und so trotteten sie einer nach dem anderen davon, ohne mir noch einen Blick zuzuwerfen.

Unten vor dem Tor wurde ich in ein Auto verfrachtet, und dann ging's in polizeiwidrig hohem Tempo durch die Straßen bis vor das Amtsgebäude der örtlichen Sprachüberwachungsbehörde. Zum Empfang nahm man mir dort auch noch alles übrige ab, das ich in den Taschen trug, zog mir den Gürtel aus der Hose und die Schnürsenkel aus den Schuhen. Dann folgte das übliche erkennungsdienstliche Ritual: Abnehmen der Fingerabdrücke und Porträtaufnahmen en face und im Profil, und schließlich sperrte man mich in eine Einzelzelle.

Dort saß ich erst einmal drei Tage lang, ohne daß sich jemand um mich gekümmert hätte, wenn ich von der wässerigen Kohlsuppe absehen will, die man mir zweimal am Tag durch die Luke schob. Dafür hatte ich einen Lautsprecher in meinem Appartement, und das war das Schlimmste, denn er ließ sich nicht abstellen. Ununterbrochen wiederholte er quäkend immer die gleichen Sätze: SPRACHE IST EINDEUTIG. WER EINDEUTIGKEIT BEZWEIFELT, IST VERRÜCKT ODER EIN LÜGNER. WER WÖRTERN ANDERE BEDEUTUNG GIBT, BEGEHT EIN VERBRECHEN AN DER SPRACHGEMEINSCHAFT. ER SOLL SCHWEIGEN, SCHWEIGEN, SCHWEIGEN. SPRACHE IST EINDEUTIG. WIR WISSEN, WAS WÖRTER BEZEICHNEN. WIR KENNEN ALLE BEDEUTUNGEN. WER UNS GLAUBT, LEBT IN SICHERHEIT. ER IST GLÜCKLICH, GLÜCKLICH, GLÜCKLICH. SPRACHE IST EINDEUTIG ...

So ging das Tag und Nacht, und es half nichts, wenn man sich die Ohren zuhielt; denn der Lautsprecher machte seinem Namen alle Ehre und dröhnte, daß einem das Hirn unter den Schallwellen vibrierte. Nach diesen drei Tagen war ich fast so weit, daß ich all diesen Unsinn selber glaubte.

Irgendwann am vierten Tag kam ein Wachmann, schloß mich wortlos mit einer Handschelle an seinen linken Arm und brachte mich durch einen langen, düsteren Gang, über Treppen und wieder einen Gang in einen kahlen Raum, in dem ein Mann an einem Tisch saß und in Akten blätterte. Er blickte kaum auf, als wir eintraten, und befahl dem Wachmann, mich loszuschließen und zu gehen. Eine Weile ließ er mich stehen, dann deutete er mit einer Kopfbewegung auf den Stuhl, der vor seinem Tisch stand, und ich setzte mich, während der Mann weiter in seinen Papieren las. Er hatte graues, kurzgeschnittenes Haar, wasserhelle Augen und ein blasses, dermaßen ausdrucksloses Dutzendgesicht, daß ich es jetzt aus der Erinnerung kaum näher beschreiben könnte, obwohl er mir Zeit genug ließ, es in Ruhe zu betrachten. Mit einem unvermittelten Ruck hob er dann plötzlich den Kopf und fragte wie aus der Pistole geschossen: »In wessen Auftrag handeln Sie?«

»Handeln?« fragte ich gedehnt, um Zeit zum Nachdenken zu gewinnen. Um ehrlich zu sein: Ich hatte Angst, Angst um mich selber und auch davor, daß ich durch irgendeine unüberlegte Äußerung meine Freunde verraten könnte. In diesem Augenblick mußte ich an Helmut/Melhut denken und versuchte mir vorzustellen, wie er jetzt antworten würde. »Handeln?« wiederholte ich mit allen Anzeichen des Erstaunens. »Mit wem soll ich gehandelt haben? Ich betreibe überhaupt keinen Handel.«

Der Grauhaarige schaute mich völlig perplex an und wußte mit dieser Antwort überhaupt nichts anzufangen. Siehst du, dachte ich mir, das hast du nun davon, daß du dich auf Eindeutigkeit von Sprache festgelegt hast. »Früher einmal«, redete ich mit dem Mute der Verzweiflung weiter, »aber das ist schon Jahrzehnte her, und ich studierte damals noch, da habe ich mein Budget ein bißchen damit aufgebessert, daß ich mit Hosenträgern gehandelt habe. Das war damals in der Zeit, als diese lässig-sportliche Herrenkleidung abkam und man sich wieder konservativ trug, eben mit Hosenträgern, Krawatte und so. Mit Krawatten habe ich's damals übrigens auch probiert, aber das wurde mir dann zu kompliziert. Krawatten sind Geschmackssache, und so viele verschiedene kann man unmöglich mit sich herumschleppen. Mit Hosenträgern ist das einfacher; da kommt es mehr oder weniger nur auf die Elastizität an, und die läßt sich überzeugend demonstrieren« – dabei griff ich mit dem Daumen unter einen imaginären Hosenträger und ließ ihn zurückschnellen: »Schnapp!«

»Hören Sie doch auf mit diesem Geschwätz!« schrie jetzt endlich der Grauhaarige. »Sie wissen genau, was ich meine! Ich will Sie lehren, das Gericht zu verspotten!«

»Oh«, sagte ich, »dazu bedarf es nicht Ihrer Belehrung. Dieses eine Gericht zu verspotten, das hier im Hause serviert wird, vermag jedes Kind. Ich bin ja als Junggeselle an Kantinenessen gewöhnt und nicht sonderlich anspruchsvoll, aber der Koch, der diese miserable Kohlsuppe zusammenmanscht, verdient nichts anderes, als daß man ihm diesen Fraß täglich selber vorsetzt. Dabei kann man, wenn man sich nur ein bißchen Mühe gibt, Kohlsuppe ganz vorzüglich zubereiten. Wissen Sie, ich hatte da in jungen Jahren eine Tante, Malwine hieß sie übrigens, die eine ausgezeichnete Kohlsuppe zu kochen verstand. Interessiert Sie das Rezept? Vielleicht könnten Sie es Ihrem Koch weitervermitteln. Ich will mal versuchen, ob ich es noch zusammenbringe: Also, sie kochte die Suppe grundsätzlich aus einem Schinkenknochen. Der Kohl wurde nudelig geschnitten und zunächst ganz kurz mit gewürfelten Zwiebeln angedünstet, und zwar in Gänsefett – zur Not kann man auch Schweinefett nehmen, aber das würde schon einen beträchtlichen Qualitätsverlust bedeuten –; erst dann wurde der Kohl mit der Suppe aufgegossen. Salzen nicht vergessen, aber natürlich kam auch reichlich Kümmel hinein. Eine Kohlsuppe ohne Kümmel! Ich bitte Sie! Allein die Blähungen, die man davon bekommt! Und nicht einmal das weiß dieser Koch hier im Hause! Aber der Clou war dann eine Zehe Knoblauch (pro Person), mit Salz abgerieben, versteht sich, damit er sich gut verteilt, und zum Schluß, wenn die Suppe schon vom Feuer gezogen ist, einen Klacks sauren Rahm. Davon hätten Sie kosten müssen! Noch zur gleichen Stunde würden Sie Ihren Koch vor die Tür setzen!«

Der Grauhaarige schluckte und bekam einen leicht irren Blick. »Was reden Sie da überhaupt?« sagte er. »Kohlsuppe? Glauben Sie, das ist hier ein Spiel?«

»Von ganzem Herzen will ich das glauben!« rief ich aus und begriff zum ersten Male richtig, was das Wort Galgenhumor bedeutet. »Haben Sie die Regeln noch nicht begriffen? Sie sagen mir ein Wort, und ich muß herausfinden, wie man es gebrauchen könnte. Kennen Sie das nicht? Es läßt sich natürlich auch mit verschärften Regeln spielen, zum Beispiel so, daß ich sofort mit einem Satz antworten muß, der die Mehrdeutigkeit dieses Wortes entlarvt, oder gar aus dem Stegreif eine ganze Geschichte dazu erzähle ...«

»Aufhören!« schrie der Grauhaarige und schlug mit der Faust auf seine Akten. »Sofort aufhören!«

»Ein gutes Wort«, sagte ich. »Es ist nur die Frage, worauf man hören soll. Im Augenblick höre ich auf Sie; Sie brauchen also gar nicht so zu schreien, denn ich habe die Erfahrung gemacht, daß die Überzeugungskraft von Wörtern mit zunehmender Lautstärke abzunehmen pflegt – ein reziprokes Verhältnis sozusagen. Jedenfalls was mich betrifft, verhält sich das so. Ich versuche allerdings auch auf das zu hören, was in einer sprachlichen Äußerung an psychischen Befindlichkeiten mitschwingt, und da muß ich im konkreten Falle, nämlich bei Ihnen, einen gewissen Grad von Erregung, ja fast von Verwirrung konstatieren wie bei einem Menschen, der unversehens in einen Bereich geraten ist – in diesem Falle einen Bereich sprachlicher Art –, in dem ihm gewissermaßen seine Orientierungsfähigkeit abhanden gekommen ist. Woran haben Sie sich eigentlich bislang, sprachlich gesehen, orientiert? Worauf haben Sie gehört? Wohl doch auf die Maximen sprachlicher Eindeutigkeit, möchte ich meinen ...«

»Schluß jetzt!« brüllte der Grauhaarige. »Endgültig Schluß!«

»Ja«, redete ich weiter, und mir war dabei zumute, als hörte ich mir selber zu, wie ich mich um Kopf und Kragen redete, ohne daß ich meinen Redefluß hätte stoppen können, »welchen Schluß sollte man daraus ziehen? Vielleicht den, daß es mit eurer vielgepriesenen Eindeutigkeit doch nicht so recht funktionieren will? Das verwirrt Sie ungemein, nicht wahr?«

Der Grauhaarige hatte jetzt endgültig genug. Er knallte den Aktendeckel zu, daß ein paar der Papiere herausflatterten und sich ringsum auf dem Fußboden verteilten, stand auf und drückte auf einen Knopf. »Das kommt Ihnen teuer zu stehen!« sagte er wütend.

»So?« sagte ich. »Dann war es ja gut, daß Sie mir dann doch einen Sitzplatz angeboten haben, wenn das Stehen hier teuer ist, womöglich sogar teurer als das Sitzen. Im Theater ist es ja umgekehrt, dort sind die Stehplätze billiger. Sie veranstalten hier wohl so eine Art Anti-Theater?«

In diesem Augenblick kam der Wachbeamte, offenbar durch das Klingelzeichen herbeigerufen, in den Raum zurück. »Dunkelhaft!« sagte der Grauhaarige zu ihm und begann seine Papiere vom Boden aufzusammeln, während der Beamte mir die Handschelle anlegte. Ich konnte es noch immer nicht lassen und sagte: »Dunkelhaft? Wenn Ihnen das dunkelhaft erschienen ist, was ich Ihnen geantwortet habe, dann tut es mir leid. Ich hoffe jedoch, Sie halten mich nicht für dünkelhaft, denn diesen Eindruck wollte ich gewiß nicht erwecken, eher bin ich ein bißchen schwatzhaft, aber ich habe durchaus versucht, Ihre Fragen gewissenhaft zu beantworten ...« Weiter kam ich nicht, denn der Wachmann zerrte mich durch die Tür und brachte mich zurück in meine Zelle.

Auf dem Weg dorthin überkam mich ein gewisses Hochgefühl, so als sei ich aus diesem Zweikampf als Sieger hervorgegangen, aber sobald ich wieder in meiner Einzelzelle saß und der Wachmann das ohnehin kleine Fenster durch eine Art Schiebevorrichtung völlig abgedunkelt und die Tür hinter sich versperrt hatte, verflog das sehr rasch, zumal da nun mein Lautsprecher wieder eingeschaltet wurde. Zunächst war ich erleichtert, daß man ihn auf eine geringere Lautstärke eingestellt hatte, aber bald merkte ich, daß zugleich die Klangfarbe auf eine heimtückische Weise geändert worden war: Seine Sprüche hörten sich jetzt viel obertöniger an, so wie wenn einer mit übertrieben deutlicher Aussprache flüstert, wobei Konsonanten wie *f, s, sch, t* oder *z* besonders scharf zischen. Das erweckte den Eindruck, als spreche diese monotone Stimme, der man nicht entkommen konnte, in meinem eigenen Hirn.

Während ich in den Tagen zuvor versucht hatte, meine Aufmerksamkeit auf Einzelheiten der Zelle zu konzentrieren, etwa indem ich die Gitterstäbe des Fensters zählte, mit den Sprossen des Stahlbettes multiplizierte und die so gewonnene Zahl durch die Anzahl der Dielenbretter teilte, gab es jetzt keinerlei Anhaltspunkt optischer Art mehr in dem Raum. Zeitweise war mir zumute, als liege ich in einem Sarg, der mich von allen Seiten her dermaßen beengte, daß mir die Luft wegblieb, und wenn ich dann versuchte, den Raum abzuschreiten, der mir zur Verfügung stand, erschien er mir wieder so unermeßlich groß in seiner Ausdehnung, daß ich erleichtert aufatmete, wenn ich endlich wieder zu meinem Bett zurückgefunden hatte.

Die einzige Unterbrechung geschah durch das Hereinschieben der Kohlsuppe (deren Qualität sich übrigens in keiner Weise gebessert hatte). Das eher matte Dämmerlicht des Ganges brach dann in meine Zelle wie ein blendender Blitz, um sofort wieder zu verlöschen. Anfangs versuchte ich, anhand der Suppenausgaben die Tage zu zählen, die ich so verbrachte, aber bald wußte ich schon nicht mehr, ob ich nun die siebente oder die achte Suppe löffelte, und außerdem schienen mir die Abstände, in denen sie hereingeschoben wurde, beträchtlich länger als früher. Das mochte an der ständigen Dunkelheit liegen, die mein Zeitgefühl verwirrte, aber es war ja auch möglich, daß man mich auf knappere Ration gesetzt hatte, und so gab ich es auf, die Tage zu zählen.

So lag ich die meiste Zeit auf meinem Bett, ausgeliefert den Einflüsterungen des Lautsprechers. Um mich dagegen zu wehren, begann ich auch hier Helmuts Künste einzusetzen und die Wörter dieser Sätze durcheinanderzuwürfeln.

»Was wissen wir von Sprache?« sagte ich laut. »Wir bezweifeln die Eindeutigkeit von Wörtern. Wer alle Bedeutungen zu kennen behauptet, ist verrückt oder ein Lügner. Wer die Wahrheit zu wissen meint, lebt in Unsicherheit. Wer andere Bedeutungen von Wörtern verschweigt, begeht ein Verbrechen an der Sprachgemeinschaft. Nur wer die Wahrheit sucht, ist glücklich.«

Ich weiß nicht, ob mir jemand zuhörte (es kann ja sein, daß auch Mikrophone in die Wände der Zelle eingebaut sind), aber ich redete jedenfalls laut gegen diese Sätze an, bis ich all diese Wörter zu einem unsinnigen Kauderwelsch vermantscht hatte, oder ich brüllte: »Sprachbezweiflung führt zur Wahrheit! Wer kennt denn Bedeutungen in dieser Lügengemeinschaft! Schweigt doch, ihr Verbrecher!« und schließlich ergaben sich daraus gedichtartige Sequenzen, die ich wie Zaubersprüche vor mich hinraunte:

> Sprache deutet,
> was Wörter bezeichnen.
> Sind verrückt oder Lügner,
> die Wissen bezweifeln?
> Wer kennt die Bedeutung,
> wer weiss die Wahrheit?
> Sprache verschweigt nicht
> Verbrechen an Wörtern.
> Suche wahre Bedeutung,
> sonst musst du schweigen!

Und dann schwieg ich erst einmal eine Weile und versuchte, mich an andere Texte zu erinnern, mit denen ich gegen dieses widerwärtige Geflüster angehen konnte, das mich noch bis in den Schlaf verfolgte (und mir übrigens auch heute noch, wenn ich allein bin, in den Ohren klingt). Vor allem habe ich versucht, an Dich zu denken, meine liebe Rachel, stellte mir Dein Gesicht vor und Deine Augen, wenn Du lachst oder zuhörst, Deine Hände, wie sie behutsam und doch sehr bestimmt irgendwelche Dinge anfassen, schließlich Deinen Mund, wenn Du sprichst, die Bewegung Deiner Lippen, die mich geküßt haben. Dabei fielen mir auch die Geschichten und Verse wieder ein, die Du für mich aus diesem alten Buch übertragen hast, und diese Texte bewiesen eine besondere Kraft in meinem sehr viel mühsameren Zweikampf mit dem anonymen Lautsprecher. Vielleicht weil hinter ihren Worten die Gewißheit zu spüren ist, daß es jenseits aller unvollkommenen Wörter und Sätze eine Kraft gibt, die stärker ist als all die Manipulationen dieser ideologischen Sprachregler, denen ich in die Hände gefallen war. Das hat mich sehr getröstet und mich dazu gebracht, die Armseligkeit dieser Lautsprecher-Tiraden erst richtig zu erkennen. Ich habe es also vor allem Dir und Deinem Buch zu verdanken, daß ich nicht verrückt geworden bin von diesem zischelnden Geflüster in meiner Dunkelzelle.

Dennoch gab es Zeiten, in denen ich nahezu jede Orientierung verlor. Die Flüstersätze rauschten an meinen Ohren vorüber wie das Kauderwelsch einer fremden, für mich unverständlichen Sprache, und mir war zumute, als seien die Wörter, die mir selbst zur Verfügung standen, in ihrer Bedeutung auch nur mir selbst zugänglich und untauglich zur Verständigung mit anderen. Periodenweise geriet ich in eine Art Panik der vollkommenen Isolation, und ich fing an, mir Texte auszudenken, die sich als Beschwörungsformeln gegen dieses Gefühl der Abkapselung gebrauchen ließen, und auch dabei kamen mir Bilder aus Deinem alten Buch zu Hilfe. Ich memorierte sie immer wieder, bis sie sich mir so eingeprägt hatten, daß sie mich sogar im Schlaf gegen das penetrante Geflüster des Lautsprechers abschirmten. Einen solchen Text lege ich diesem Brief bei.

Als dann eines Tages – ich wußte damals nicht, wieviel Wochen oder gar Monate inzwischen verstrichen waren (heute weiß ich, daß es nicht viel mehr als vierzehn Tage gewesen sind) – von draußen der Schlüssel ins Schloß gestoßen, krachend umgedreht und die Tür geöffnet wurde, war ich in einer derart desolaten Verfassung, daß ich zu Tode erschrak, mich in den entferntesten Winkel der Zelle flüchtete und hinter der Klosettschale zu verstecken versuchte. Ich schloß die Augen vor dem an sich spärlichen Licht, das durch die Tür hereinfiel, hörte nur, wie der Wachmann mit klirrendem Schlüsselbund durch den Raum schritt und den Verdunkelungsschieber mit einem kratzenden Geräusch vom Fenster entfernte. Als ich dann für eine Sekunde die Augen öffnete, wurde ich dermaßen geblendet, daß ich für längere Zeit nichts mehr sehen konnte.

»Was machen Sie dort am Abort?« fragte der Wachmann. »Müssen Sie mal? Nein? Dann kommen Sie mit zum Verhör!« Er ließ seine Handschelle um mein Handgelenk schnappen und zerrte mich hinaus. Wie ein Blinder tappte ich hinter ihm über Gänge und Treppen. Er fluchte, wenn ich stolperte, »Stellen Sie sich nicht so an!«, zog mich weiter und brachte mich schließlich in einen Raum, der so weit abgedunkelt war, daß ich allmählich mein Sehvermögen zurückgewann. Ehe ich noch Einzelheiten erkennen konnte, hörte ich eine Stimme sagen: »Schließen Sie den Herrn Doktor los und lassen Sie uns allein!« Ich war überrascht von dem Klang dieser Stimme. Offenbar war es nicht der Grauhaarige, der mich hier empfing, sondern ein Mann, dessen Stimme weitaus verbindlicher, ja eigentlich recht jovial klang.

»Bitte setzen Sie sich, Herr Doktor!« sagte er, und während ich den Stuhl ertastete und mich langsam darauf niederließ, trat die Erscheinung dieses Vernehmungsbeamten allmählich schärfer in mein Blickfeld. Er trug eine durch und durch freundliche Miene zur Schau. Es hätte überhaupt keinen größeren Gegensatz geben können als jenen zwischen dem farblosen Gesicht des Grauhaarigen und diesem hier: Über wohlgenährten, leicht geröteten Bäckchen (ein Weintrinker?) saß, etwas herabgerutscht, eine goldgerandete Brille, durch deren Gläser mich zwei dunkelbraune Augen mitfühlend betrachteten. Das Ganze wurde eingerahmt von einem gemütlichen Backenbart, wie ihn sich eigentlich sonst nur ein Literat oder ein Kaffeehausmusiker leistet; nur das Kinn unter dem lächelnden Mund erschien mir etwas zu hart und zu klobig für dieses eher weiche, fast sentimentale Gesicht.

»Ruhen Sie sich erst mal ein bißchen aus, Herr Doktor«,

sagte der Backenbärtige. »Wir haben Zeit, viel Zeit.« Dann holte er aus der Tasche ein Päckchen Zigaretten, bot mir eine an, und als ich mich als Nichtraucher deklarierte, fragte er höflich, ob es mich stören würde, wenn er sich eine anzünde. Tatsächlich wartete er sogar mein gewährendes Nicken ab, ehe er sich eine Zigarette aus der Packung fischte. »Aber einen Kaffee werden Sie doch nicht ablehnen, Herr Doktor?« fragte er dann.

»Das würde mir vielleicht ein wenig auf die Beine helfen«, sagte ich und überlegte verwirrt, an wen ich hier eigentlich geraten war. Der Backenbärtige drückte auf den bewußten Knopf (inzwischen hatte ich erkannt, daß dies das gleiche Zimmer war, in dem mich der Grauhaarige vernommen hatte), gab dem eintretenden Wachmann den Befehl, für zwei Tassen Kaffee zu sorgen, und überließ mich dann wieder meinen eigenen Gedanken, während er selbst ohne sonderliches Interesse in den Akten auf dem Tisch blätterte. Dann kam der Wachmann zurück mit dem Kaffee, sogar Zucker und Milch waren dabei (letztere lehnte ich allerdings ab, da ich meinen Kaffee süß, aber schwarz zu nehmen pflege), und als wir dann beide den ersten Schluck getrunken hatten, nahm der Backenbärtige sein seltsames Verhör wieder auf und sagte: »Eine dumme Geschichte, in die Sie da geraten sind, Herr Doktor, eine dumme Geschichte!«

Als ich etwas darauf antworten wollte, hob er abwehrend die Hand und fuhr fort: »Sie brauchen mir gar nichts zu erzählen. Ich kenne diese Subalternbeamten zur Genüge. Nichts trifft sie tödlicher in ihrem übersteigerten Selbstbewußtsein und nichts macht sie wütender und rachsüchtiger als die Begegnung mit einem überlegenen Geist.« Er grinste verständnisvoll. »Da hätte ich Mäuschen sein wollen, um zu erleben, wie Sie diesen engstirnigen Befrager aufs Glatteis gelockt haben! Dieser Trottel war sogar dumm genug, mir haarklein zu erzählen, wie Sie dabei vorgegangen sind. Einfach köstlich!« Dabei haute dieser pausbäckige Vernehmungsrichter sich vor Vergnügen auf die Schenkel und lachte laut heraus.

Ich wußte nicht recht, wie ich mich verhalten sollte. Wollte dieser Mann hier sich über mich lustig machen oder meinte er das tatsächlich ehrlich? So zuckte ich nur mit den Schultern und sagte: »Wenn Sie das so köstlich finden, dann lassen Sie mich doch laufen!«

Der backenbärtige Biedermann wiegte bedauernd den Kopf. »Mein lieber Herr Doktor«, sagte er, »wenn das so einfach wäre! Sie kennen ja die Rachsucht dieses beschränkten Rechercheurs. Äußerst iraszibel ist der, äußerst iraszibel! Und dann mein armer Kollege! Was haben Sie nur mit ihm angestellt? Er war ja ganz desperat, als er vom Verhör kam.«

»Hat er sich über mich beschwert?« sagte ich. »Ich habe wirklich versucht, auf seine Worte einzugehen.«

»Aber wie!« sagte der Backenbärtige und blähte vergnügt seine Apfelbäckchen, um dann die angesammelte Luft in einem lautlosen Lachen wieder auszustoßen. »Sie brauchen mir doch nichts vorzumachen!« fuhr er dann schon fast kumpelhaft fort. »Ich habe durchaus Sinn für Ihre Zwei- und Mehrdeutigkeiten. Aber diesen bedauernswerten Menschen hätten Sie sehen sollen! Völlig irritiert war er und fragte mich nach jedem zweiten Satz, ob ich auch verstehen könne, was er meine. Sie sind mir schon einer!«

Während sich dieser joviale Inquisiteur, der doch immerhin ein Beamter der Sprachüberwachungsbehörde war, noch immer königlich zu amüsieren schien, wurde mir bewußt, daß er völlig ungeniert die verpönten hadubaldschen Zeitformen verwendete und sich auch sonst nicht gerade an den heute von Amts wegen üblichen Wortgebrauch hielt. Er hatte meine Verwunderung wohl bemerkt, denn er sagte: »Meine

Redeweise erstaunt Sie wohl? Mein lieber Herr Doktor, warum sollte man unter intelligenten Menschen nicht von diesen Möglichkeiten der Sprache Gebrauch machen? Nach außen und für das einfache Volk benötigt man halt so ein ideologisches Gerüst, an das sich die Leute halten können und – nebenbei gesagt – auch halten sollten, damit sie nicht auf abwegige Gedanken kommen. Aber unter uns Akademikern können wir doch dergleichen beiseite lassen! Es bereitet mir wirklich Vergnügen, mich mit einem so sprachgewandten Partner zu unterhalten.«

Was du nicht sagst! dachte ich. Bisher hatte ich doch kaum zur Unterhaltung beigetragen. Jedenfalls mahnte mich diese Erkenntnis zur Vorsicht. »Wissen Sie«, sagte ich, »als studierter und ausübender Philologe muß man sich mit allen möglichen Aspekten von Sprache beschäftigen, und dabei stößt man dann irgendwann einmal auf gewisse Widersprüchlichkeiten der gegenwärtigen Sprachregelung.«

»Genau!« sagte mein pausbäckiger Akademiker. »Sie sind eben ein denkender Mensch. Die Erfahrung, die Sie da gemacht haben, interessiert mich übrigens ganz persönlich. Was hat Sie eigentlich zu dieser Erkenntnis gebracht?«

Ein Besuch in Erwins Badezimmer, hätte ich beinahe gesagt, aber ich merkte noch beizeiten, wohin mich mein Gesprächspartner locken wollte, und sagte nur: »Das ist schwer zu präzisieren. Bei der Arbeit stößt man hie und da in einem älteren Werk auf solche Formulierungen, und mit der Zeit lernt man dann das grammatische System solcher Äußerungen zu durchschauen.«

»Ach ja?« sagte der Backenbärtige, und in seine Augen trat unversehens ein gespannter Ausdruck. »In welchem Werk denn zum Beispiel?«

Jetzt will er mich festnageln, dachte ich, aber so leicht wollte ich es ihm nicht machen. »In meinem Institut«, sagte ich, »bekam ich einmal den Auftrag, bestimmte Wortfelder aus dem Bereich der Gastronomie zu erfassen, und geriet dabei an ein altes Kochbuch – es befindet sich übrigens im Bestand unserer Bibliothek –, in dem bei der Beschreibung von Rezepten noch hadubaldsche Zeitformen verwendet werden. Ich erinnere mich da an ein Rezept für Wiener Schnitzel, in dem es hieß: Wenn man die Schnitzel mit einiger Vorsicht schön flachgeklopft hat, salzt man sie und taucht sie dann der Reihe nach in Mehl, Ei (das man mit einem Kaffeelöffel Öl versprudelt hat) und Semmelbrösel. Das Herausbacken wird nur dann zur Zufriedenheit gelingen, wenn man so viel Fett in der Pfanne bis zum Sieden erhitzt hat, daß die Schnitzel schwimmen. Sobald sie sich schön goldbraun gefärbt haben, hebt man sie aus dem Fett und läßt sie gut abtropfen, bis sie trocken sind ...«

Mein biederer Pausback winkte lachend ab und sagte: »Daß Sie sich mit Kochrezepten auskennen, habe ich schon gehört. Steht so etwas wirklich in Ihrer Institutsbibliothek oder stammt vielleicht auch dieses Rezept von Ihrer Tante Malwine? Aber im Ernst: Sie versuchen mir auszuweichen, und das kann ich gut verstehen. Vielleicht sollte ich jetzt doch meine Karten auf den Tisch legen, um Ihre Kooperationsbereitschaft zu erhöhen. Ich versichere Ihnen, daß ich keinerlei Interesse daran habe, Sie hinter Schloß und Riegel sitzen zu wissen. Im Gegenteil! Ich möchte Ihnen gern die Chance bieten, Ihre Fähigkeiten voll zu entfalten. Einen Philologen von Ihren Gaben sollte man nicht über der langweiligen Zusammenstellung von Wortfeldmaterial versauern lassen. Ich mache Ihnen ein Angebot: Kommen Sie zu uns in die Sprachüberwachungsbehörde! Ich bin sicher, daß Sie trotz Ihres schon etwas fortgeschrittenen Alters bei uns noch eine fabelhafte Karriere vor sich haben.«

Er blickte mich an, das pausbäckige Gesicht strahlend vor

eitel Wohlwollen, und wartete auf meine Antwort. Mir war klar, daß ich jetzt über mein weiteres Schicksal entscheiden mußte. »Was erwarten Sie dafür als Gegenleistung von mir?« fragte ich, obwohl ich mir schon denken konnte, was er antworten würde.

»Nichts Besonderes«, sagte er. »Lediglich eine detaillierte Auskunft über die Quellen Ihrer Kenntnisse und die Personen, die sie Ihnen vermittelt haben. Dafür werden Sie bei uns ein Wissen erwerben können, das selbst Ihnen noch verschlossen ist.«

Als er das sagte, spürte ich für einen Augenblick die Verlockung, auf diesen Vorschlag einzugehen und damit zugleich alle Schwierigkeiten vom Halse zu haben. Doch dann sah ich plötzlich Dein Gesicht vor mir, liebe Rachel, und hörte, wie Du mir die Geschichte erzählt hast, die am Anfang Deines alten Buches steht. »Sie erinnern mich an eine alte Geschichte von einer Schlange, die auch eindeutiges Wissen versprach«, sagte ich. »Auf den Sündenfall folgte dann die Vertreibung aus dem Paradies.«

Er wurde blaß, als er das hörte, und verlor vom einen zum anderen Augenblick jede Spur von Freundlichkeit. »Woher kennen Sie diese Geschichte?« fragte er scharf. »Wer hat Ihnen Zugang zu dem Buch verschafft, in dem sie steht?« Als ich nur mit den Schultern zuckte, stand er auf und sagte kalt: »Sie wollen es offenbar nicht anders haben.«

»Werde ich jetzt hingerichtet?« fragte ich in einem letzten Anflug von Galgenhumor.

Er lachte kurz auf und sagte: »Wo denken Sie hin! Wir leben doch in einem humanen, aufgeklärten Staat! Nach allem, was Sie mir gegenüber geäußert haben, sind Sie nicht recht bei Verstand. Dieser Meinung war übrigens auch mein Kollege, der Sie zum ersten Mal vernommen hat. Ich werde Sie in eine Anstalt einweisen, in der man dergleichen Gebrechen zu behandeln versteht.« Er drückte auf den Knopf, und dann führte mich der Wachmann zurück in meine Zelle.

Den Rest des Tages verbrachte ich in Angst; denn ich konnte mir durchaus vorstellen, wie man mich in dieser Anstalt behandeln würde. Nachmittags kam ein Barbier, der schweigend mein Gesicht von den Bartstoppeln befreite, und am Abend war es dann so weit (solche Transporte werden, offenbar um Aufsehen zu vermeiden, erst nach Einbruch der Dunkelheit vorgenommen). Der Wachmann kam, schloß mich wieder an seine Handschelle und führte mich zur Toreinfahrt. Dort wartete, gleichfalls an einen Wachbeamten gefesselt, ein Leidensgenosse, der an die gleiche Adresse geliefert werden sollte, ein athletisch gebauter, verstört dreinblickender Mann von noch nicht dreißig Jahren, der eigentlich eher wie ein Preisringer aussah als wie jemand, der sich mit Sprachproblemen beschäftigt.

Gleich darauf fuhr ein Krankenwagen vor, aus dessen Hintertür zwei weiß gekleidete Pfleger heraussprangen. Als ersten wollten sie den anderen Patienten in Empfang nehmen, doch sobald dessen Wachmann die Handschelle gelöst hatte, begann dieser traurige Hüne wie wild um sich zu schlagen. Beide Pfleger hängten sich an ihn, und er versuchte, sie abzuschütteln, begann, sich zu drehen, und wirbelte sie wie Strohpuppen im Kreis, daß sie zur Seite flogen. Einer brachte meinen Wachmann, der mir eben die Handschelle öffnen wollte, so zu Fall, daß er mit dem Kopf gegen die kantige Graniteinfassung des Tores schlug, bewußtlos zusammensackte und mir im Stürzen mit der halb geöffneten Handschelle den kleinen Finger fast abriß. Der Hüne rannte indessen davon, verfolgt von dem anderen Wachmann und den beiden Pflegern. Da sah ich meine Chance. Ich schlüpfte aus den Schuhen (versuch einmal in Halbschuhen ohne Schnürsenkel zu rennen!), packte meine Hose am Bund, damit sie mir nicht über die Hüften rutschte, und machte mich im wahrsten Sinne des Wortes auf die Socken, natürlich in die andere Richtung. Nach wenigen Schritten traf ich auf eine schlecht beleuchtete schmale Querstraße, flitzte um die Ecke und rannte, was meine Beine hergaben. Am anderen Ende mündete die Gasse in einen belebten Boulevard, wo ich endlich, schon ziemlich atemlos, mein Tempo mäßigen und mich unter die flanierenden Leute mischen konnte.

Zum Glück hatte man mir wenigstens mein Taschentuch gelassen (wir leben ja in einem humanen Staat!). Sonderlich sauber war es zwar nicht mehr und bestimmt nicht keimfrei, aber ich wickelte es trotzdem um meine verletzte Hand und steckte sie in die Rocktasche. Wenn ich schon in Socken spazierenging, wollte ich die Aufmerksamkeit nicht auch noch durch eine Blutspur auf mich lenken. Ich befand mich hier schon am Rande der Altstadt und erreichte nach einer Viertelstunde das Haus, in dem Erwin wohnt. Meine Hand tat inzwischen höllisch weh, und ich merkte plötzlich, wie erschöpft ich von dieser Rennerei nach zwei Wochen Kohlsuppe war. Die Haustür war schon versperrt. Es gelang mir eben noch, den Klingelknopf zu drücken, und dann wurde mir schwarz vor den Augen.

Irgendwie spürte ich nach einiger Zeit, daß mich jemand die Treppe hinaufschleppte, dann fiel ich für eine Weile wieder in einen bodenlosen Abgrund, aus dem mich erst ein brennender Schmerz herausriß. Ich fand mich auf einem Sofa liegend, und Erwin war damit beschäftigt, meine Hand zu verarzten, wobei er von seinem Vorrat an Jodtinktur reichlich Gebrauch machte. So gut er konnte, legte er mir einen Verband an (daher meine ziemlich krakelige Schrift!) und sagte dann: »Bleib ruhig liegen! Ich koch dir erst mal eine kräftige Suppe.«

»Bitte keine Kohlsuppe!« sagte ich.

»Keine Sorge«, sagte er lachend. »Ich weiß schon, was für entsprungene Knastbrüder gut ist.«

Als ich meinen Teller leergelöffelt hatte, war ich allmählich so weit, daß ich Erwin meine Erlebnisse in groben Zügen schildern konnte. Allerdings bin ich dann irgendwann darüber eingeschlafen.

Das alles geschah vor drei Tagen. Erwin hat mir inzwischen eine Schlafkammer im Nachbarhaus neben seinem Badezimmer eingerichtet, in der es allerdings weder Wasser noch Strom gibt. Hierhin ziehe ich mich zurück, wenn unangemeldeter Besuch kommt. Einstweilen werde ich unter Hausarrest stehen müssen, bis mir ein Bart gewachsen ist, der mein Gesicht hoffentlich so verunstaltet, daß mich keiner meiner früheren Bekannten wiedererkennt. Eher will Erwin mich jedenfalls nicht vor die Tür lassen, obwohl ich jetzt Zeit genug hätte, Dich zu besuchen. Wenn Du mir schreiben willst, dann schicke Deine Briefe bitte in einem zweiten Umschlag an Erwins Adresse. Nichts könnte meine ramponierte psychische Konstitution so rasch aufbessern wie ein Brief von Dir, meine liebe Rachel!

Herzlichst!
Dein Albert

Habe ich
nur Selbstworte
Auswurf der Begierde
verhehlte Vergewaltigung
Stein
statt Brot des Verstehens
nicht findend
nicht gebend
abprallend
am Fremdkörper
du

Mit dir
ins Gespräch kommen
erträumte Gespräche
Selbstgespräche
Wort
hinausgeschleudert
nicht aufgefangen
nicht empfangen
zurückstürzend
zum Schwermutspunkt
ich

Zu dir
nur Unsagbares
du bist schön meine Freundin
Salomo weiß es
Bild
vergangener Tage
aufgefangen

empfangen
blühend
im Hoffnungsraum
ich

Lerne ich
dich erkennen
Jakob erkannte Rachel
ohne Worte
Schau
statt verhehlter Gewalt
findend
gebend
eintauchend
im Gegenbild
du

B., am 1. Dezember

Meine zärtliche Geliebte,

noch immer kann ich es nicht fassen, daß Du hier bei mir in dieser Kammer neben Erwins Badezimmer gewesen bist und mein – glücklicherweise nicht allzu schmales – Lager mit mir geteilt hast. Erst wenn ich diesen kunstreichen Verband, den Du mir angelegt hast, betrachte und liebevoll betaste, wird es mir wieder zur Gewißheit, daß ich Deinen Besuch nicht nur geträumt habe. Wie ein Traum war es tatsächlich, als Du plötzlich in der Tür standst und mich einfach in die Arme genommen hast, als wären wir schon seit Jahren auf diese Weise vertraut miteinander. Ich hätte ja nicht zu hoffen gewagt, daß Du nach der Lektüre meines letzten Briefes alles stehen und liegen läßt und Dich ins Auto setzt, um Dich meiner verletzten Hand anzunehmen, nicht davon zu reden, auf welche Weise Du Dich meiner sonst noch angenommen hast.

Ich muß Dir wohl ziemlich vernagelt vorgekommen sein an jenem Abend in Deiner Wohnung, daß ich nicht begriffen habe, warum Du unter anderen gerade jene Texte aus Deinem alten Buch herausgesucht hattest wie diese bilderreichen Liebeslieder. Ich begreife eben erst allmählich, daß Texte nicht nur Dokumente von sprachwissenschaftlichem Interesse sind, sondern zunächst einmal vom Leben reden. Aber Du bringst mir das schon noch bei, hinter all diesen Wörtern die sinnliche Anschauung der Wirklichkeit zu entdecken – ich wüßte mir keine bessere (und anschauenswertere) Lehrmeisterin dafür als Dich.

Erwin war übrigens sehr beeindruckt von Dir. »Für dich ist das Beste wohl gerade gut genug!« hat er gesagt. Das hört sich zwar ein bißchen flapsig an, war aber durchaus als Kompliment gemeint. Es klang schon fast neidisch, als er sagte, daß er ausgerechnet mir eine solche *Eroberung* nicht zugetraut hätte. Nun, ich mir auch nicht, und das weißt Du. Ich konnte mir schlechterdings nicht vorstellen, daß eine so bezaubernde und obendrein mit beiden Beinen auf dem festen Boden stehende Frau außer unseren Plaudereien über Sprachgeschichte und Vor-Literatur irgend etwas an mir finden könnte, einem grauhaarigen, ziemlich ausgetrockneten Philologen, der sich neuerdings ein wenig konspirativ gibt. »Hör endlich auf damit, dich so darzustellen, wie du eigentlich gar nicht bist«, hast Du gesagt, und weiter: »Du warst immerhin Manns genug, dem Versucher ins Angesicht zu widerstehen, und das wußte ich schon, als ich dich kennengelernt habe.« Wieso eigentlich? Ich hätte mir das damals selber nicht zugetraut. Jedenfalls hast Du mit dieser Bemerkung mein Selbstbewußtsein enorm aufgemöbelt! Aber mach mich jetzt bitte nicht zu so einer Art Heldenfigur! Das bin ich nicht und will es auch gar nicht sein. Ich bin schon zufrieden, wenn Du mich so magst, wie ich wirklich bin, also auch mitsamt der Angst, die mich bei diesem Abenteuer fast um den Verstand gebracht hat und mich noch jetzt in der Nacht schweißgebadet aus dem Schlaf hochfahren läßt.

Seit ich Dich dann neulich nach einem solchen Alptraum neben mir fand und Du mich in die Arme genommen hast, weiß ich, daß sich diese Angst ertragen läßt, auch wenn Du mittlerweile wieder sechs Bahnstunden entfernt in Deiner Ordination irgendwelche Patienten verarztest. Aber warte nur: Vielleicht sitzt eines Tages in Deinem Wartezimmer so ein zottelbärtiger Altrevoluzzer, der von Dir noch ein bißchen mehr erhofft als medizinischen Beistand.

Einstweilen muß dieser Bart allerdings erst wachsen. Hoffentlich haben die sprießenden Stoppeln Deine zarten Wangen nicht allzu sehr zerkratzt, mein Herz! Vor einiger Zeit las ich in Erwins Badezimmer eine Gedichtzeile aus dem Schatz der Vor-Literatur, mit der ich zunächst gar nichts anfangen konnte, die jedoch für mich jetzt mit sinnlich-konkreter Erfahrung gefüllt ist: ›Aber lieblich am stechenden Bart rauschen die Küsse.‹ Der Mann, der das geschrieben hat, soll zu diesem Zeitpunkt wahnsinnig gewesen sein. Ich kann das nicht glauben, es sei denn, ich selbst wäre verrückt.

Wie dem auch immer sein mag, ich bin mit dieser Art von Verrücktheit ganz zufrieden. Eigentlich könnte es mir kaum besser gehen: Ich brauche nur eine Tür zu durchschreiten, und schon befinde ich mich im geheimen Zentrum der Philologie, wo ich nach Herzenslust und ohne zeitliche Einengung durch irgendwelche anödenden Dienstpflichten in Texten schmökern kann, von deren Existenz ich noch vor kurzem nicht einmal eine Ahnung hatte. Den Tag über bin ich hier allein, und wenn Erwin abends nach Hause kommt, habe ich jemanden, mit dem ich über meine neuesten Entdeckungen diskutieren kann. Nur Du fehlst mir sehr.

Als ich gestern am Bildschirm-Spiegel saß und in allen möglichen Texten nach Spuren von den Geschichten aus Deinem alten Buch fahndete, hörte ich Schritte drüben in der Wohnung. Erwin konnte das nicht sein, denn es war noch früh am Nachmittag. Ich war schon drauf und dran, mich geräuschlos in meine Schlafkammer zurückzuziehen, als die Schranktür knarrend aufschwang und Herr Franz hereinschaute. Er war nicht weniger erschrocken als ich, doch sobald er mich erkannt hatte, stieg er durch den Schrank, begrüßte mich überschwenglich (natürlich hatte er erfahren, daß ich abhanden gekommen war), entschuldigte sich wortreich für sein Eindringen und sagte, er hätte nie von seinem Schlüssel Gebrauch gemacht, wenn er gewußt hätte ..., worauf ich ihn erst einmal beruhigte und ihm erklärte, daß ich bestimmt nicht zur Tür gegangen wäre, wenn er geschellt hätte. Dann mußte ich ihm erzählen, in was für ein Schlamassel ich geraten war. Als ich ihm meine beiden Verhöre geschildert hatte, hob er die Hand und sagte, in seine Kellnerdiktion zurückfallend: »Bitte vielmals um Vergebung wegen der Unterbrechung! Erlauben der Herr Doktor, daß ich ihm ein Rätsel aufgebe?«

Ich war in der Tat ein wenig irritiert über diese recht unvermittelte Art von Herrn Franz, seine Rätsel an den Mann zu bringen (kann so etwas zur Manie werden? fragte ich mich), aber ich ging darauf ein und bekundete meine Neugier.

»Also«, sagte Herr Franz, »das ist ein ziemlich schwieriges Rätsel, fast schon ein bißchen allegorisch. Aber nach Ihren jüngsten Erfahrungen müßten Sie eigentlich dahinterkommen. Hören Sie:

Eh der Morgen tagt,
geht einer auf Jagd.
Wohl findet er bald
eine Spur im Wald,
er läuft manche Stunde
und hetzt seine Hunde,
dann hört er sie bellen,
den Hirschen stellen,
doch erreicht er den Ort,
ist das Wild nicht mehr dort.
Seine einzige Beute
bleibt das Kläffen der Meute.
Wer sind dieser Jäger und dieser Hirsch,
und welche Hunde schickt er auf die Pirsch?«

Offenbar waren meine Gedanken noch immer bei Dir, Liebste, denn ich sagte: »Ein Liebhaber, der einem Mädchen nachstellt und dabei seine Komplimente verschwendet.«

Herr Franz war aufs äußerste befremdet. »Wie kommen Sie denn auf so was?« fragte er. »Dergleichen Assoziationen hätte ich bei einem seriösen Philologen eigentlich nicht erwartet.«

»Warum nicht?« sagte ich und war versucht, diesem Rätselfreund von Dir zu erzählen. Aber ich wollte nicht prahlen und hatte obendrein auch noch sachlichere Argumente bei der Hand, da ich kürzlich in Erwins Studierkabinett einen aufschlußreichen Essay über die Jagdmetaphorik in der ritterlichen Liebeslyrik gelesen hatte. »Ein alter literarischer Topos«, fuhr ich also fort. »Es gab in der frühen Vor-Literatur eine Epoche, in der adlige Sänger die Anspielungen auf ihre Liebesabenteuer mit Vorliebe als Jagdszenen zu kaschieren pflegten.«

»Die Herren wollten wohl vermeiden, daß man sie festnageln konnte?« sagte Herr Franz. »Ihre Metaphorik ist ja schon verräterisch genug! Offenbar galten ihnen Mädchen als Freiwild, das man erlegen kann wie Hasen oder Rehe. Halali! Und damit aus und passé.«

»Ganz so vordergründig war das nun auch wieder nicht gemeint«, sagte ich. »Nachdenkenswert erscheint mir eine solche Gleichsetzung von Liebe und Tod schon, und außerdem ging das nicht immer so glatt ab, daß hier jemand einfach zur Strecke gebracht wurde. Da gibt es zum Beispiel ein Lied von einem liebeskranken Herzog, das folgende Zeilen enthält: Ein edel Wild/ in diesem Gfild/ hab ich mir auserkoren/ es läuft ab mir/ als ich es spür/ mein Jagen ist verloren.«

»Sieh da!« rief Herr Franz überrascht. »Das paßt nun schon ziemlich genau zu meinem Rätsel! Wenn Sie mir nicht erklärt hätten, wie das zu verstehen ist, würde ich Ihnen meine Lösung als Interpretation anbieten«, und als ich ihn fragte, wie diese laute, sagte er: »Der Jäger, der den Hirsch mit seinen Hunden hetzt, ist ein Mensch, der die Wirklichkeit mit Wörtern einzufangen versucht.«

»Und dabei stets ins Leere tappt«, fügte ich hinzu. »Also

ein spiridionistisches Rätsel. Dieses Spalthirn nahm ja auch an, daß es keine Wirklichkeit außerhalb des Menschen gäbe.«

»Wissen Sie das so genau?« sagte Herr Franz. »Soviel ich weiß, hat er nur behauptet, daß man die Wirklichkeit mit Sprache nicht fassen könne. Wenn er sagt: ›Mit diesem Sieb fischen wir im Trüben der Wirklichkeit‹, dann muß er wohl angenommen haben, daß es eine solche, wenn auch für den menschlichen Verstand unauslotbare Wirklichkeit gibt. Erst seine Nachplapperer, diese Vulgär-Spiridionisten, tun jetzt so, als könnten sie sich selber ihre eigene Wirklichkeit nach Belieben zurechtbiegen. Nehmen Sie zum Beispiel Ihre beiden Inquisiteure: Was Sie von Ihnen erzählt haben, hat mich überhaupt erst auf dieses Rätsel gebracht, weil es so deutlich zeigt, in welch fundamentalem Irrtum jeder von ihnen auf seine Weise befangen ist.«

Jetzt wurde mir endlich klar, worauf er hinauswollte. »Beim ersten«, sagte ich, »dem Grauhaarigen, liegt das auf der Hand. Er hält seine Hunde (also seine Wörter) für so unfehlbar, daß er sich damit zufriedengibt, wenn er sie bellen hört. Daß sie vielleicht den Hirsch gar nicht gestellt, sondern im Wald nur ein Aas aufgestöbert haben, um das sie sich streiten, kommt ihm überhaupt nicht in den Sinn, und deshalb schaut er auch nicht nach, ob sie den Hirsch tatsächlich gestellt haben. Ein komischer Jäger!«

»Komisch?« wiederholte Herr Franz. »Ich halte ihn eher für einen armen Teufel, der sich nicht in den Wald wagt, weil er etwas zu entdecken fürchtet, das seine gesamte Ideologie zusammenbrechen läßt. Deshalb war er auch so leicht aus dem Konzept zu bringen. Aber das macht ihn mir als Menschen schon fast wieder liebenswert.«

»Ich bezweifle, daß Sie diese Meinung aufrechterhalten würden, wenn Sie ihm einmal in die Hände geraten sollten«, sagte ich. »Aber wie wollen Sie nun Ihre Jäger-Metapher auf den anderen anwenden? Er hatte ja – zumindest auf privater Ebene – nichts gegen die Mehrdeutigkeit von Wörtern einzuwenden.«

»Ja«, sagte Herr Franz, »und eben deshalb ist sein Irrtum weitaus schwerwiegender als jener dieses Grauhaarigen, der sich an seine Eindeutigkeits-These klammert wie ein Ertrinkender an den sprichwörtlichen Strohhalm. Dieser zweite geht nämlich davon aus, daß es den Hirsch überhaupt nicht gibt. Und wenn einer erst einmal soweit gekommen ist, dann glaubt er, mit dieser Welt und den Menschen alles machen zu können, wozu er Lust hat. Und auch mit den Wörtern.«

»Spielen nicht auch wir mit Wörtern?« sagte ich.

»Nicht auf diese Weise!« sagte Herr Franz mit ungewohnter Schärfe. »Wir spielen mit Wörtern, weil wir die Wirklichkeit ernst nehmen, die sie auf so unvollkommene Weise zu bezeichnen versuchen. Je mehr Bedeutungsnuancen einem dabei ins Bewußtsein treten, desto näher kann man sich mit diesen Wörtern an die Wirklichkeit herantasten, ohne sie allerdings je ganz zu fassen. Er jedoch nimmt die Wörter nicht ernst, weil ihm jede Wirklichkeit gleichgültig ist außer der eingebildeten Wirklichkeit seiner eigenen Machtposition. Was war das eigentlich für ein Zitat, mit dem Sie diesen scheinbaren Biedermann dazu gebracht haben, seine joviale Maske fallen zu lassen?«

Als wir soweit waren, mußte ich nun doch von Dir und Deinem alten Buch erzählen, und ich versuchte, ihm zu erklären, was mich an diesen Texten so beeindruckt hatte. »Wissen Sie«, sagte ich, »wenn man nur auf die Oberfläche dieser Sprache achtet, dann werden – oft sogar sehr realistisch – Ereignisse geschildert, oder ein Liebhaber preist die Schönheit seiner Geliebten, indem er ihre körperlichen Vorzüge recht deutlich ausmalt« (an dieser Stelle hätte ich beinahe den Faden verloren, um auf der Stilebene jener Lieder fortzufahren, aber ich wollte Herrn Franz nicht aufs neue schockieren). »Das Erstaunliche dabei ist jedoch«, fuhr ich also fort, »daß zugleich in einer tieferen Schicht eine Botschaft hörbar wird, die darauf zielt, das gesamte Gefüge der Welt in eins zu fassen, so als hielte sie einer in seiner Hand wie ein Werkstück, das er geschaffen hat ...«

Hier unterbrach ich unvermittelt meine Rede und schaute Herrn Franz an, weil ich das Gefühl hatte, mich nicht verständlich genug ausgedrückt zu haben. Zu meiner Überraschung sah ich ihn nicken, als habe er genau begriffen, was ich hatte umschreiben wollen. »Ich kenne solche Texte«, sagte er, »auch wenn ich noch nie von diesem Buch gehört habe, das Ihre liebenswerte Freundin besitzt.«

Während er noch sprach, hörte ich draußen die Tür klappen, und gleich darauf gesellte sich Erwin zu uns. Er erschien mir bedrückt, während er uns begrüßte, und dann sagte er auch gleich, daß er schlechte Nachrichten bringe. Er hatte von einem seiner Freunde (der Himmel mag wissen, in welchen Ämtern die überall sitzen!) erfahren, daß man meinen Bäckermeister samt seiner Tochter in die Verbannung geschickt hatte. Für den Bäcker hatte es genügt, daß er sich für Amelie eingesetzt und sich dann auch noch dem Befrager gegenüber als *widerspenstig* und wenig kooperativ erwiesen hatte, und was seine Tochter betrifft, so hatte man sie für unheilbar renitent erklärt, weil sie ihren neuen Lehrer ständig durch hinterhältige Fragen aus dem Konzept gebracht und außerdem versucht habe, die ganze Schulklasse gegen ihn aufzuhetzen. Wahrscheinlich hat man ihr wohl nur die Schuld für den Umstand in die Schuhe geschoben, daß dieser Lehrer bei den an Amelies Unterricht gewöhnten Kindern ständig auf Schwierigkeiten gestoßen ist, aber ich fühlte mich dennoch schuldig am Schicksal dieser beiden Menschen und sagte das auch.

»Ich glaube nicht, daß der Bäcker böse auf dich ist«, erwiderte Erwin. »Als man ihn und sein Kind abgeholt hat, soll er gesagt haben, er freue sich darauf, in Zukunft unter Menschen zu leben, in deren Gesellschaft man seine Meinung frei äußern könne, und außerdem würden Bäcker überall gebraucht.«

Das tröstete mich ein bißchen, und während ich mir die Zukunft der beiden auszumalen versuchte, wurde mir bewußt, daß ich eigentlich überhaupt keine Vorstellung von dem Ort der Verbannung hatte (wir haben uns offenbar an solche Vorgänge dermaßen gewöhnt, daß wir sie hinnehmen wie einen Verkehrsunfall). Auf meine Frage, ob er Näheres darüber wisse, sagte Erwin: »Der Ort der Verbannung liegt jenseits des Stroms.«

Ich erschrak, als ich das hörte. »Man wirft sie also in das ungestaltete Chaos, ja eigentlich in die Verlorenheit des Nichts«, sagte ich voller Entsetzen.

»Bist du dort gewesen?« sagte Erwin, doch das konnte eigentlich nur eine rhetorische Frage sein.

»Natürlich nicht«, sagte ich. »Niemand ist seit Menschengedenken dort gewesen, jedenfalls keiner, der zurückgekehrt wäre, um davon zu berichten. Dort liegt doch das *nicht vorhandene Land*, in dem die Wirklichkeit sich auflöst wie ein Stück Zucker im Kaffee. So jedenfalls hat uns in der Schule unser Lehrer den weißen Fleck auf der Landkarte erklärt.«

»Ja«, sagte Erwin, »das ist die offizielle Sprachregelung. Aber wie es dort wirklich aussieht, kann man nicht mit Sicherheit sagen. Dein Bäcker scheint jedenfalls eine andere Vorstellung davon zu haben. Ich weiß nur, daß man die Verbannten mit einem Boot über den Strom bringt und drüben an Land treibt. Das diesseitige Ufer wird streng bewacht von Soldaten, die den Befehl haben, auf jeden zu schießen, der den Strom in umgekehrter Richtung zu überqueren versucht.

Allerdings soll es noch nie vorgekommen sein, daß einer der Wächter vor die Entscheidung gestellt worden wäre, ob er diesen Befehl befolgen will. Merkwürdig, nicht wahr?«

»Vielleicht sind dort droben alle tot«, sagte ich, und mir wurde kalt, wenn ich an den Bäcker und seine Tochter dachte, die sich vielleicht schon aufgelöst hatten. Das Bild des im Kaffee schmelzenden Zuckers hatte sich in meinem Bewußtsein derart festgesetzt, daß ich mich nicht davon freimachen konnte. Erwin blickte mich überrascht an. »Glaubst du noch immer an diese Kindergeschichte?« fragte er.

»Weißt du es besser?« antwortete ich.

»Nein«, sagte er. »Aber ich kann mir kein Land vorstellen, in dem sich die Wirklichkeit auflöst.«

»Wie Zucker im Kaffee«, sagte Herr Franz lächelnd. »Vielleicht handelt es sich hier um ein Rätsel.« Da war er nun wieder in seinem Element als rätselkundiger Kaffeehauskellner. Er dachte einen Augenblick nach und fuhr dann fort: »Der Zucker löst sich auf, und man kann ihn nicht mehr sehen. Aber der Kaffee wird süß davon, sobald man zum Löffel greift und umrührt. Also ist der Zucker noch da, auch wenn er in einen anderen Zustand übergegangen ist. Vielleicht ist hier von einem Land die Rede, in dem man unter Wirklichkeit nicht etwas eindeutig Feststehendes versteht, sondern etwas Wandelbares, das die sichtbaren Dinge durchdringt, ohne daß man es mit Wörtern festnageln könnte. Natürlich muß eine solche Gegend im Verständnis unserer Ideologen ein *nicht vorhandenes Land* sein, das liegt doch auf der Hand! Eigentlich hätten Sie diese Lösung schon längst finden müssen, Herr Doktor! Oft genug haben Sie ja schon den kleinen Schwarzen, den ich Ihnen auf Ihren Marmortisch gestellt habe, mit Zucker versehen und umgerührt.«

Diese Argumentation leuchtete mir ein, und für einen Augenblick erschien vor meinen Augen die Vision eines Landes, in dem ich hätte leben wollen, doch dann gewann die von Kindheit an genährte Vorstellung wieder die Oberhand. »Das ist doch nichts weiter als ein Gedankenspiel«, sagte ich. »Was beweist das schon?«

»Nichts«, sagte Erwin. »Aber es nährt meine Hoffnung.« Und nach einer Pause fügte er hinzu: »Wenn ihr hier nichts mehr zu tun habt, dann können wir uns ebensogut drüben in meinem Wohnzimmer bei einem Glas Wein zusammensetzen. Dort ist es gemütlicher als hier in dem gekachelten Badezimmer.« Wir waren einverstanden, und während Erwin den Wein holte, machten wir es uns in seinen Sesseln bequem.

Eine Zeitlang saßen wir dann beieinander, schlürften genießerisch Erwins alten Rotwein und sprachen über nichts weiter Belangvolles. Erst als wir schon bei der dritten Flasche angelangt waren, kam Erwin auf unser anfängliches Thema zurück und fragte, worüber wir geredet hätten, ehe er nach Hause kam. Herr Franz berichtete ihm, daß ich von Deinem alten Buch erzählt hätte, und ich versuchte noch einmal, diesmal mit schon spürbar weinbeflügelter Eloquenz, die eigentümliche Wirkung dieser Texte auf mich zu beschreiben. Ich weiß nicht, ob mir das unter diesen Umständen besser gelang, jedenfalls sprach ich von der Spannung, in die mich diese alten Geschichten versetzt hätten, eine Spannung, die ich früher bei der Lektüre unserer zeitgenössischen Literatur nur höchst selten verspürt hätte. »Heute«, sagte ich abschließend, »nachdem ich Rachels Geschichten gehört und auch manche anderen Texte der Vor-Literatur gelesen habe, kann ich um so weniger begreifen, wie überhaupt jemand etwas Anreizendes an diesen mit schöner Gleichmäßigkeit Jahr für Jahr erscheinenden Romanen finden kann. Offenbar haben sie ja nichts anderes zum Ziel, als dem Leser eine – zumeist noch ziemlich triste – Außenfassade vorzustellen, die sich mir wie eine Betondecke auf die Seele legt und mein Bewußtsein bis zur Bewegungslosigkeit einzementiert.« Nach diesen Worten trank ich mein Glas auf einen Zug leer, um dieses gräßliche Gefühl der Einengung zu vertreiben.

»Du bist zu anspruchsvoll«, sagte Erwin und zog eine neue Flasche auf, um mir nachzuschenken. »Vielleicht hat dich deine Philologie frühzeitig für solche Lektüre verdorben. Anscheinend finden viele Leute solche Geschichten äußerst befriedigend, weil ihnen zu entnehmen ist, daß diese Welt tatsächlich so sei, wie sie es sich schon immer gedacht haben. Da weiß man doch wenigstens, woran man ist. Ich bin übrigens der Überzeugung, daß diese Art von *Realismus,* wie man das heute zu nennen pflegt, von Anfang an durch die staatlichen Überwachungsbehörden gefördert worden ist, und inzwischen hat sich eine solche Schreibweise auf eine Weise durchgesetzt, daß es kaum noch einer Zensur bedarf, um die Publikation von Texten zu verhindern, die von dieser Norm abweichen.«

»Staatlich konzessionierte Simmelationsspiele also«, sagte Herr Franz kichernd. Ich mußte mir ein Grinsen verbeißen. So gescheit er ist, der Herr Franz, dachte ich, mit Fremdwörtern steht er doch ein wenig auf Kriegsfuß. Oder zeigten sich bei ihm schon Anzeichen steigender Trunkenheit, daß er seine Zunge nicht mehr in der Gewalt hatte? Als er seinen Ausspruch noch einmal unter meckerndem Lachen wiederholte, schien mir das schon wahrscheinlicher zu sein. Mich fesselte dieses Thema jedoch zu sehr, als daß ich es jetzt schon vom Rotwein davongeschwemmt sehen wollte. Also riß ich meine im Weindunst schon zerfließenden Gedanken noch einmal zusammen, zumal Erwins Argumente mich noch nicht ganz überzeugt hatten. »Übertreibst du da nicht ein bißchen?« sagte ich. »Immerhin gibt es ja auch einige vielgelesene Schriftsteller, die unserem Staat ganz schön am Zeug flicken. Du weißt schon, was ich meine: Kritik an Behördenwillkür, Anprangerung von sozialen Mißständen und dergleichen ...«

Ich hatte noch nicht ganz zu Ende gesprochen, als Erwin, der schon die ganze Zeit über ein hinterhältiges Grinsen zur Schau getragen hatte, ein blökendes Gelächter anschlug. »Hünde, dü böllen, beußen nöcht!« rief er und schien damit nun seinerseits in weinseliges Lallen zu geraten. Aber dann wurde er doch noch einmal – wenigstens andeutungsweise – etwas ernster und fuhr fort: »Das ist doch gerade der Trick, du harmloses Gemüt! Je zorniger ein solcher poeta laureatus auf den Mißhelligkeiten unserer äußeren Lebensumstände herumhackt, desto mehr verfestigt er bei seiner gläubigen Leserschaft die Meinung, daß es allein auf die vordergründige Wirklichkeit dieser Lebensumstände ankommt. Er meint zu kritisieren, aber in Wahrheit bestätigt er nur unsere staatlich verordnete Ideologie der Eindeutigkeit und kleistert damit auch noch die letzten Risse im Wirklichkeitsbild seiner Leser zu, durch die eine Ahnung von einer tieferen Wirklichkeit hereinbrechen könnte. Solche Funktionäre wie dein pausbäckiger Vernehmungsbeamte bekunden dann zwar öffentlich ihr Mißfallen – was im übrigen noch die Glaubwürdigkeit jener *kritischen* Autoren erhöht –, aber insgeheim reiben sie sich vergnügt die Hände, weil hier einer so tut, als könne er die Wirklichkeit mit Wörtern tatsächlich packen.«

Ich blickte Herrn Franz an und sagte: »Womit wir wieder bei unserem Rätsel wären.«

Erwin war sofort interessiert. »Was für ein Rätsel?« rief er. »Kenne ich es schon?«

»Ich glaube nicht«, sagte Herr Franz. »Aber es ist ziemlich kompliziert. Ein bißchen ella-, nein allogerisch, wenn Sie wissen, was ich meine. Ich glaube nicht, daß Sie zu so vorgerückter Stunde ...«

»Sie denken wohl, ich bin zu besoffen?« sagte Erwin erheitert. »Dieser Wein pflegt meine Denkvorgänge zu beflügeln! Also heraus damit!«

»Wie der Herr meinen«, erwiderte Herr Franz und sagte seinen Vers noch einmal auf, wenn auch mit etwas schwerer Zunge.

Während er noch sprach, begann Erwin zu grienen wie einer, der die Lösung schon kennt, und sobald Herr Franz zu Ende gesprochen hatte, sagte er: »Ein Narr ist dieser Jäger! Ein kompletter Narr, der glaubt, man könne die Wirklichkeit beim Schwanz packen und anschließend aufessen.«

Herr Franz blickte ihn überrascht an. »Meine Lösung lautet zwar anders«, sagte er, »aber in einem gewissen Sinne stimmt das, was Sie sagen. Kannten Sie den Text schon?«

»Nein«, sagte Erwin. »Aber da gibt es in meinem Badezimmer einen Fiche, auf dem so etwas Ähnliches draufsteht. Irgend so eine verrückte Geschichte von einem Rabbi, was immer das sein mag. Morgen suche ich sie euch heraus. Denken kann ich zwar noch, aber lesen, Mir schwimmt es schon vor den Augen, wenn ich an das Geflimmer auf dem Bildschirm denke!«

Was an diesem Abend noch weiter geredet wurde, weiß ich nicht mehr, denn von da an ist meine Erinnerung getrübt. Aber der Text auf dem Mikrofiche, den Erwin mir heute früh in den Badeofen geschoben hat, wird Dich interessieren. Ich glaube, er gehört zu jener Art von Geschichten, wie sie in Deinem Elternhaus erzählt wurden; möglicherweise ist sogar von Deinem alten Buch die Rede. Ich bin schon gespannt, was Du davon hältst. Schreib mir bald! Ich wünschte, mein Bart wüchse schneller! Er ist immerhin schon so lang, daß er kaum noch kratzt!

In Liebe
Dein Albert

Wie man zu erkennen sucht, was wirklich ist

Es geschah, daß der Gutsherr Ivan Tscherkoff im Spätherbst auf der Jagd in seinen Wäldern von einem Unwetter überrascht wurde. Vom einen zum anderen Augenblick wurde es stockfinster, und ein Schneesturm fegte durchs Holz, daß man kaum die Hand vor den Augen sehen konnte. Tscherkoff wurde von seinen Begleitern getrennt, verlor auch seine Hunde und wäre wohl erfroren, wenn der Erbarmer nicht seine Hand über ihn gehalten und die Schritte des Gutsherrn zu einem Dorf geführt hätte. Hier klopfte Tscherkoff an die Tür des ersten Hauses, das vor seinen verklebten Augen aus dem Schneetreiben auftauchte, und forderte Einlaß. Es war aber so gefügt worden, daß dies das Haus war, in dem Rabbi Menachem wohnte.

Der Rabbi war nicht sonderlich beglückt, Tscherkoff vor seiner Tür zu finden, doch er erbarmte sich und bat den Gutsherrn in die warme Stube; denn das Wetter war von einer Art, daß er nicht einmal einen Kosaken hätte draußen stehen lassen. Er half Tscherkoff aus dem steifgefrorenen Pelz, bot ihm einen Platz am Ofen an und forderte seine Frau auf, Tee aufzugießen und die Kohlsuppe auf das Feuer zu schieben.

Nachdem der unerwartete Gast sich von außen und innen aufgewärmt hatte, wurde er gesprächig und suchte eine Unterhaltung mit dem Rabbi. Da er sah, daß dieser ein dickes Buch vor sich liegen hatte, fragte er ihn, womit er sich da beschäftige.

»Was tut ein Rabbi?« sagte Menachem. »Ich suche zu erkennen, was wirklich ist.«

»Indem du in diesem Buch liest?« sagte Tscherkoff und lachte. »Da wirst du schon was Rechtes erfahren!«

»Warum lacht Ihr?« sagte der Rabbi. »Wißt Ihr denn, was wirklich ist?«

»Dazu brauche ich kein Buch«, sagte Tscherkoff. »Ich gehe zu den Dingen hin, packe sie an und nehme sie mir. Soll das nicht wirklich sein, was ich besitze?«

»Fragt Ihr das nicht selbst?« sagte der Rabbi. »Werden Dinge dadurch wirklich, daß man sie sich nimmt?«

»Natürlich nicht«, sagte Tscherkoff. »Sie sind einfach da, und was da ist, ist auch wirklich, und man kann es sich nehmen. Ist es nicht so?«

»Was fragt Ihr mich?« sagte der Rabbi und hob die Hände. »Wollt Ihr, daß ich Euch widerspreche?«

»Versuch es doch, wenn du anderer Meinung bist«, sagte Tscherkoff. »Ich erlaube es dir.«

»Es würde nichts nützen«, sagte der Rabbi. »Besser wäre es, wenn Ihr Euch selbst widersprecht.«

»Das möchte ich erleben!« rief Tscherkoff und schlug sich lachend auf den Schenkel.

»Möchtet Ihr das wirklich?« sagte der Rabbi. »Das ist gut. Ich will Euch dabei helfen. Ihr habt doch einen Wald?«

»Das weißt du doch«, sagte Tscherkoff. »Oder willst du vielleicht behaupten, ich hätte in Wirklichkeit keinen?«

»Will ich etwas behaupten?« sagte Menachem. »Ich frage nur. Stellt Euch vor, Ihr hättet in diesem Wald einen einzigen, wunderbaren Hirsch, schöner und stärker als alle Hirsche, die Ihr je gesehen habt. Vielleicht einen mit schneeweißem Fell und einem gewaltigen Geweih, dessen Sprossen man nicht zählen kann.«

»Hätte ich nur einen!« sagte Tscherkoff. »Nicht einmal

den Schwanzwedel eines Hirschs habe ich heute zu sehen bekommen.«

»Nun«, sagte der Rabbi, »stellt Euch vor, in Eurem Wald wäre ein solcher Hirsch. Was würdet Ihr tun?«

»Das fragst du noch?« sagte Tscherkoff. »Ich würde meine Meute auf ihn hetzen und ihn jagen.«

»Das dachte ich mir«, sagte der Rabbi. »Und wenn Ihr ihn erlegt habt, was habt Ihr dann?«

»Einen Braten!»sagte Tscherkoff und lachte aufs neue. »Gibt es etwas Wirklicheres als einen guten Hirschbraten?«

»Das ist die Frage«, sagte der Rabbi. »Was ist aber, wenn Ihr den Braten gegessen habt? Wie steht es dann mit der Wirklichkeit des Hirschs?«

»Dann ist er weg, und den Rest scheiße ich in den Abort«, sagte Tscherkoff grob. »Muß denn alles Bestand haben, was wirklich ist?«

»Seht Ihr«, sagte der Rabbi, »jetzt stellt Ihr die Frage schon besser. Vielleicht ist in Wahrheit nur das wirklich, was nicht vergeht? Meint Ihr denn, Ihr hättet die Wirklichkeit dieses Hirschs schon begriffen, wenn Ihr ihn aufgegessen habt?«

»Was ist da schon zu begreifen?« sagte Tscherkoff. »Du redest über Dinge, von denen du nichts verstehst. Was würdest denn du mit diesem Hirsch anfangen?«

»Habe ich denn einen?« sagte der Rabbi. »Ich habe ja nicht einmal einen Wald.«

»Jetzt werde ich dein Spiel spielen!« sagte Tscherkoff und grinste. »Stell dir vor, du hättest einen großen Wald, und in diesem Wald gäbe es diesen fabelhaften Hirsch, von dem du gesprochen hast. Was würdest du tun? Würdest nicht auch du ihn schießen wollen?«

»Der Heilige soll mich schützen!« rief der Rabbi und hob abwehrend die Hände. »Wie soll ich einen Hirsch jagen, wenn ich nicht einmal ein Gewehr habe? Darf denn unsereiner jagen?«

»Ich erlaube es dir«, sagte Tscherkoff gönnerhaft. »Du besitzt also den Wald samt dem Hirsch und darfst jagen. Was wirst du tun?«

»Weiß ich denn, ob der Hirsch da ist?« fragte der Rabbi.

»Natürlich weißt du das«, sagte Tscherkoff ungeduldig. »Man weiß, wenn ein Hirsch im Wald steht. Es gibt Spuren, Losung liegt am Weg, und im Herbst zur Brunftzeit hört man ihn röhren.«

»Man weiß also, daß er da ist, ohne daß man ihn zu Gesicht bekommt?« sagte der Rabbi. »Das ist gut! Das ist sehr gut! So stelle ich mir diesen Hirsch vor.«

»Willst du ihn nicht aufspüren und die Hunde auf ihn hetzen?« fragte Tscherkoff.

»Woher nehme ich Hunde?« sagte der Rabbi. »Habe ich denn welche?«

»Ja!« brüllte Tscherkoff, dem allmählich die Geduld ausging. »Du hast auch Hunde, die den Hirsch verbellen können.«

»Was heißt verbellen?« fragte der Rabbi, und als er merkte, daß dem Gutsherrn die Zornröte ins Gesicht stieg, setzte er entschuldigend hinzu: »Man will doch wissen, wovon man redet.«

»Verstehst du denn gar nichts?« rief Tscherkoff. »Sie wittern die Fährte und verfolgen sie, bis sie das Wild gestellt haben, und dann bellen sie auf eine Weise, daß man hören kann: Sie haben den Hirsch.«

»Aber sie tun ihm nichts zuleide?« fragte der Rabbi.

»Nicht, wenn sie gute Jagdhunde sind«, sagte Tscherkoff. »Sie stellen den Hirsch und warten auf den Jäger.«

»Das gefällt mir«, sagte der Rabbi. »Diese Hunde gleichen den Wörtern, die von der Wirklichkeit reden. Sie geben mir

Nachricht, daß da etwas ist, und ich kann mir dann noch besser vorstellen, daß es dies in Wirklichkeit geben könnte.«

»So ist es«, sagte Tscherkoff befriedigt. »Und nun machst du dich auf den Weg, um den Hirsch zu schießen.«

»Bin ich ein Narr?« rief der Rabbi. »Soll ich diesen Hirsch umbringen, nur um zu wissen, daß ich danach in meinem Wald keinen solchen Hirsch mehr haben werde?«

»Ich bin also ein Narr, weil ich dergleichen tue«, sagte Tscherkoff böse.

»Das habt Ihr gesagt«, erwiderte Menachem. »Ich hingegen sprach nur von mir. Ich würde mich damit zufriedengeben, zu hören, daß es diesen Hirsch wirklich gibt. Und ich würde zu meinem Buch zurückkehren, um den Einen, der mich und alles andere erschaffen hat, besser begreifen zu lernen, den Einen, der nicht zu begreifen ist.«

»Was hat das mit dem Hirsch zu tun?« fragte Tscherkoff, und man konnte ihm ansehen, daß diese Sache anfing, ihm über den Verstand zu gehen.

»Hat dies nicht mit allem zu tun?« sagte der Rabbi. »Findet nicht die Wirklichkeit aller Wesen ihren letzten Grund in Ihm?«

»In Ihm, der – wie du eben gesagt hast – nicht zu begreifen ist?« sagte Tscherkoff. »Das verstehe, wer will!«

»Verstehe ich es denn?« sagte Menachem und breitete die Arme aus.

So mußte der Gutsherr Ivan Tscherkoff schließlich nach Hause gehen, ohne erfahren zu haben, was wirklich ist. Später soll er einmal gesagt haben: »Rede mit einem Rabbi, und du beginnst an deinem eigenen Verstand zu zweifeln!«

War Menachem nicht ein wahrer Wunderrabbi?

Zu diesem Text gibt es noch einen Anhang, in dem berichtet wird, wie in späterer Zeit ein anderer Rabbi eben jene Geschichte seinen Schülern erzählte. Da hob einer dieser Schüler die Hand, und als der Rabbi ihn zum Reden aufforderte, sagte er: »Warum nennt Ihr Menachem einen Wunderrabbi, obwohl er nicht einmal diesen Gutsherrn belehren konnte?«

»Konnte er das nicht?« sagte der Rabbi. »Genügt es dir nicht, daß ein solcher Mann an seinem Verstand zu zweifeln begann? Ich will dir eine andere Geschichte erzählen, damit du dich künftig erst bedenkst, ehe du redest. Höre also: Rabbi Jaakob Jizchak, der Jehudi, ging mit seinem Schüler Perez über eine Wiese, auf der weidende Rinder brüllten, während aus dem hindurchfließenden Bach eine Gänseschar schnatternd und flügelschlagend hervorstieg.

›Könnte man doch all diese Rede verstehen!‹ rief der Schüler.

›Wenn du‹, sagte der Rabbi, ›dahinkommst, aus dem Grunde zu fassen, was du selber redest, wirst du die Sprache aller Wesen verstehen lernen.‹ Begreifst du jetzt, warum Rabbi Menachem sich zufriedengab und sich wieder seinem Buch zuwendete?«

B., am 12. Dezember

Meine Taube in den Felsenschlüften,

im Versteck des Steigs, laß mich Dein Angesicht sehen, laß mich Deine Stimme hören, denn süß ist Deine Stimme, anmutig Dein Gesicht. Diese Verse finde ich noch im Klang Deiner Stimme aufbewahrt in meinem Gedächtnis, meine liebste Rachel, und ich wüßte nicht, mit welchen Worten sich besser ausdrücken ließe, wie mir zumute ist, während ich in Erwins Badezimmer an seinem provisorischen Schreibpult sitze und diesmal den Spiegel in seiner eigentlichen Bestimmung benutze, nämlich den Zustand meines wachsenden Bartes zu betrachten. Er wuchert mir inzwischen ziemlich verwegen (wenn auch von breiten Grausträhnen durchzogen) um Kinn und Backen, und ich muß ihn um den Mund herum schon ein bißchen beschneiden, damit mir beim Essen die Haare nicht zwischen die Zähne geraten. Also, wenn ich mir so ins struppige Gesicht schaue: Ich würde mich selber nicht mehr erkennen, falls ich mich auf der Straße träfe.

Erwin ist – wie ich, wenn auch aus anderem Grund – der Ansicht, daß ich möglichst bald aus B. verschwinden sollte. Nicht, daß er mich los sein will, aber hier kennen mich doch zu viele Leute. Immerhin hat er schon mit Helmut wegen neuer Papiere für mich gesprochen, und das läßt mich auf eine baldige Freilassung aus meinem Stubenarrest hoffen. Vorerst soll ich, wie Amelie, im Haus von Onkel Max Asyl finden, und mir klopft schon das Herz bei dem Gedanken, daß ich dann in L. aussteigen und mich den liebevoll-kundigen Händen einer dort wohnhaften Ärztin anvertrauen könnte. Ich kann Dir nicht sagen, wie oft ich jeden Augenblick meines Besuchs bei Dir und noch mehr die wenigen Stunden, die Du hier bei mir verbracht hast, aus meiner Erinnerung hervorgeholt und nacherlebt habe, bis mich dann doch manchmal mitten in der Nacht die Angst überfiel, daß sich so etwas nicht wiederholen läßt. Wie soll das weitergehen mit uns, einem entsprungenen Untersuchungsgefangenen und einer angesehenen Ärztin? Ich weiß es nicht und versuche mich mit dem zufriedenzugeben, was gewesen ist; denn das ist schon so viel, daß es mich von Grund auf umgekrempelt hat. Aber wie soll ich meiner Sehnsucht entfliehen, die kein anderes Ziel kennt als Rachel, Rachel, Rachel? Das bißchen Vernunft, über das ich verfüge, hilft mir da nicht viel.

Nun, einstweilen habe ich immerhin einen langen Brief von Dir, und das ist auch schon etwas. Danke, mein Herz! Ich hatte schon vermutet, daß ich mit dieser Geschichte von Rabbi Menachem bei Dir Erinnerungen an Deine Kinderzeit wachrufen würde, und jetzt, wo Du mir ausführlicher darüber geschrieben hast, versuche ich mir vorzustellen, wie Du als kleines Mädchen zu Füßen Deines Großvaters sitzt und seinen Geschichten zuhörst. Ich sehe wahrhaftig, wie der Schein der Kerzen auf dem siebenarmigen Leuchter über Deine heißen Backen huscht! Besonders freut mich, daß dieser bärtige alte Mann dabei auch die kurze Geschichte von jenem Rabbi erzählt hat, den man den Jehudi nannte. (Sie stand in einem kleinen, dicken Buch, schreibst du, dessen Autor Hunderte solcher Geschichten gesammelt hatte. Schade, daß Du es nicht besitzt!) Du schreibst, daß Dein Großvater gerade diese Geschichte besonders geliebt habe, und das nimmt mich noch mehr für ihn ein und läßt ihn mich – obwohl er schon lange nicht mehr lebt – zu unseren Freunden zählen. Ich möchte sogar so weit gehen zu vermuten, er könnte mit solchen Erzählungen bei Dir den Grund dazu gelegt haben, daß Du von Anfang an bereit warst, über das Unvermögen der Sprache, Wirklichkeit zu fassen, zusammen mit mir nachzudenken. Muß ich diesen Großvater nicht lieben, der Dich mir auf diese Weise zugeführt hat? Da kann man doch wieder einmal sehen, welch unerwartete Folgen das Geschichtenerzählen nach sich ziehen kann!

Eben höre ich, daß Erwin nach Hause gekommen ist. Ich will meinen Brief unterbrechen und mich erst einmal erkundigen, wie es mit meinen Papieren steht.

am 13. Dezember

Erst jetzt komme ich dazu, an diesem Brief weiterzuschreiben, meine liebe Rachel; denn inzwischen hat sich hier allerlei ereignet. Ich ging gestern also hinüber ins Wohnzimmer zu Erwin, und er sagte mir, daß gleich ein Mann kommen würde, der unser Lesegerät reparieren könne (seit Tagen gibt's da einen Wackelkontakt, der das Licht zum Flackern bringt). Ich fragte Erwin, ob es nicht zu riskant sei, irgendeinen Techniker in unser Geheimkabinett zu lassen, doch er meinte, ich solle mir keine Sorgen machen. Dieser Mann sei ihm von einem Freund als durchaus vertrauenswürdig empfohlen worden und habe wohl auch allen Grund, den Leuten von der Sprachüberwachungsbehörde aus dem Weg zu gehen.

Einstweilen machten wir uns über den Kühlschrank her und setzten uns im Wohnzimmer zum Abendessen zusammen. Zwischen Heringssalat, Salami und Käse erfuhr ich dann, daß auch Helmut, der Blödler, noch an diesem Abend vorbeikommen wolle, um meine perfekt und unter *amtlicher* Kontrolle gefälschten Papiere zu bringen. Mein Herz machte gleich wieder einen Sprung, als mir bewußt wurde, daß damit meine Reise zu Dir schon ganz nahe gerückt ist.

Bald darauf schellte es an der Tür, Erwin ging hinaus, um zu öffnen, und kehrte mit einem Riesen zurück, der in einen etwas knapp sitzenden blauen Overall gekleidet war und einen Werkzeugkasten am langen Riemen über der Schulter trug. Ich stand auf, um ihn zu begrüßen, und während er mir die Hand mit seiner gewaltigen Pranke fast zerquetschte, sagte dieser Hüne: »Irgendwie kommen Sie mir bekannt vor. Hatten Sie schon immer diesen Bart?«

»Den müssen Sie sich wegdenken, wenn Sie mich schon früher einmal gesehen haben«, sagte ich und schaute mir diesen Elektrotechniker genauer an. Zunächst war mir nur der enorme Zinken seiner vorspringenden Hakennase aufgefallen, die seinem Gesicht etwas Vogelähnliches verlieh. Jetzt kam es auch mir so vor, als ob er mich an jemanden erinnere, aber es wollte mir nicht einfallen, wo ich ihm begegnet sein sollte. Doch als er mich dann fragte, ob ich in letzter Zeit Schwierigkeiten mit der Sprachüberwachungsbehörde gehabt hätte, fiel es mir wie Schuppen von den Augen. »Ihnen habe ich meine Freiheit zu verdanken!« sagte ich. »Ohne Ihre Zirkusnummer säßen wir jetzt beide im Irrenhaus.«

»Sie waren das also!« rief der Riese lachend. »Ich habe mich schon gefragt, was aus Ihnen geworden sein mag.«

»Ein bärtiger Stubenhocker, wie Sie sehen«, sagte ich und konnte nicht umhin, diesen langen Laban aus lauter Dankbarkeit und Wiedersehensfreude zu umarmen. Er drückte mich an seine muskelbepackte Brust, daß mir die Rippen krachten, und ich sah eine Zeitlang nichts weiter vor meinen Augen als den blinkenden Reißverschlußnippel, der am Halsausschnitt seines Overalls baumelte. Dann ließ er mich endlich frei aus seiner Umklammerung und sagte: »Wieso Stubenhocker? Blaß genug sehen Sie ja aus. Sie sollten mal an die frische Luft gehen!«

»Erwin läßt mich erst dann unter die Leute, wenn mein Gesicht völlig zugewachsen ist von diesem Gestrüpp«, sagte ich. »Wieso wagen Sie sich eigentlich nach alledem auf die Straße?«

»Gesucht wird ein bekannter Fußballstar«, sagte unser Freund, »nicht ein schlichter Handwerker.« Er klopfte auf seinen Werkzeugkasten. »Das ist meine Verkleidung. Wenn die Leute einen blauen Overall mit einem solchen Kasten über der Schulter sehen, machen sie sich kaum noch die Mühe, das Gesicht des Mannes zu betrachten, der drinsteckt. Sie haben mich ja schließlich auch nicht erkannt, und dabei haben Sie das Bild von Nasenski mit dem Superbein sicher schon oft in der Zeitung oder der Sportschau gesehen.«

»Das sind Sie?« sagte ich verblüfft. »Gehört habe ich allerdings schon von Ihnen, aber die Sportseiten in der Zeitung pflege ich zu überblättern, und mein Fernsehgeschmack geht auch in eine andere Richtung. Tut mir leid, wenn ich Sie enttäuschen muß.«

Doch der Mann mit dem Superbein lachte nur und freute sich geradezu, einmal jemanden zu treffen, der noch nie sein Bild gesehen hatte. Jetzt endlich machten wir uns richtig miteinander bekannt, und Erwin wollte meinen Retter gleich zu einem Glas Wein einladen, aber der wehrte ab und sagte: »Nachher gern«, aber zunächst wolle er erst einmal unser Lesegerät in Ordnung bringen.

»Können Sie das überhaupt?« fragte ich.

Er schaute mich verständnislos an, dann begriff er und lachte dröhnend. »Sie meinen, weil ich Fußballspieler bin? Vorher war ich Fernsehtechniker!«

Als wir später zusammen im Wohnzimmer saßen (unser neuer Freund hatte den Fehler bald gefunden und beseitigt; er war übrigens sehr beeindruckt von Erwins Badezimmereinrichtung!), erzählte er uns, wie er vom Fernsehen auf das Spielfeld und schließlich in die Fänge der Sprachüberwachungsbehörde geraten war, eine ziemlich lehrreiche Geschichte, finde ich. Er hat wirklich eine abgeschlossene Ausbildung als Fernsehtechniker und war ursprünglich bei einem

Sendestudio angestellt. Dort hatte er die Geräte, Monitoren und all dieses Zeug, von dem ich nichts verstehe, zu überwachen und in Ordnung zu halten und war auch bei den Aufnahmen dabei. Aus dieser Zeit kennt er eine Menge Regisseure und Schauspieler, natürlich auch die Nachrichtensprecher und Moderatoren, die unsereinem nur auf dem Bildschirm begegnen. »All das«, sagte er, »hat mich anfangs ungeheuer fasziniert, und ich bestaunte die Leute, deren Worte überall im Sendebereich von jedermann gehört wurden und deren Gesichter jedem Menschen so vertraut waren, als gehörten sie zu seiner eigenen Familie. Geradezu aufregend fand ich die Arbeit im Studio, wenn ich beobachten konnte, wie aus kurzen Spielepisoden nach und nach ein Stück entstand, das der Zuschauer am Bildschirm fast wie ein wirkliches Ereignis erlebt.

Ich erinnere mich an die Abschiedsszene in einem Fernsehspiel, deren Aufnahme der Regisseur plötzlich unterbrach, weil ihm die Hauptdarstellerin zu unbeteiligt schien. ›So wird das nichts mit deinen künstlichen Glyzerintränen!‹ schrie er wütend. ›Du darfst den Schmerz nicht nur spielen, du mußt ihn wirklich fühlen! Wenn die Sendung läuft, darf im ganzen Land kein Taschentuch trocken bleiben! Denk von mir aus an den Tod deines Jungen voriges Jahr bei dem Verkehrsunfall! Dann kriegst du das schon hin.‹

Natürlich fand ich das auch damals schon ziemlich brutal, wie dieser Regisseur seine Schauspielerin zum Heulen brachte, aber zugleich bewunderte ich, wie er es darauf anlegte, ein lediglich von irgendeinem Autor ausgedachtes Gefühl so zu realisieren, daß während der Sendung Millionen von Zuschauern die Tränen übers Gesicht laufen würden. Ich meinte damals, es müsse wohl dafürstehen, solche Macht über die Empfindungen der Menschen zu gewinnen, und dieser Preis sei nicht zu hoch dafür.«

Als er das erzählte, mußte ich an die widerstreitenden Gefühle denken, die sich bei mir oft nach einem vor dem Bildschirm verbrachten Abend eingestellt hatten. Jetzt, wo ich den Einflüssen dieses Geräts schon seit einiger Zeit nicht mehr ausgesetzt bin, beginne ich die Gründe dafür erst richtig zu begreifen. Manchmal war mir nach irgend so einem Rühr- oder Kriminalstück zumute, als hätte man mir für eine Weile eine andere Identität eingepflanzt, unter deren Einfluß ich mich zu Reaktionen gezwungen sah, die mir völlig fremd, manchmal sogar zuwider waren. Es kann ja sein, daß dies alles tatsächlich als Möglichkeit in mir drinsteckt (sonst könnte ich wohl überhaupt nicht so empfinden), aber meine eigene Identität besteht wohl doch gerade darin, daß ich mich – mehr oder minder bewußt – dafür entschieden habe, eine ganz bestimmte Ordnung unter den Anlagen herzustellen, die in meinem Unterbewußtsein schlummern. Jedenfalls hat es mich hinterher zumeist regelrecht geärgert, daß dieser Apparat irgendeinem mir wildfremden Menschen erlaubt, auf diese Weise mit meinem Innenleben zu spielen. Warum hast du dich dann immer wieder davorgesetzt? wirst Du jetzt fragen. Darauf weiß ich keine klare Antwort. Vielleicht liegt dies an unseren normgeregelten Lebensumständen, die einem nur selten erlauben, die eigenen Emotionen auszuleben. Mag sein, daß man sich deshalb immer wieder zu einem solchen Seelentheater verführen läßt. Unsere Staatsideologen setzen es ja offenbar auch bewußt dazu ein, die Bevölkerung von solchen Lebensumständen auf eine Weise abzulenken, daß ihr dieser Zustand gar nicht mehr voll ins Bewußtsein tritt.

Was richtiges Theater eigentlich bewirken könnte, habe ich auch erst während meines Studiums der Vor-Literatur begriffen. Bei manchen Stücken, die es in Erwins Badezimmer zu lesen gibt, habe ich mir vorzustellen versucht, wie sie auf der Bühne wirken müßten. Auch hier wird mit den Emotionen der Zuschauer gespielt – anders kann ja Theater gar nicht funktionieren –; sie sollen erschüttert oder auch zum Lachen gebracht werden, aber stets auf eine Weise, die ihnen in hohem Maße die Freiheit läßt, sich innerhalb der vorgespielten Ereignisse und der dabei gesprochenen Wörter und Sätze zu bewegen. Es bleibt dem Zuschauer dabei bewußt, daß dies Theater ist, und gerade deshalb beginnt er sich zu fragen, was dieses Stück, das da in Szene gesetzt wird, hier und jetzt für ihn selbst zu bedeuten hat, etwa auf ähnliche Weise, wie es einem auch geht, wenn man eine gute Geschichte liest oder erzählt bekommt. Aber genau das soll ja in diesen Fernseh-Spektakeln vermieden werden, und deshalb wird alles so distanzlos inszeniert, daß der Zuschauer überhaupt nicht zum Nachdenken kommen kann. Seit meiner Einführung in Erwins Badezimmer und noch mehr seit der Begegnung mit Dir, habe ich jedenfalls keinerlei Verlangen nach solchen Schein-Eskapaden mehr verspürt.

Doch nun weiter mit Nasenskis Geschichte. Nachdem er noch ein paar Episoden aus seiner Zeit beim Fernsehen erzählt hatte, kam er zu dem, was er sein *Schlüsselerlebnis* nennt. »Wissen Sie«, sagte er, »wenn man tagaus tagein an seinen Geräten hockt, gehört man schließlich dermaßen zum Inventar, daß einen manche Leute überhaupt nicht mehr wahrnehmen und auf eine Weise miteinander reden, als geschähe dies unter vier Augen. So kam es, daß ich eines Tages zum Zeugen eines Gesprächs wurde, das mir zu denken gab.

Ich saß hinter der Glasscheibe und bastelte am Mischpult herum, während der Autor des Stücks, das gerade aufgenommen wurde, sich im Studioraum mit dem Intendanten unterhielt. Der Ton war abgeschaltet; ich sah die beiden nur gestikulieren, als seien sie in Streit geraten. Während ich noch darüber nachdachte, worüber sie einander in die Wolle gekriegt hatten, spielte ich an den Knöpfen herum und hatte unversehens den Ton in meiner Kabine. ›Das ist es ja gerade!‹ hörte ich den Intendanten sagen. ›Diese Szene ist zu doppelbödig, und Sie scheinen sich auf diese offene Textanlage auch noch was einzubilden! An dieser Stelle weiß doch keiner mehr, was er davon halten soll!‹

›Genau!‹ sagte der Autor. ›Oder können Sie mir sagen, welche Entscheidung in einer solchen Situation die richtige ist? So ist doch das Leben!‹

Der Intendant blickte ihn fassungslos an. ›Sind Sie wirklich so verantwortungslos oder nur einfach dumm?‹ sagte er. ›Die ganze Geschichte entspringt doch nur Ihren verquasten Gehirnzellen, und jetzt behaupten Sie auch noch, so sei das Leben! So ist es eben nicht, jedenfalls nicht in diesem Land, in dem dafür gesorgt wird, daß jeder Bürger zufrieden ist mit dem, was er ist und tut. Merken Sie sich das! Hier bestimmen wir, was die Leute vom Leben zu halten haben, und da gibt es keine Zweideutigkeiten, sondern einzig und allein klare, eindeutige Antworten!‹ Das letzte hatte er geradezu geschrien. Dann beruhigte er sich ein bißchen und fuhr in fast väterlichem Ton fort: ›Kommen Sie doch endlich herunter aus Ihrem Wolkenkuckucksheim und stellen Sie sich einmal die Leute an den Bildschirmen richtig vor! Wenn wir diese Schlußszene so lassen, wie sie auf dem Papier steht, sitzen all die bedauernswerten Menschen dann ratlos in ihrem Wohnzimmer und wissen nicht mehr, wo's lang geht. Das kann man doch nicht machen! Unzufriedenheit gibt das, sage ich Ihnen, Unruhe, wenn nicht gar Revolution! Und das wollen Sie doch nicht. Es täte mir leid, Sie zu verlieren, denn Sie sind ein durchaus begabter Schriftsteller, mein Lieber. Aber wenn man an den Schalthebeln der Macht sitzt – und das trifft bei uns im wahrsten Sinne des Wortes zu, falls Ihnen das noch nicht klar sein sollte! –, dann muß man lernen, Verantwortung zu tragen wie dieser junge Mann in Ihrem Stück, selbst wenn es gilt, dabei über den eigenen Schatten zu springen.‹

Ich hatte die fragliche Szene während der Proben verfolgt. Es ging in dem Stück um ein ganz alltägliches Problem: Ein junger Mann rückt in einem Betrieb in eine verantwortungsvolle Position auf, die ihm nicht mehr hinreichend Zeit läßt, die Abende mit dem Mädchen zu verbringen, das er liebt. Nicht sehr originell, zugegebenermaßen, wie auch das Folgende. Natürlich nimmt das Mädchen an, eine andere Frau stecke dahinter, es gibt die üblichen Eifersuchtsszenen, Mißverständnisse und dergleichen. Aber man konnte durchaus die Gefühle dieser zurückgesetzten Geliebten nachvollziehen, als sie ihm zum Schluß ihren Standpunkt klarzumachen versucht. Doch der junge Mann will sich nicht in seiner Karriere behindern lassen, versucht ihr das begreiflich zu machen, und ruft schließlich: Ja, wo leben wir denn eigentlich? So hört das Stück auf.

Manches hatte ich recht banal und abgedroschen gefunden, aber dieser Schluß hatte mir imponiert. Diese Frage war bei mir hängengeblieben, und darauf hatte es der Autor wohl auch abgesehen. Jetzt sah ich ihn dort draußen hinter meiner Glasscheibe stehen, und er tat mir richtig leid, wie er unter dem Blick des Allgewaltigen immer mehr zusammensackte. Er hatte wohl auch keine Wahl, wenn er im Geschäft bleiben wollte. Jedenfalls hatte das Stück dann einen anderen Schluß, als es gesendet wurde: Einsicht in die klaren Tatsachen bei dem Mädchen, das sich letzten Endes damit zufriedengeben mußte, geduldig darauf zu warten, daß sein geliebter Aufsteiger etwas Zeit erübrigen konnte. Zum Kotzen!«

»Wahrhaftig!« sagte Erwin. »Und dieses Erlebnis hat Sie also dazu gebracht, darüber nachzudenken, wo wir eigentlich leben.«

»So ist es«, sagte Nasenski, »und je länger ich darüber

nachdachte, desto mehr verlor ich die Lust, Handlangerdienste für diesen Intendanten zu leisten, der dem armen Schwein von Autor den einzigen vernünftigen Satz in seinem Stück vermasselt hatte.«

»Und dann haben Sie sich dem Fußball zugewendet?« sagte Erwin und stand auf, weil es draußen an der Tür geschellt hatte. »Warten Sie mit Ihrer weiteren Geschichte, bis ich zurück bin«, sagte er. »Das wird Helmut sein.« Er ging hinaus und kam gleich darauf mit dem Blödler vom Standesamt zurück. Helmut drückte mir die Hand, wendete sich dann unserem Elektriker zu, schaute ihm einen Augenblick lang verblüfft ins Gesicht und rief: »Das ist ja Superski mit dem Nasenbein!«

Nasenski nahm diese Begrüßung mit Fassung entgegen. »Letzten Winter«, sagte er, »kam ich nicht nur mit einem Gipsbein, sondern auch noch mit einem grauenhaften Schnupfen aus dem Skiurlaub zurück, und da war ich dann Suppennase mit dem Skibein.«

Helmut drehte sich zu uns um und sagte: »Hört euch das an! Der ist ja einer von uns, dieser Fußballakrobat!«

»Ist uns nicht neu«, sagte Erwin. »Er wollte uns gerade erzählen, wie er zum Helden der Nation und anschließend beinahe zum Insassen der Klapsmühle geworden ist. Hast du ein bißchen Zeit? Dann hör dir's an!«

Wir setzten uns wieder, Erwin stellte auch für Helmut ein Glas hin, schenkte ihm ein, und dann fuhr Nasenski mit seinem Bericht fort. Er hatte, wie er sagte, schon während seiner Schulzeit Fußball gespielt und war später in einen Amateurclub eingetreten, in dem er auch während seiner Anstellung beim Fernsehen geblieben war. Nebenbei trainierte er noch eine Liebhabermannschaft des Senders, die gelegentlich zu Freundschaftsspielen gegen die Männer vom Hörfunk oder irgendwelche Staatsbeamten antrat, die sich den Sitzspeck vom Hintern laufen wollten (so formulierte er das wenigstens).

»Und dann kam die Sache mit dem Reporter, der das Endspiel der Landesmeisterschaft kommentierte«, fuhr er fort. »*FC Rakete* gegen *Glückauf 98. Rakete* spielte in der ersten Halbzeit wahrhaft saumäßig; es gelang der Mannschaft einfach nicht, einen zügigen Angriff aufzubauen, die Spieler bolzten wild drauflos, Pässe gingen daneben, und es war ein schlichtes Wunder, daß sie beim Abpfiff noch nicht im Rückstand lagen. Das sagte unser Reporter auch laut und deutlich in sein Mikrophon, und als wieder einmal ein bombensicherer Schuß ins Leere traf, rief er: ›Gegen diesen müden Haufen holt sich sogar noch unser Fernsehteam die Meisterschaft!‹ Da hatten wir den Salat! Die Elf von *Rakete* nahm sich in der zweiten Halbzeit zusammen, vielleicht auch angespornt von dieser hämischen Reportage, die dem Trainer zu Ohren gekommen war, und gewann tatsächlich. Und dann nahm der Trainer unseren Reporter beim Wort, denn er wollte es nicht auf sich sitzen lassen, daß sich irgendein Liebhaberverein rühmen konnte, besser als der Landesmeister zu spielen.

So kam es dann zu dem ominösen Spiel, das sogar im Fernsehen übertragen wurde, wenn auch wohl nur spaßeshalber. Natürlich konnten wir den harten Burschen von *Rakete* nicht das Wasser reichen. Ich spielte als Libero, versuchte, meine Leute zusammenzuhalten, und einmal gelang es mir tatsächlich, während sich fast alle Spieler des Gegners in unserer Hälfte tummelten, mit einem überraschenden Gegenstoß durchzukommen und den 5:0-Rückstand wenigstens um ein Ehrentor zu verkürzen. Nach diesem Spiel kam der Trainer von *Rakete* zu mir und fragte mich, ob ich nicht Profi werden wolle. Das Zeug dazu hätte ich.

Damals hatte ich noch keine rechte Lust, weil mir meine Arbeit zuviel Spaß machte; aber später dann, als es mir beim

Sender zu stinken anfing, kam ich darauf zurück und unterschrieb einen Vertrag mit *FC Rakete.* Dann fing die Schinderei an. Trainingslager – da hetzen sie einen den lieben langen Tag herum, daß man am Abend meint, man könne sein Leben lang kein Bein mehr heben. Dort merkte ich bald, daß dies was anderes war als das bißchen Sport, das ich bisher getrieben hatte. Hier wurden mit allen Schikanen Kämpfer ausgebildet, als solle demnächst ein Nacht- und Nebelangriff an einer feindlichen Küste stattfinden. Manche Tricks, die man uns beibrachte, kamen mir reichlich unsportlich vor, aber bei all dieser atemlosen Hektik fand ich kaum Zeit, mir darüber eine Meinung zu bilden. Zeitweise hatten wir allesamt einen solchen Haß in uns aufgestaut, daß wir einander am liebsten an die Gurgel gefahren wären wie tolle Hunde, aber irgendwann merkt man dann, daß es den anderen genauso dreckig geht, und so was schmiedet zusammen, das kann ich Ihnen versichern. Jedenfalls entsteht auf diese Weise eine Mannschaft, in der jeder das letzte aus sich herausholt, damit sein Verein gewinnt, von der Prämie, die dann ausgezahlt wird, gar nicht zu reden.

Nun, ich brachte das hinter mich, dann kamen die ersten Spiele, und ich wechselte von der Ersatzbank bald ins erste Glied, nachdem ich ein paarmal eingesetzt worden war und mit einigem Glück ein paar entscheidende Tore geschossen hatte. Die Zeitungen begannen über mich zu schreiben, ich bekam Verehrerpost, und eines Tages war ich dann Nasenski mit dem Superbein, Kapitän der A-Mannschaft von *FC Rakete* und so was wie ein Held der Nation. Ich kümmerte mich um diesen Rummel nicht viel mehr, als für meinen Verein gut war. Das einzige, was mich zu dieser Zeit interessierte, war das perfekte Zusammenspiel auf dem Feld, die Eleganz von gewagten Kombinationen und der Rausch des Sieges, wenn unter dem Gebrüll der Zuschauer das Leder in die Maschen knallt.

Nur eines störte mich: das Theater, das meine Profis machten. Wahrscheinlich hatte ich zu lange in Amatuermannschaften gespielt, wo so was nicht üblich ist. Es gibt da ja auch weniger Zuschauer, für die man sich in Szene setzen kann. Aber vor zwanzig- oder gar vierzigtausend Fans auf den Rängen, die was zu sehen kriegen wollen, ist natürlich die Versuchung größer, sich für ein paar Minuten schreiend auf dem Rasen zu wälzen, wenn einem ein Gegenspieler beinahe auf die Zehen getreten hat. Auch sonst gab es da so ein paar einstudierte Spielchen, die bei den Zuschauern den Eindruck erwecken sollten, auf dem Spielfeld gäbe es im nächsten Augenblick Mord und Totschlag; denn sie konnten natürlich nicht erkennen, daß die beteiligten Spieler sich dabei heimlich zugrinsten. Meine Vorstellungen von Sportlichkeit waren wohl zu naiv; denn ich versuchte, mit dieser Schauspielerei Schluß zu machen, und sagte das auch ins Mikrophon, als ich in einem Fernsehinterview von dem Reporter darauf angesprochen wurde. Das Schlimmste war, daß ich dabei unter anderem von einem Mißbrauch des Wortes *Sport* redete. Noch am gleichen Abend bekam ich einen merkwürdigen Anruf. Ein Mann, der seinen Namen nicht nannte, sagte mir, daß ich höchstwahrscheinlich Ärger bekommen würde, und nannte mir eine Adresse, an die ich mich wenden könne, wenn ich in Schwierigkeiten geraten sollte. Ich hielt ihn für verrückt und hängte auf.

Es stellte sich jedoch heraus, daß ich mit aller Kraft in ein Wespennest gestochen hatte. Schon am nächsten Tag kreuzte ein Beamter der Sprachüberwachungsbehörde bei mir auf und nahm mich in die Mangel. Er fragte mich geradezu, und das keineswegs in besonders freundlichem Ton, wie ich es zum Kapitän einer so bedeutenden Mannschaft habe bringen können und ob mir bisher noch niemand was über die staatspolitische Bedeutung der Spiele geflüstert hätte, gar nicht zu reden von der Sprachverwirrung, die durch meine unbedachte Äußerung ausgelöst worden wäre. Was *Sport* zu bedeuten hätte, würde andernorts festgelegt, und ich sei nicht befugt, diese Bedeutung anzuzweifeln. Dann folgte ein Haufen psychologisches Kauderwelsch von Emotionsstau, Aggressionsablenkung und notwendiger Interessenregulierung der Massen.

›Der Massen?‹ sagte ich. ›Für mich sind das lauter einzelne Menschen, die ein gutes Spiel sehen wollen und keine Scheinprügelei.‹

Der Beamte schaute mich an, als zweifle er an meinem Verstand. ›Wo leben Sie denn eigentlich?‹ sagte er, und als ich mich bei diesen wohlbekannten Worten an den besagten Fernsehautor erinnerte und an die zynische Art, mit der man ihn fertiggemacht hatte, begann ich allmählich wütend zu werden. Inzwischen schwätzte dieser staatliche Emissär weiter und fragte mich, ob ich denn noch nicht gemerkt hätte, welche Reaktionen diese Profi-Mätzchen beim Publikum auslösen.

›Natürlich habe ich das gesehen!‹ sagte ich schon ziemlich laut, ›und es hat mir nicht gefallen, wenn die Sportsfreunde auf den Rängen so aufgeheizt werden, daß sie einander die Bierflaschen über den Schädel hauen. Oder finden Sie das richtig?‹

›Ich sehe schon‹, sagte der Beamte und zog vor Erstaunen über soviel Begriffsstutzigkeit die Stirn in Falten, ›daß es Ihnen an der nötigen staatsbürgerlichen Reife fehlt. Die Leute brauchen das!‹

›Bierflaschen über den Kopf?‹ sagte ich.

Der Mann hob abwehrend die Hände und sagte: ›Nun, nicht so direkt. Diese Prozesse lassen sich schwer kontrollieren und überschreiten zuweilen die wünschenswerten Grenzen. Aber im Prinzip werden solche Reaktionen bewußt angesteuert.‹

›Von wem denn?‹ fragte ich und meinte das damals noch ehrlich.

›Fragen Sie lieber, zu welchem Zweck‹, sagte er. ›Der Mensch ist so geartet, daß man seine Gedanken und Gefühle beschäftigen muß, damit sie nicht in die falsche Richtung hin explodieren. Wir wollen Ruhe und Ordnung in unserem Staat, also lassen wir die Massen sich im Fußballstadion austoben. Ist das so schwer zu begreifen?‹

Ich starrte ihm ins Gesicht und sah ihn doch nicht, sondern ein spinnenbeiniges, automatisiertes Wesen, das mit seinen dürren Fingern an Tausenden von Fäden all die Leute, die Menschen zappeln ließ und einmal hierhin, einmal dorthin führte, und ich hörte sein unbeteiligtes Lachen, wenn die gebündelten Puppen mit den Köpfen zusammenstießen, und mir wurde kalt vor Entsetzen. ›Was reden Sie für eine Sprache?‹ sagte ich. ›Ich kann Sie nicht verstehen. Ich kenne die Wörter, die Sie gebrauchen, aber ich finde keinen Sinn darin, jedenfalls keinen, der irgendeinem Menschen Freude machen könnte.‹

›Freude?‹ hörte ich ihn sagen. ›Was meinen Sie mit diesem Wort? Die einzige Freude, die wir kennen, liegt darin, ein Teil des Ganzen zu sein, nur dafür sind wir da‹, und während er noch sprach, spürte ich, wie eine zähe Masse rings um mich aufstieg, die mich bis zur Bewegungslosigkeit umschloß, stieg und stieg und mir bald bis an die Lippen reichte, und ich schrie und hörte nicht auf zu schreien, bis ich mich mit gefesselten Händen in einem Auto wiederfand, das rasch durch die nächtlichen Straßen fuhr. Dann folgten Verhöre, Verhöre, Verhöre, und den Rest kennen Sie ja.«

Er lehnte sich schwer atmend zurück, und erst jetzt, wo das Licht voll auf sein Gesicht fiel, sah ich, daß dieser anfangs so unbekümmert erscheinende Mensch plötzlich völlig erschöpft aussah. Schweiß stand in Perlen auf seiner blassen

Stirn, und er tastete mit unsicherer Hand nach seinem Glas. Als er den Wein auf einen Zug hinunterstürzte, rann er ihm rot von den Mundwinkeln und tropfte auf seinen Overall, wo er Flecken hinterließ wie von Blut.

Auch uns hatte dieser unvermittelte Ausbruch betroffen gemacht, ja geradezu erschreckt. Eine Zeitlang saßen wir schweigend beieinander, und mir wurde wieder einmal (wie so oft in letzter Zeit!) in voller Schärfe bewußt, unter welchen Verhältnissen wir eigentlich leben. Ich weiß nicht, ob es Dir auch so geht, Rachel, aber ich frage mich jedenfalls immer wieder, wie ich gelebt habe, ehe ich in all das hineingeriet, was für mich jetzt schon das eigentliche Zentrum meiner Existenz bedeutet. Und wie leben jene Leute, die keine Ahnung haben von Erwins Badezimmer und den Schätzen, die es birgt? Was mir heute so widersinnig, ja unmenschlich erscheint, hielt ich noch vor einem halben Jahr für völlig normal. Das kann ja eigentlich auch gar nicht anders sein; denn diese Zustände herrschen ja seit über zwei Jahrhunderten, und man hat sich dermaßen daran gewöhnt, daß man diese heimlichen Steuermechanismen überhaupt nicht mehr spürt. Sie bilden für jeden von Kindheit an, unmerklich reguliert über Fernsehkanäle, Morgenzeitungen und andere Medien, vor allem aber über die Sprache selbst, den Rahmen seiner Lebenserfahrung und lassen ihm kaum eine Wahl, andere Lebensentwürfe auch nur ins Auge zu fassen. Mag sein, daß der eine oder andere gelegentlich ein dumpfes, nicht näher bestimmbares Unbehagen spürt (ich entsinne mich durchaus solcher Zustände, ohne daß es mir damals gelungen wäre, die Ursache dafür zu ergründen). Und wenn dies der allgemeine Bewußtseinszustand unserer Bevölkerung ist, dann erscheint es eigentlich nur logisch, wenn man Leute wie uns für verrückt erklärt und ins Irrenhaus sperrt.

Nun, wenigstens diesem Schicksal sind Nasenski und ich

mit knapper Not entgangen, und ich fragte ihn schließlich, wo er untergetaucht sei. Da erinnerte er mich an den seltsamen Telefonanruf am Abend nach dem Interview und sagte, daß ihm, während er durch die nächtlichen Straßen spurtete, jene Adresse eingefallen sei, die ihm der Anrufer genannt hatte. Er habe gar nicht weit zu laufen brauchen, und auf sein Klingeln habe man ihn dort wie einen lieben Gast empfangen, der schon sehnlichst erwartet wurde. Der geheimnisvolle Anrufer sei einer von Erwins Freunden. Er lasse übrigens ausrichten, daß in seiner Wohnung inzwischen ein Kopiergerät für Mikrofiches installiert sei und mit der Vervielfältigung von unserer Badezimmerbibliothek begonnen werden könne.

Von diesem Vorhaben habe ich Dir noch gar nicht erzählt (Erwin hat mir erst vor kurzem davon berichtet). Es ist geplant, den gesamten Bestand mehrfach zu kopieren und mit diesem Material an verschiedenen Orten unseres Landes ähnliche Stützpunkte einzurichten wie unseren hier. Es scheint doch schon wesentlich mehr Freunde unserer Arbeit zu geben, als ich bisher vermutet habe (Erwin spricht – sicher aus guten Gründen – nicht viel darüber). »Das wird eine tolle Sprachverwirrung geben, wenn sich die Lektüre von Vor-Literatur immer mehr verbreitet!« sagte ich lachend.

»Aber eine heilsame«, antwortete Erwin. »Die eigentliche, geradezu babylonische Sprachverwirrung hat ihre Wurzel doch darin, daß man hierzulande seit langem die Sprache wie eine staatlich streng festgelegte Verwaltungsstruktur handhabt und dadurch die Menschen daran hindert, daß jeder einzelne auf seine Weise Sprache wie ein lebendiges Instrumentarium benützt, das ihm hilft, sich dem Begreifen der Wirklichkeit anzunähern.«

Der Begriff *babylonische Sprachverwirrung* ließ mich aufhorchen, wie Du Dir denken kannst; denn er spielt ja offenkundig auf jene Geschichte aus Deinem alten Buch an, die Du

Deinem letzten Brief beigelegt hast in der berechtigten Annahme, daß mich das hier geschilderte Sprachphänomen interessieren würde. Zunächst vermutete ich, daß Erwin doch etwas von diesem Buch wisse, und so fragte ich ihn, was er eigentlich unter dem Adjektiv *babylonisch* verstünde.

»Eine gute Frage, auf die ich keine genaue Antwort weiß«, sagte er. »Das ist eines der *ungeklärten Adjektive,* deren Wurzeln im Dunkel der Geschichte vor der Großen Nationalen Sprachreinigung liegen. Sie werden bezeichnenderweise in der öffentlichen Sprache überhaupt nicht benützt, sondern tauchen nur gelegentlich im mündlich verwendeten Sprachschatz auf, der ja relativ häufig Relikte aus überkommenem Familienjargon enthält. Es gibt eine Gruppe ähnlicher Wörter wie zum Beispiel *pharisäisch* im Sinne von selbstgerecht oder *messianisch* im Sinne von sendungsbewußt, die sich gleichfalls jeder sprachlichen Ableitung entziehen. Unter *babylonisch,* das merkwürdigerweise stets nur in der Verbindung mit *Sprachverwirrung* gebraucht wird, kann ich eigentlich nur ein quasi superlativisches Adjektiv verstehen, etwa in der Bedeutung von *umfassend* oder *ganz und gar.*«

Ich muß Dir gestehen, daß ich ein besserwisserisches Lächeln nicht unterdrücken konnte, und platzte ihm mit meiner frisch erworbenen Weisheit fast noch ins Wort. Erwin hörte sich meine Erklärung mit steigendem Interesse an und bat mich, die Geschichte vorzulesen.

Das tat ich dann, nachdem ich Deinen Brief aus meiner Schlafkammer geholt hatte, und dieser kurze Text beeindruckte meine drei Zuhörer sichtlich. »Unglaublich!« sagte Erwin, als ich zu Ende gelesen hatte. »Diese uralte Geschichte beschreibt doch genau das, was heute bei uns geschieht! Sobald die Menschen meinen, sie hätten eine eindeutige Sprache, mit der sie die ganze Wirklichkeit fassen können, wollen sie sich *einen Namen machen,* wie es da heißt, und dieser

Turm steht doch wohl für die Absicht, sich über die gesamte Welt zu erheben und kein anderes Gesetz anzuerkennen als jenes, das sie sich selber gemacht haben. Es heißt ja, dieser Turm sei erst *der Beginn ihres Tuns,* und daß ihnen kein weiteres Vorhaben zu hochfahrend sein würde. Und da verwirrt *Er* ihre Sprachen! Sie reden aneinander vorbei und können einander nicht mehr verstehen wie unser Fußballfreund und sein Befrager von der Sprachüberwachungsbehörde. Dies scheint in der Tat der einzige Weg zu sein, den Menschen klarzumachen, daß sie weder mit ihrer Sprache, ja nicht einmal mit ihren Gedanken die ganze Wirklichkeit erfassen können. Aber wer ist *Er?*«

»Vermutlich der gleiche, der in der Geschichte von Rabbi Menachem *der Erbarmer* oder einfach *der Eine* genannt wird«, sagte ich. »Einer, der zu groß ist, als daß man ihn begreifen oder mit einem Namen fassen könnte.« Habe ich das richtig erklärt? Du hast mir damals davon erzählt, aber ich bin noch weit davon entfernt, eine Vorstellung von diesem Einen zu haben, der im Grunde das einzige Thema in Deinem alten Buch zu sein scheint.

Wir sprachen noch eine Weile darüber, aber da mein geringes Wissen das einzige war, das uns zur Verfügung stand, brachten wir dabei eher weitere Fragen als Antworten zustande. »Wenn es wirklich einen solchen Angelpunkt gäbe«, sagte Erwin schließlich, »auf den alles bezogen ist, dann müßte man weiter nach ihm suchen, wenn man die Bestimmung des Menschen erkennen will.«

Helmut hatte sich wenig an diesem Gespräch beteiligt. Er saß über sein Glas gebeugt und starrte auf die dunkelrot spiegelnde Fläche des Weins, als beobachte er dort das Ertrinken einer Fliege oder suche nach irgend etwas auf dem Grund des Glases. Dann hob er mit einem unvermittelten Ruck den Kopf und rief: »Jetzt hab ich's! Der Ziegelträger!«

Wir konnten mit dieser rätselhaften Äußerung nichts anfangen, und Erwin fragte, was es mit diesem Ziegelträger auf sich habe und ob das einer seiner Blödelfreunde sei.

»Ein Freund?« sagte Helmut. »Ja, in gewissem Sinne ist er das, obwohl es diesen Ziegelträger überhaupt nicht gibt und vermutlich nie gegeben hat. Er ist die Titelfigur einer Geschichte, die ich neulich in deinem Badezimmer gelesen habe. Ich hatte nur keine Ahnung, auf welches Ereignis sie sich bezieht. Das habe ich erst jetzt durch den Text aus Rachels altem Buch erfahren.«

Als wir ihn baten, diese Geschichte für uns herauszusuchen, blickte Helmut auf seine Uhr und sagte, daß er leider nicht länger bleiben könne. »Das Buch, in dem die Geschichte steht«, sagte er, »findet ihr auch selber. Es trägt den Titel *Denkwürdige Ereignisse.*« Eigentlich sei er ja nur gekommen, um mir meine Papiere zu bringen. Er gab mir ein Kuvert, in dem alles an Unterlagen enthalten war, was man zur Gründung einer neuen Existenz benötigt, und ich vergaß beinahe, ihm zu danken, weil ich mich unversehens schon im Bahnhof von L. aus dem Zug steigen und über die große Treppe auf Dich zugehen sah, meine liebe Rachel.

Helmut war inzwischen aufgestanden und fragte Nasenski, ob er ihn ein Stück begleiten wolle. »Dann können wir gleich besprechen, wie man Ihnen eine neue Identität verschaffen könnte. Wie hätten Sie's denn gern? F. C. *Kickfuß*, Installateur von sanitären Anlagen? Oder vielleicht Irenäus Irrwitz, Freistilringer?«

Nasenski lachte und sagte, daß er diesen behördlich konzessionierten Fälscherservice gern in Anspruch nehmen würde. Ehe die beiden sich verabschiedeten, verstaute Erwin noch den ersten Packen der zum Kopieren bestimmten Mikrofiches in Nasenskis Werkzeugkasten, und als wir dann nur noch zu zweit waren, suchten wir die *Denkwürdigen Er-*

eignisse heraus und lasen den Text, den ich diesem Brief beilege. Siehst Du, Rachel, nun hat es sich gezeigt, daß doch noch Spuren Deines alten Buches in der erhaltenen Vor-Literatur aufzufinden sind. Daß solche Spuren in der Sprache selbst noch leben, ist ja nicht zu verwundern; denn sie bewahrt die Erinnerung an alles, was je gedacht worden ist. Ich bin fast sicher, daß Erwins *ungeklärte Adjektive* samt und sonders dort ihre Wurzeln haben. Du wirst vermutlich eine Antwort darauf wissen, aber die kannst Du mir, wie die Dinge jetzt liegen, mündlich geben. Ich bin schon dermaßen in Aufbruchstimmung, daß ich – außer Dir diesen Brief zu schreiben – kaum noch weiß, was ich hier anfangen soll. Morgen in aller Frühe werde ich fahren. Morgen! Morgen! Morgen!

Dein aus der Haft in Deine Arme
entlassener

Albert

Der Ziegelträger

Damals, als die Sprachen verwirrt wurden, war da ein schlaksiger Ziegelträger, der von alledem kaum etwas begriff. Er hatte jahraus jahrein Ziegel auf den in Bau befindlichen Turm geschleppt, und die einzige Veränderung hatte während dieser Zeit für ihn darin bestanden, daß er jeden Tag ein wenig höher hinaufsteigen mußte, ehe er seine Last bei den Maurern absetzen konnte. Da jedoch diese kaum merklich voranschreitende, dennoch stetig wachsende Verlängerung seines Weges in die Berechnung seines Arbeitslohnes mit einbezogen war, kümmerte ihn diese geringfügige Abweichung von dem sonst gleichbleibenden Arbeitsablauf wenig. Er hatte sich daran gewöhnt, daß dieser Turm, an dem sie bauten, ständig weiter wuchs, und es wäre ihm eher als störend aufgefallen, wenn es eines Tages nicht mehr so gewesen wäre. Ein Ziegelträger ist nun einmal darauf eingestellt, daß die Bauwerke, bei deren Errichtung er beschäftigt ist, nach und nach höher werden.

Als dann die Bauherren sich nicht mehr untereinander verständigen konnten – schwer zu sagen, ob in ihrer Sprache tatsächlich eine Veränderung eingetreten war oder ob sie im Verlauf ihrer Gespräche nach und nach begriffen hatten, daß ihre Vorstellungen von dem, was zwischen ihnen gesprochen wurde, auf keine Weise zur Übereinstimmung zu bringen waren – wie also dieses Dilemma zutage zu treten begann, wirkte sich dies nicht schlagartig aus. Die Zustände auf der Baustelle (und auch für den Ziegelträger) glitten vielmehr fast unmerklich ins

Ungefähre, wobei man allerdings befürchten muß, daß sie sich in gewissem Sinne schon immer dort befunden haben mußten. Aber damals war es den Verantwortlichen wenigstens noch nicht bewußt gewesen, während sie es jetzt allmählich zu erfahren begannen, daß sie sich hier auf eine Sache eingelassen hatten, die ihre Vorstellungskraft bei weitem überstieg.

Zunächst hatte diese Erkenntnis keineswegs zur Folge, daß die Bautätigkeit vom einen zum anderen Tag eingestellt worden wäre. Im Gegenteil: Jeder der verantwortlichen Bauherren versuchte sogar, die eigene, durch ständiges Mißverstehen der Wörter ihrer Kollegen hervorgerufene Unsicherheit durch eine jäh gesteigerte Aktivität zu überspielen. Erleichtert wurde ein solches Vorgehen noch dadurch, daß sie ja in ihrer Planung nunmehr durch dieses grundlegende Mißverständnis von den anderen Bauherren abgeschnitten waren und deshalb von ihnen in ihren eigenen Vorstellungen auch nicht mehr behindert werden konnten.

So kam es dazu, daß der Turm regellos zu wuchern begann wie ein Krebsgeschwür; da wurden Bögen aufgewölbt, die ins Leere hinausgriffen, Stützmauern, die nichts zu stützen hatten, erhoben sich wie Denkmäler der Sinnlosigkeit, vor allem aber wurden an verschiedenen Stellen der bisher noch gemeinsam errichteten Plattform einzelne Turmbauten der abstrusesten Gestalt rasch in die Höhe getrieben.

Diesen Wildwuchs bekam nun auch der Ziegelträger zu spüren; denn sein mühsamer Aufstieg begann sich zu diesem Zeitpunkt fast sprunghaft zu verlängern und führte ihn auf kaum abgesicherten Laufstegen und schwankenden Leitern über gähnende Abgründe, bis er die Baustelle erreichte, wo die Maurer in schwindelerregender Höhe wie Fliegen im regellos emporschießenden Gewände hingen und in fiebriger Hast Stein auf Stein fügten, als gelte es, noch an diesem Tage die Wölbung des Himmels zu durchstoßen.

Wenn er dann mit seinem leer über den Rücken baumelnden Tragbrett herabgeklettert war, sah er jedesmal die Bauherren in der noch unverbauten Mitte der Plattform beieinander stehen, wo sie vor herabbröckelnden Ziegeln sicher waren. Sie versuchten noch immer, die Mauern des Mißverstehens, in die jeder von ihnen eingekerkert war, wild gestikulierend zu durchbrechen, deuteten verzweifelt auf diesen oder jenen grotesken Auswuchs des Gebäudes, der ihren eigenen Vorstellungen im Wege stand, und feuerten zwischendurch mit gellenden Rufen die Arbeiter auf ihrem Teilstück an, damit sie als erste unter ihren Konkurrenten ans Ziel kamen, wo immer sie dieses Ziel auch suchen mochten.

Als der Ziegelträger wieder einmal auf dem Weg zur Treppe in die unteren Geschosse an ihnen vorübertrottete, sprang einer der Bauherren auf ihn zu, packte ihn beim Arm und zerrte ihn in den Kreis der Streitenden. »Schaut ihn euch an, diesen einfachen Mann!« rief er. »Warum kann er seine Arbeit tun wie in all den Wochen zuvor, während wir von Tag zu Tag unfähiger werden, irgend etwas zu unternehmen, das unseren Bau zum Ziel führen könnte?«

»Was meinst du mit dem Wort *Ziel?*« sagte ein anderer. »Wenn nicht einmal wir uns auf dessen Bedeutung einigen können, wird dieser beschränkte Handlanger uns auch nicht weiterhelfen. Frag ihn doch, was er für sein Ziel hält!«

Der Ziegelträger war ziemlich verwirrt, als er sich so unvermittelt in den Kreis der hoch über ihn erhabenen Bauherren gezogen sah, und wußte nicht, was er sagen sollte. Doch als jener, der ihn am Weitergehen gehindert hatte, ihm noch einmal die Frage stellte, welches Ziel er hier auf dieser ungeheuren Baustelle verfolge, bedachte er sich und sagte: »Ich bin dazu befähigt, Ziegel in die Höhe zu schleppen, und ich tue das, damit die Maurer sie verbauen können und nicht untätig herumsitzen.«

»Das wissen wir doch!« sagte der Bauherr und zog vor Verzweiflung über soviel Beschränktheit die Augenbrauen hoch. »Uns kommt es vielmehr darauf an zu erfahren, warum du das tust und welches Ziel du dabei verfolgst.«

Der Ziegelträger wußte nicht, was er von einer solchen Frage halten sollte; denn die Antwort erschien ihm allzu selbstverständlich; doch als ihn der Fragende weiter bedrängte, zuckte er mit den Schultern und sagte: »Wozu arbeitet man? Um als Mensch mit seiner Familie leben zu können, Kinder großzuziehen, Gastfreundschaft zu üben, mit den Nachbarn in Eintracht zu leben und den Unnennbaren zu ehren. Genügt Euch das nicht?«

»Aber das Ziel!« schrie dieser Bauherr. »Sag uns dein Ziel!«

»Ist das, was ich gesagt habe, denn kein Ziel?« sagte der Ziegelträger ratlos.

»Laß ihn laufen!« rief ein anderer. »Siehst du denn nicht, daß er über den engen Horizont seines Daseins nicht hinauszublicken vermag? Er wird nie meinen Wunsch begreifen können, mich auf der Spitze dieses Turms hoch über den gesamten Erdkreis zu erheben und herabzublicken auf all das Gewürm, das dort unten am Boden kriecht und nichts weiter im Sinn hat, als sich den Bauch vollzuschlagen und Kinder zu zeugen, die dieses Gewimmel noch vermehren.«

»Willst du dich über uns erheben?« überschrie ihn ein zweiter. »Sind wir Gewürm in deinen Augen? Bauen wir nicht diesen Turm, um allen zu zeigen, daß der Mensch aus eigener Kraft imstande ist, bis an die Wölbung des Himmels vorzustoßen? Wird nicht durch die Tat dieses einen, der das plant und schafft, jeder Mensch stolz sein Haupt erheben und die Ketten des Aberglaubens abwerfen können? Seht ihr denn nicht, wie mein Turm den glühenden Ball der Sonne schon fast aufspießt?«

»Ja, ich sehe es mit Entsetzen«, schrie ein dritter, »und ich sehe auch, wie dein Turm in seiner Mißgestalt die Schönheit dieses Bauwerks zerstört und meinen Plan durchkreuzt, in diesem Gebäude ein sichtbares, von Menschen geschaffenes Bild der Weltenharmonie zu errichten. Werden wir die Menschheit nicht erst dann zu ihrem Ziel geführt haben, wenn es uns gelungen ist, jene Vollkommenheit selbst zu schaffen, die man sich bislang nur als das Werk eines übernatürlichen Wesens vorstellen kann, das man nicht einmal mit einem Namen zu benennen wagt? Sollen wir denn in alle Ewigkeit auf dem Bauche kriechen?«

Damit waren sie einander schon wieder in die Haare geraten und redeten gewaltig aneinander vorbei, während der Ziegelträger kopfschüttelnd daneben stand und kein Wort von alledem begriff. So mag es ihm in der Tat vorgekommen sein, als ob sich ihre Sprachen verwirrt hätten, und damit hatte er ja nicht einmal so unrecht; denn wo schon das Denken dermaßen auseinanderstrebt und nicht über den Horizont der eigenen Vorstellung hinauszublicken vermag, läßt sich dann auch mit der Sprache nicht mehr viel ausrichten. Die Bauherren erschienen ihm nicht anders als ein Haufen Verrückter, und er begann sich allen Ernstes zu fragen, wie Leute mit derart verwirrtem Verstand noch imstande sein sollten, ein ordentliches Haus zu errichten.

Doch genau darum ging es ihm. Er hatte sein Leben lang geholfen, Häuser zu bauen, und seine Freude daran gehabt, wie Stein auf Stein zu Mauern gefügt wurden und einen Raum schützend umschlossen, in dem Menschen wohnen konnten, um miteinander zu leben, gemeinsam zu essen, Kinder zu zeugen und zu schlafen. Vielleicht hatte er in seinem schlichten Verstand gemeint, daß dieser Turm nichts anderes werden sollte als die Krönung aller Häuser, an denen er je mitgebaut hatte, eine Wohnung für ein ganzes Volk. Statt dessen mußte er nun einsehen, daß hier eine Handvoll Narren ohne Sinn und Verstand einen ungeheuren Berg von Steinen aufeinandertürmen ließen, die man besser zum Bau ordentlicher Wohnungen verwendet hätte. Er nahm sein Tragbrett von der Schulter, legte es jenem Bauherrn, der ihn anfangs angesprochen hatte, zu Füßen und sagte: »Eine Arbeit, deren Sinn ich nicht begreifen kann, will ich auch nicht weiter tun. Sucht Euch einen anderen Ziegelträger, Herr!« Sprach's, stieg, seines Arbeitsgerätes ledig, die Treppen durch all die schon fertigen Geschosse hinab und verließ das Gebäude.

Unten auf dem weiten Platz, in dessen Mitte der Turm errichtet wurde, drehte sich der Ziegelträger noch einmal um und betrachtete zum ersten Mal in aller Ruhe das Bauwerk, dessen untere Geschosse zunächst in ebenmäßiger Folge stufenweise aufeinandergesetzt waren, das aber dann weiter oben zunehmend aus den Fugen geriet und sich endlich in bizarren Auswüchsen zum Himmel reckte, den verkrampften Fingern einer Hand gleich, die dort oben etwas zu packen versuchte, das jenseits ihrer Reichweite lag.

So jedenfalls sah es dieser Ziegelträger, und während er noch hinaufstarrte und irgendwo in seinem Inneren ein dumpfes Entsetzen angesichts der Sinnlosigkeit dieser Gebärde aufsteigen fühlte, begannen die Finger sich zu bewegen, neigten sich nach innen, knickten ab, als ob die Hand sich zur Faust schließen wolle, und brachen, nachdem für einen Augenblick das Schreien all der Menschen auf dem Bau wie fernes Vogelrufen zu hören gewesen war, in einer Wolke aufwirbelnden Staubs krachend zusammen. Da wandte sich der Ziegelträger um und lief davon, gehetzt von dem Schrecken, daß er selbst eben noch dort oben gestanden hatte, und verfolgt von dem Bild der sich unaufhaltsam schließenden Faust, die ihn beinahe zerquetscht hätte. Er hörte nicht auf zu rennen, bis er sein Haus erreicht und sich in diesen festen Mauern und dort in den Armen seiner Frau geborgen hatte, die den zitternden Mann umfaßt hielt und wiegte, bis er fähig war, von diesem Erlebnis zu berichten.

Berichtet wird übrigens auch, daß es zumindest einigen der Bauherren gelungen sei, sich im letzten Augenblick in die unteren Stockwerke zu retten. Sie sollen bald darauf samt ihren Anhängern – soweit diese noch lebten – den Ort ihrer Niederlage verlassen und sich in alle Winde zerstreut haben.

Auf der Randspalte steht neben dem Ende dieser Geschichte in winziger, gestochen scharfer Bibliothekarsschrift eine Marginalie, die mir so bemerkenswert erscheint, daß ich sie Dir nicht vorenthalten kann. Sie hat folgenden Wortlaut:

Über diese frei erzählte Paraphrase der altüberlieferten Geschichte vom Turmbau habe ich in letzter Zeit oft nachdenken müssen. Was aus dem Ziegelträger geworden sein könnte (soweit diese Frage im Hinblick auf eine fiktionale Figur überhaupt erlaubt ist), läßt sich leicht vorstellen. Er wird von da an wieder geholfen haben, daß ordentliche Häuser (wie er es nennt) errichtet wurden, in denen Menschen leben können. Aber die Bauherren? Was könnte aus denen geworden sein? Ob Menschen dieser Art nach einer dermaßen katastrophalen Erfahrung begreifen, daß ihre Vorstellungskraft zu beschränkt ist, als daß sie sich solche Ziele setzen könnten? Denkbar wäre das schon. Die Verwirrung der Sprachen, von der hier – in welchem Sinne auch immer – die Rede ist, böte einen Ansatzpunkt dafür. Allerdings nur dann, wenn ein solcher Mensch die Verläßlichkeit seiner Sprache zu bezweifeln lernt und seine eigene Sprech- und Denkweise nicht mehr als die einzig richtige betrachtet. Mit anderen Worten: Er müßte die eigene Sprache ständig nach ihren möglichen Bedeutungen befragen und die ihm fremden Sprachen zu verstehen versuchen, um dann nicht immer nur selbst zu sprechen, sondern auch zu hören.

Doch das ist wohl eine Utopie und heißt von solchen Bauherren zuviel zu erwarten. Wie man täglich erfährt, bevölkert deren Nachkommenschaft noch immer diese Welt, und es steht zu befürchten, daß eine Gruppe von ihnen sich eben anschickt, hierzulande aufs neue – wenn auch im übertragenen Sinn – einen solchen Turm zu errichten.

Geschrieben im Jahr der Großen
Nationalen Sprachreinigung

am 10. Dezember

Liebe Rachel,

es muß ungefähr vor einem Jahr gewesen sein, daß ich Dir zuletzt geschrieben habe, um am nächsten Tag zu Dir zu fahren. Heute kommt es mir so vor, als sei dies vor undenklicher Zeit geschehen. Seit dem Tag, an dem man mich über den Strom gebracht hat, war ja der Kontakt mit der Welt, die ich verließ, so total abgerissen, als liege sie auf einem anderen Stern, und ich mußte die Hoffnung bald aufgeben, daß ich Dir je eine Nachricht würde zukommen lassen können. Doch das hat sich geändert, seit mir heute nachmittag Bruder Raffael (Du wirst noch Genaueres über ihn erfahren) erzählt hat, daß ein Weg gefunden worden sei, auf dem man hinüber auf die andere Seite des Stroms gelangen könne. Da habe ich jetzt am Abend sofort mit diesem Brief angefangen, auch wenn es, wie der Bruder gesagt hat, noch eine Weile dauern wird, bis die *Post* abgehen kann.

Ja, ich befinde mich schon seit Beginn dieses Jahres in der Verbannung, und ich kann Dir versichern, daß ich mich keineswegs aufgelöst habe wie ein Stück Zucker im Kaffee. Im Gegenteil: Ich fühle mich infolge der Lebensumstände hier so gesund und bei Kräften wie noch nie zuvor. Welcher Lebensumstände? wirst Du fragen. Ja, wo soll ich da beginnen? Wohl am besten von Anfang an, damit ich die üblen Erinnerungen hinter mich bringe und Dir von den besseren erzählen kann.

Am Morgen meiner Abreise ging zunächst alles wie geplant. Ich warf noch den Brief an Dich in den Kasten, obwohl mir das eigentlich idiotisch vorkam, weil er in meiner Tasche sicher früher bei Dir sein würde. Aber dann dachte ich doch: Sicher ist sicher, und ahnte nicht, wie recht ich damit behalten sollte. Auf dem Weg zum Bahnhof hätte mich bestimmt keiner von meinen früheren Kollegen erkannt, wenn ich ihm in diesem Aufzug begegnet wäre. Erwin hatte mir andere Kleider besorgt, wie ich sie sonst nicht zu tragen pflege, also jedenfalls nichts Steif-Beamtenhaftes, sondern zum Beispiel ausgebeulte Kordhosen, dazu einen schon fast sackförmigen Rollkragenpullover (herrlich bequem! Wie habe ich es früher nur in meinem Nadelstreifenanzug und mit der würgenden Krawatte um den Hals ausgehalten?), einen lodenen Wettermantel mit Kapuze und dergleichen. »Sie reisen wohl zum Winterurlaub in die Berge?« fragte mich der Schalterbeamte, als ich meine Fahrkarte löste. Ich ließ ihn bei dieser Meinung, suchte mir ein leeres Abteil und begann in dem Märchenbuch zu lesen, das ich Amelie zurückbringen wollte.

Irgendwann, während der Zug schon fuhr, blickte ich von meiner Lektüre auf und sah, wie ein Mann durch die Scheibe der geschlossenen Abteiltür hereinstarrte und sofort zurückzuckte, sobald er sich entdeckt sah. Ich hatte ihm nur für einen Augenblick ins Gesicht schauen können, hatte aber den Eindruck, als sei ich diesem Mann schon einmal begegnet, und zwar nicht eben unter besonders angenehmen Umständen. Jedenfalls war ich aufs äußerste beunruhigt und überlegte rasch, ob ich etwas bei mir habe, das meine wahre Identität oder gar meine Freunde verraten könne.

Das Buch, das ich in der Hand hielt, konnte schon genügen, mich in Schwierigkeiten zu bringen. Also öffnete ich das Fenster und warf es kurzerhand hinaus. Wie ein verwundeter Vogel flatterte es im Bogen durch die Luft und tauchte im Gebüsch neben der Bahnstrecke unter. Mit einigem Bedauern sah ich es dort verschwinden, doch das hielt sich in Grenzen; denn Erwin hatte die Märchensammlung Seite für Seite photographiert, um den Film bei Gelegenheit auf Mikrofiche zu übertragen.

Dann dachte ich an Deine Briefe, von denen ich mich natürlich nicht hatte trennen wollen. Was ich jetzt tun mußte, fiel mir schon bedeutend schwerer, meine liebe Rachel. Ich versicherte mich noch einmal, daß mich niemand beobachtete, holte das Päckchen Briefe aus meiner Reisetasche und stellte mich mit dem Rücken zur Tür wieder an das geöffnete Fenster, durch das mir der eisige Fahrtwind ins Gesicht blies. Und dann zerriß ich jedes einzelne Blatt in winzige Fetzen und ließ sie unter dem verhangenen Winterhimmel davonwirbeln. Es sah aus, als fange es an zu schneien, und ich konnte nur hoffen, daß die Leute weiter hinten im Zug nichts anderes vermuteten. Da flogen sie nun dahin, all die Worte, die Du mir geschrieben hast, und damals tröstete ich mich damit, daß ich bald mit Dir würde sprechen können, falls sich mein Verdacht als unbegründet erweisen sollte (was gäbe ich darum, wenn ich Deine Briefe heute noch besäße!). Als ich das Fenster mit einem allzu kräftigen Ruck wieder schloß, war mir zumute, als habe ich damit eine Tür endgültig zugeschlagen.

Bald darauf hielt der Zug in einer größeren Station. Ich schaute durch die Scheibe hinaus, und da sah ich wieder diesen Mann, der vorhin zur Tür hereingespäht hatte. Er war eben ausgestiegen, ging rasch zwischen den wartenden Leuten hindurch zum vorderen Ende des Bahnsteigs und verschwand dort etwa in Höhe der Lokomotive in einer Tür. Ich begann schon zu hoffen, daß er gar nichts mit mir im Sinn hatte, und bedauerte um so mehr den Verlust der Briefe und des Buches. Was dann geschah, hat sich mit solch minuziöser Genauigkeit in meinem Gedächtnis festgesetzt, daß ich es jetzt noch vor mir sehe, als sei es gerade erst geschehen. Als der Aufsichtsbeamte sich eben anschickte, das Zeichen zur Abfahrt zu geben, und ich schon erleichtert aufatmen wollte, stürzte dieser mir so verdächtige Mann aus der Tür, gefolgt von zwei Bahnpolizisten. Und jetzt, wie er mit den zwei Uniformierten auf den vordersten Wagen des Zugs zulief, erkannte ich ihn trotz der Entfernung an seiner etwas linkischen Art zu laufen: Er war selbst ein Polizist, und ich war ihm mehrmals während meiner Haft begegnet, zuletzt an jenem Abend, als er sich mit Nasenski herumgeprügelt hatte und ihm dann nachgerannt war. Im gleichen Augenblick, in dem die drei auf das Trittbrett sprangen und einstiegen, ruckte der Zug an und begann zu fahren. Mein erster Gedanke war, meine Tasche zu packen und abzuspringen, doch dann wurde mir klar, daß es dafür zu spät war; bis ich die Tür am Ende meines Waggons erreichen konnte, würde der Zug eine solche Geschwindigkeit erreicht haben, daß ich mir vermutlich den Hals brechen würde.

Ich lehnte mich also resigniert auf meiner Bank zurück und fragte mich, was nun noch zu tun sei, bis die drei Häscher mein Abteil erreicht haben würden, um mich zu verhaften. Meine gefälschten Papiere würden mir bei diesem Wachbeamten, der mich ja persönlich kannte, wenig nützen. Im Gegenteil: Ich würde womöglich auch noch Helmut in Gefahr bringen, wenn man sie bei mir fand. Ich mußte sie so schnell wie möglich loswerden. Also riß ich das Fenster wieder herunter, aber dann zögerte ich; denn der Zug fuhr noch durch Stadtgebiet, und auf dem kurzgeschnittenen Gras neben den Bahngleisen würde der nächste Streckenwärter meine Papiere auflesen und sie der Polizei übergeben. Also ließ ich meine Hand mit der Briefmappe, in der ich die Erzeugnisse von Helmuts Fälscherkunst verwahrt hatte, aus dem Fenster hängen, spähte zur Tür und wartete auf meine Verfolger. Die drei kamen offenbar nicht so schnell voran, wie ich gefürchtet hatte; draußen blieben schon die Häuser zurück, der Zug fuhr zwischen ansteigenden Hängen in eine Kurve, unterquerte eine breite Bahnüberführung, und als er wieder hinaus ins Helle ratterte, sah ich weiter vorn Wasser aufblitzen. Gleich darauf donnerte der Zug hinaus auf eine Brücke, und als er mitten über dem Fluß war, warf ich die Mappe in weitem Bogen hinaus, sah sie zwischen dem Gestänge des Brückenbogens hindurchfliegen, hinabsegeln und auf dem Wasser aufschlagen. Ein kleiner Strudel, ein bißchen Schaum, und schon trieb meine zweite Existenz im grauen Winterwasser flußabwärts ins Unerreichbare.

Das geschah keine Sekunde zu früh; denn ich hatte kaum das Fenster geschlossen, als die Tür zu meinem Abteil aufgerissen wurde und mein unseliger Bekannter hereintrat, während die beiden Bahnpolizisten draußen vor der Tür Posten bezogen. Er stellte sich vor mich hin, betrachtete mich gramvoll und sagte noch etwas atemlos: »Sind Sie es wirklich?«

»Wenn Sie das nicht wissen, sollten Sie nicht ausgerechnet mich danach fragen«, sagte ich in der beruhigenden Gewißheit, daß hier nichts mehr zu retten war.

Auf dem Gesicht des Mannes zeichnete sich so etwas wie Erleichterung ab. »Ich brauche Sie wohl gar nicht erst zu fragen, ob Sie sich ausweisen können«, sagte er.

»Wozu?« sagte ich.

»Da haben Sie auch wieder recht«, sagte er. »Wozu eigentlich, wo wir doch alte Bekannte sind.«

»Sehen Sie«, sagte ich. »Ist doch nett, wenn man sich so überraschend wiedertrifft. Wollen Sie nicht Platz nehmen? Bis zur nächsten Station haben wir noch ein ganzes Ende zu fahren.«

Er blickte mir zweifelnd ins Gesicht und sagte: »Sie werden also keine Schwierigkeiten machen?«

»Sehe ich so aus?« sagte ich. »Nun setzen Sie sich schon! Im Sitzen redet sich's leichter, vor allem dann, wenn man so rasch hat laufen müssen wie Sie vorhin.«

Er wußte scheint's noch immer nicht recht, woran er mit

mir war, aber er nahm jetzt wenigstens mir gegenüber Platz, wenn auch auf eine Weise, als sei er jederzeit bereit, wieder aufzuspringen und sich auf mich zu werfen, falls ich irgendeine verdächtige Bewegung machen sollte. Doch ich tat nichts dergleichen, sondern lehnte mich bequem zurück und schaute ihn an. Er mochte vielleicht so um die vierzig sein, war nur mittelgroß, zudem ziemlich mager und wirkte irgendwie bekümmert, wie er hier vor mir saß und auf seine Schuhspitzen starrte. Dann blickte er auf und sagte: »Ich bin sehr erleichtert, daß Sie es so nehmen.«

»Was bleibt mir anderes übrig?« sagte ich. »Soll ich mich mit drei Polizisten herumprügeln? Das hätte doch keinen Sinn.«

»Nein«, sagte er, »das hätte wirklich keinen Sinn«, aber das klang fast so, als wäre es ihm lieber gewesen, wenn ich es wenigstens ein bißchen versucht hätte. Ihm schien überhaupt die ganze Angelegenheit zunehmend zuwider zu werden; denn er blickte noch immer betrübt vor sich hin, als sei er hier der Verhaftete und nicht ich.

»Sind Sie nicht froh, daß Sie mich erwischt haben?« fragte ich.

»Irgendwie schon«, sagte er zögernd, und nach einer Pause fuhr er fort: »Wissen Sie, Sie dürfen nicht glauben, daß ich persönlich was gegen Sie hätte. Aber ich mußte Sie um jeden Preis erwischen, damit ich meine frühere Stelle wiederbekomme.«

»Ach«, sagte ich, »hat man Sie strafversetzt?«

»Leider«, sagte er, stand auf und schloß die Tür, offenbar in der Absicht, die beiden Wächter auf dem Gang von unserem weiteren Gespräch auszuschließen. Dann setzte er sich wieder hin und schien jetzt viel entspannter zu sein als vorher. »Sie müssen das so verstehen«, sagte er. »Man hat mich für die Flucht der beiden Häftlinge verantwortlich gemacht und zum Außendienst bei der Bahnpolizei versetzt. Dabei kann ich es gar nicht vertragen, ständig auf diesem zugigen Bahnhof herumzustehen. Ich neige sowieso schon zu Erkältungen, und bei diesem Dienst werde ich sie überhaupt nicht mehr los.« Er hustete trocken und hohl wie ein krankes Pferd. »Sehen Sie!« sagte er. »Will sich einfach nicht lösen. Also habe ich seither das einzige Ziel, einen von Ihnen beiden zu erwischen, entweder diesen Fußballstar oder Sie. Ich habe mir gedacht: Irgendwann kommt der eine oder der andere auf den Bahnhof, um an einen Ort zu fahren, wo ihn keiner kennt.«

»Wie haben Sie mich überhaupt erkannt?« fragte ich.

»Sie meinen wegen des Bartes?« sagte er. »Besonders gut rasiert waren Sie während Ihrer Haft ja auch nicht. Was meinen Sie, wie erleichtert ich bin, daß mir nicht dieser Nasenski mit dem Superbein als erster über den Weg läuft!«

»Das kann ich mir denken«, sagte ich und mußte zu meiner eigenen Verwunderung lachen. »Was ist eigentlich aus Ihrem Kollegen geworden? Hat man auch ihn strafversetzt?«

»Nein«, sagte dieser merkwürdige Polizist. »Der ist bei alledem fein raus trotz der Platzwunde am Hinterkopf und eines Brummschädels für drei Tage. Wahrscheinlich sogar deswegen. In tapferer Gegenwehr verwundet, nennt man so was bei uns. Bekam sogar eine Belobigung und konnte bleiben. Ich möchte nur wissen, ob diese Sportskanone noch in der Stadt ist. Eigentlich gönne ich dem seine Freiheit. So ein phantastischer Spieler! Und dann das! Da steckt sicher irgendeine Intrige dahinter. Bei diesen Fußballvereinen geht's ja auch nicht immer koscher zu, wie man hört.«

»Koscher?« sagte ich. »Was ist das für ein Wort?« Du kannst Dir wohl denken, warum ich das fragte. Doch er zuckte nur mit den Schultern und sagte: »Keine Ahnung, was das für ein Wort ist. Das sagte man bei uns, wenn einem irgend etwas nicht schmeckt oder wenn etwas faul ist.«

»Bei uns?« sagte ich. »Was soll das heißen?«

»Irgend so ein Familienausdruck«, sagte er. »Ich weiß nicht, woher der stammt.«

Ich wußte es schon, aber es hatte wohl keinen Zweck, ihm das zu erklären. Vielleicht gab es unter seinen Vorfahren jemanden, der mit Deinen Leuten zu tun gehabt hatte oder gar zu ihnen gehörte, aber das hatte man längst vergessen. Nur die Sprache vergißt nichts und verrät Zusammenhänge, von denen der Sprecher selbst nichts ahnt. Wahrscheinlich hätte er mich für verrückt gehalten, wenn ich ihm gesagt hätte, daß dieses Wort mit den religiösen Bräuchen eines alten Volkes zu tun hat. Womöglich würde er es nie mehr gebrauchen, um nicht in den Verdacht uneindeutiger Redeweise zu geraten, und das wäre doch wirklich schade.

Inzwischen fuhren wir in den nächsten Bahnhof ein, und mein katarrhalischer Polizist sagte: »Tut mir leid, hier müssen wir aussteigen und auf den Gegenzug warten.« Wir standen beide auf, doch als ich meine Reisetasche aus dem Gepäckträger heben wollte, zog er eine Handschelle aus der Rocktasche und sagte fast entschuldigend: »Draußen darf ich Sie nicht frei laufen lassen. Um die Tasche soll sich einer meiner Kollegen kümmern.« Er schloß nach vertrauter Manier mein rechtes Handgelenk an seinen linken Arm, führte mich hinaus auf den Gang und wies einen der Bahnpolizisten an, mein Gepäck zu tragen.

Der Rest der Reise ist nicht weiter erzählenswert. Wir warteten im Büro der Bahnpolizei etwa eine Stunde lang auf den Zug, der uns wieder nach B. bringen sollte, und dann führte mich mein Freund möglichst unauffällig durch das Gedränge der Einsteigenden. »Die Leute brauchen nichts zu merken«, sagte er, und ich fragte mich, ob dies nun aus Rücksicht auf meine Gefühle geschah oder ob eine Anweisung bestand, bei dergleichen Aktionen kein Aufsehen zu erregen. Nun hatte ich Gelegenheit, die Stationen meiner Fahrt in umgekehrter Reihenfolge noch einmal zu besichtigen, den Fluß, der meine Papiere davongetragen hatte, das Gebüsch, in dem Amelies Märchenbuch ruhte wie Dornröschen in der Rosenhecke. Wir plauderten ein bißchen miteinander wie alte Bekannte, die wir in gewissem Sinne ja auch waren, und ich kam dabei zu der Erkenntnis, daß offenbar auch die übelste Sache ihre gute Seite hat, in unserem Fall zum Beispiel, daß ich diesem mickrigen Polizisten vermutlich zu seinem früheren Posten verholfen und ihn somit davor bewahrt hatte, daß sein Husten mit der Zeit chronisch werden würde.

Auf dem Bahnhof in B. wartete schon ein Auto auf uns. Wie Du siehst, war alles glänzend organisiert, kein unnötiges Warten und komfortable Beförderung – wenn man davon absehen will, daß mein Begleiter mir wieder die Handschelle anlegte, ehe wir aus dem Zug stiegen. Schließlich saß ich aufs neue in einer der Zellen der örtlichen Sprachüberwachungsbehörde und harrte der Dinge, die mir bevorstanden. Ich hatte ja Zeit genug gehabt, mir zu überlegen, wie ich mich bei dem unausweichlich herannahenden Verhör verhalten sollte, und war dabei zu dem Entschluß gekommen, daß ich diesmal darauf verzichten wollte, den Narren zu spielen. Alles, nur nicht das Irrenhaus, war meine Devise.

An diesen Satz klammerte ich mich, während ich zum Verhör gebracht wurde. Diesmal hatte ich nicht lange zu warten brauchen. Gegen Abend war ich eingeliefert worden, danach hatte ich eine ruhige Nacht in der Zelle verbracht und sogar gut geschlafen. Der Lautsprecher war stumm geblieben, und ich hatte mich gefragt, ob dies ein gutes oder ein schlechtes Zeichen sei. Vielleicht wollte man mir die Chance geben, ausgeruht zum Verhör zu erscheinen, aber das war wohl kaum anzunehmen. Vermutlich lohnte sich eine Berieselung mit all diesen idiotischen Devisen nicht mehr, weil meine Verurteilung schon feststand. Jedenfalls hatte ich mir vorgenommen, gerade heraus meine Meinung zu sagen, was auch immer geschehen mochte.

Diesmal war wieder der Grauhaarige an der Reihe. Er machte mich gleich zum Empfang darauf aufmerksam, daß er jede Abschweifung meinerseits augenblicklich unterbinden werde, und die rigoros durch die Luft hackende Handbewegung, die er dabei vollführte, ließ keinen Zweifel daran, daß er keine Späßchen mehr mit sich treiben lassen würde. Mir war das nur recht. »Sehen Sie«, sagte er dann, wobei in seine ausdruckslosen Augen sogar der Anflug eines triumphierenden Glitzerns trat, »uns entkommt keiner!«

»Auch nicht Nasenski mit dem Superbein?« sagte ich.

Er beantwortete diese Frage nicht, aber die Zornröte, die seinem blassen Gesicht einen Schimmer von Menschlichkeit verlieh, verriet mir, daß man meinen Sportsfreund noch nicht wieder eingefangen hatte. »Keine Abschweifungen!« wiederholte er scharf. »Wo war ihr Versteck?«

»Erwarten Sie darauf eine Antwort?« sagte ich.

»Von wem haben Sie diese Kleider?« fragte er im gleichen Ton weiter.

Ich zuckte mit den Schultern.

»Wohl gestohlen?« sagte er. »Wie das Geld für die Fahrkarte? Also auch noch asoziales Verhalten. Eine Gefahr für die Gesellschaft sind Sie!«

»Weil ich mich nicht an eure Sprachregelung halte?« sagte ich.

»Auch deswegen«, sagte er. »Sogar vor allem deswegen. Wir lassen nicht zu, daß Sie das Ergebnis generationenlanger Bemühungen in Gefahr bringen.«

»Der Bemühungen ideologiebesessener Staatsbeamter«,

sagte ich. »Für jede Sache die passende Schublade – so meinen Sie das doch.«

»Genau«, sagte der Grauhaarige. »Und damit schaffen wir jene Wirklichkeit, in der wir leben. Wir kennen die Bedeutung der Wörter.«

»Narren seid ihr!« sagte ich. »Sie kommen mir vor wie ein Kind, das die Wirklichkeit eines Schmetterlings zu begreifen versucht, indem es ihn aufspießt und in eine Schachtel steckt, statt sich daran zu freuen, wie er frei über die Wiesen flattert.«

»Und ihm davonfliegt«, sagte der Grauhaarige ungerührt. »Sie sind ein Phantast. Auf diese Weise stehen Sie immer mit leeren Händen da.«

»Ja«, sagte ich, »und das werden Menschen immer, wenn sie sich nur auf ihr bißchen Verstand verlassen. Der Unterschied ist nur, daß ich es weiß und Sie nicht. Die wahre Wirklichkeit ist zu groß, als daß man sie je fassen könnte. Seit ich das begriffen habe, kann ich so leben, wie ein Mensch leben sollte. Was ihr euch da als eure Vorstellung von Wirklichkeit zurechtgebastelt habt, ist nichts weiter als ein Abbild eurer kleinkarierten Ideologie und hat euch zu solchen seelischen Krüppeln gemacht, daß ihr nicht einmal mehr fähig seid, eure eigene Unmenschlichkeit zu erkennen. Und das werde ich auch künftig jedem sagen, der es hören oder auch nicht hören will, damit sich die Leute hierzulande das Denken nicht ganz abgewöhnen.«

»Das genügt«, sagte der Grauhaarige. »Ich habe schon von Anfang an gewußt, daß Sie eine Gefahr für unser Gemeinwesen darstellen, die eliminiert werden muß. Ihr Fall wird morgen vor Gericht verhandelt.«

Damit war ich aus dem Verhör entlassen und wurde in meine Zelle zurückgebracht. Trotz der unverhüllten Drohung des Vernehmungsbeamten fühlte ich mich merkwürdigerweise erleichtert. Jetzt war es entschieden, und die Verhandlung würde nur noch eine Farce sein. Man würde mich in die Verbannung schicken, dessen war ich sicher. Und das Erstaunliche war: Ich freute mich darauf wie ein kleiner Junge, der ins Ferienlager fahren soll.

Heute wundert mich das nicht mehr, denn mir ist erst hier vollends klargeworden, unter welch absurden Verhältnissen ich dort gelebt habe (und Du noch immer leben mußt, meine liebe Rachel!). Selbst damals nach diesem Verhör schien mir vieles an diesen Zuständen noch selbstverständlich, weil es ja so gewesen war, seit ich denken konnte. Die allgewaltige Sprachüberwachungsbehörde – das war nicht nur eine Institution, sondern eine unabänderliche Gegebenheit wie Sommer oder Winter oder daß die Sonne morgens aufgeht. Gut – ich hatte ein bißchen Kontra gegeben, so wie ein aufmüpfiger Pubertierender, der sich mit seinem Vater herumstreitet, ohne daß es ihm dabei auch nur in den Sinn kommt, dessen dominierende Position grundsätzlich in Frage zu stellen. Und so mag ich mich damals tatsächlich gefühlt haben, als ich auf der Pritsche in meiner Zelle lag und meine Situation überdachte: ein – wenn auch schon grauhaariger – Junge, der die Chance sieht, der Zuchtrute des Vaters zu entwischen. Da kannst Du wieder einmal sehen, was für ein Spätentwickler ich bin: mit Pubertätserscheinungen und einer ersten Liebesbeziehung in den Fünfzigern, während andere ihre amourösen Verse (wenn überhaupt in einem solchen Land) mit siebzehn zu Papier bringen. Was habe ich doch für ein Glück gehabt, daß ich bei diesen Eskapaden ausgerechnet an Dich geraten bin und nun eine Erinnerung in mir trage, von der man wirklich und wahrhaftig leben kann (auch wenn ich manchmal nachts in mein Bett hineinheule, weil Du mir so fehlst, mein Herz).

Ich sehe schon, daß ich für heute aufhören muß zu schreiben, sonst verliere ich mich in Elegien, was ich eigentlich gar nicht im Sinn habe. Außerdem ist es schon spät, meine Kerze ist bis auf einen fingerbreiten Stummel heruntergebrannt, und morgen muß ich früh aus den Federn, um Holz zu hacken.

am 12. Dezember

Gestern wurde es nichts mit dem Schreiben. Zuviel Arbeit, und am Abend bin ich ins Bett gefallen wie ein Stein. Weißt Du, hier habe ich zum erstenmal erfahren, wie herrlich man schlafen kann, wenn man den ganzen Tag lang körperlich geschuftet hat. Doch davon will ich Dir erst später berichten. Vorderhand war ich ja dabei stehengeblieben, wie ich am Abend vor der Verhandlung in meiner Zelle lag und Lausejungenträumen nachhing.

Es kam, wie ich vermutet hatte: Die Verhandlung dauerte keine fünf Minuten (das Urteil lag wohl schon sauber getippt im Aktendeckel vor dem Richter), und dann verkündete mir dieser Vertreter der Gerechtigkeit mit der unerbittlichen Miene eines Henkers meine Verbannung, als sei dies schlimmer als ein Todesurteil. Ich lächelte wohl sogar ein bißchen über seinen Theaterdonner, denn er setzte hinzu: »Das Lachen vergeht Ihnen dort sehr rasch!«

»Wenn ich mich aufgelöst haben werde wie ein Stück Zucker im Kaffee?« sagte ich und gebrauchte dabei mit Vorbedacht das futurum exactum, was ihn sichtlich verwirrte. Er knallte abrupt seinen Aktendeckel zu und ließ mich abführen.

Am nächsten Tag ging die Reise los. Ich bekam meinen Mantel und sogar meine Reisetasche samt Inhalt zurück, was mir in Anbetracht des winterlichen Wetters sehr lieb war, obwohl es eher danach aussah, als wolle man selbst meine wenigen Besitztümer dem Verderben überantworten, damit nicht die geringste Spur von mir zurückblieb. Der Magazinverwalter überreichte mir meine Sachen jedenfalls mit spitzen Fingern, als hätte ich die Pest. Dann übergab man mich zwei bis an die Zähne bewaffneten Soldaten; denn alles, was mit der Verbannung zu tun hat, ist Sache des Militärs.

Zusammen mit zwei weiteren Leidensgenossen wurde ich auf einen mit einer tarnfarbenen Plache verhängten Lastwagen verladen, auf dessen Holzbänken auch die Soldaten Platz nahmen. Sie saßen hinten zu beiden Seiten des Ausstiegs und hatten offenbar nichts dagegen einzuwenden, daß wir drei Verbannte miteinander sprachen. Der eine von ihnen, ehemals Verkäufer in einem Radiogeschäft, war etwa in meinem Alter. Ich weiß nicht, was man ihm zur Last gelegt hatte; er sprach nicht darüber. Vielleicht hatte er über das Fernsehprogramm geschimpft. Jetzt jedenfalls hatte er entsetzliche Angst. Er war bleich bis in die Lippen und zitterte, als werde er geradewegs aufs Schafott geschleppt. Dann war da noch eine Frau von vielleicht vierzig Jahren, die ihn zu beruhigen versuchte. Sie war Sekretärin in einer Behörde gewesen und hatte, wie sie mir später erzählte, versucht, den Stil der Briefe ihres Chefs ein wenig zu verbessern, ohne dabei sonderlich auf Eindeutigkeit zu achten, und sich damit seinen Haß zugezogen. Im übrigen war sie ebenso neugierig auf den Ort der Verbannung wie ich und viel zu vernünftig, um an das Märchen vom Zucker im Kaffee zu glauben. Das versuchte sie dem dicklichen, schon ziemlich glatzköpfigen Verkäufer klarzumachen, und ich half ihr ein wenig dabei. Äußerlich nahm er sich mit der Zeit zwar zusammen, aber man konnte ihm bis zum Ende der Fahrt anmerken, wie die Angst immer aufs neue in ihm hochkroch. Was einem von Kindheit an eingetrichtert worden ist, wird man eben nicht so leicht wieder los; selbst mir wurde die ganze Angelegenheit noch einmal unheimlich, wenn auch erst später.

Einstweilen brausten wir in unserem Lastwagen über Land. Zwischen den im Fahrtwind flappenden Enden der Plache konnte man hinausschauen auf überschneite Felder; hie und da fuhren wir durch ein Dorf, und die Kinder, die auf der Straße spielten, blieben stehen und starrten uns nach. In einer größeren Stadt wurden ein paar weitere Fahrgäste aufgenommen, und das gleiche geschah noch mehrmals, so daß die beiden Bänke an den Längsseiten des Wagens sich allmählich füllten. Da konnte man sehen, daß die örtlichen Sprachüberwachungsbehörden nicht untätig gewesen waren.

In der letzten Stadt vor dem Strom übernachteten wir in der Haftanstalt. Dort wurde uns zunächst ein warmes Essen von beträchtlicher Qualität vorgesetzt (Zwiebelrostbraten mit Nudeln), und das war natürlich für die meisten von uns nach der landesüblichen Gefängnissuppe eine Überraschung, die jedoch nicht von allen als positiv empfunden wurde. Unser ängstlicher Verkäufer saß neben mir und stocherte düster blickend in seinem Essen, und als ich ihn fragte, ob er keinen Appetit habe, murmelte er etwas von ›widerlicher Henkersmahlzeit‹. Ich ließ es mir trotzdem schmecken, auch wenn die Bedienung nicht besonders höflich war.

Da die Verbanntentransporte in diesem gastlichen Haus stets ihre *letzte Nacht* verbringen, hatte man in einem großen, kahlen Raum eine Art Gemeinschaftslager eingerichtet mit zwei langen Holzpritschen, auf denen wir, zusammengedrängt wie Heringe in der Büchse, uns hinlegen konnten. Es war eisig kalt; an der Decke baumelte eine einsame Glühbirne und brannte die ganze Nacht über, damit die Wachen uns im Auge behalten konnten. Ich glaube, keiner von uns hat in dieser Nacht geschlafen. Aber das lag wohl nicht nur an dem grellen Licht. Manche starrten bewegungslos hinauf an die Decke, aber viele sprachen leise miteinander, und es gab wohl auch einige Paare, die einander noch einmal umarmten, ehe die letzte Etappe unserer Fahrt ins Ungewisse begann.

Während ich so dalag und meinen Mantel um die Schultern zog, um mir einen letzten Rest von Wärme zu bewahren, fühlte ich mich wie ausgeleert. Ich versuchte mich der Ziele zu erinnern, die ich verfolgt hatte, der Freude, die mein Herz hatte schneller schlagen lassen bei meinen Entdeckungen in Erwins Badezimmer, aber ich konnte in alledem keinen Sinn mehr finden. Trotz der atmenden Körper, die ich rechts und links neben mir spüren konnte, fühlte ich mich völlig allein, und selbst meine Liebe zu Dir, Rachel, erschien mir wie ein trügerisches Spiel, das irgendeine ungreifbare Instanz mit mir getrieben hatte, um mir die Illusion eines möglichen Glücks vorzuspiegeln und diese dann mit grausamer Endgültigkeit zu zerstören. Mir war zumute, als habe die angedrohte Auflösung meiner Existenz schon begonnen, meine Gedanken flossen zusammen zu einem grauen, ungestalteten Brei, in dem all die Wörter, die mir zur Verfügung gestanden hatten, unaufhaltsam davontrieben und zerschmolzen, und nichts mehr war in mir als gestaltlose, heulende Angst. Ich suchte in mir nach irgend etwas, an das ich mich klammern konnte, und da waren auf einmal Worte, Worte aus Deinem alten Buch, die Du mir vorgesagt hattest, als habest Du schon damals geahnt, was mir widerfahren würde:

Ausgeschüttet bin ich wie Wasser
meine Gebeine fallen auseinander
das Herz schmilzt mir im Leibe wie Wachs

und obwohl man meinen Zustand nicht genauer hätte beschreiben können, waren mir diese Worte doch ein Trost; denn einer mußte sie gesprochen und aufgeschrieben haben, der wieder zu sich selbst gefunden hatte. Und nun fielen mir auch andere Zeilen dieses Textes wieder ein:

denn Er hat nicht mißachtet
und nicht verschmäht
die Nichtigkeit des Vernichteten
sein Gesicht vor ihm nicht verborgen
und sein Schreien gehört

und ich schrie in meiner Angst lautlose Schreie zu Ihm, von dem ich nichts wußte.

am 15. Dezember

Ehe ich meinen Brief fortsetze, habe ich noch einmal die letzten Seiten überlesen, und ich frage mich nun, was mich dazu getrieben hat, so eingehend meine Empfindungen in dieser Nacht zu Papier zu bringen. Vielleicht kommt mir das jetzt alles ein bißchen übersteigert vor, weil heller Tag ist, Mittagszeit, und ich nicht beim schwachen Schimmer eines Kerzenstummels in meiner Schlafkammer hocke. Jetzt umgibt mich sichtbar die dingliche Welt, das starke Balkengefüge der großen Stube mit dem Herdplatz in der Ecke, auf dem das Feuer brennt, lebendig und warm, der breite Schrank an der Längsseite des Raums, der Tisch, an dem wir eben gemeinsam gegessen haben und dessen grobgemaserte Eichenplatte ich unter meinen Händen spüre, dazu der Blick durch das Fenster ins Freie auf den überschneiten Waldhang, vor dessen Kulisse manchmal Leute vorübergehen – all das also, was von der Wirklichkeit, in der ich hier lebe, zu sehen und zu greifen ist und die Ängste, die nachts aufsteigen, im Zaume hält.

Ich frage mich also, wozu es dienlich sein soll, diese Ängste neu heraufzubeschwören (ich mußte tatsächlich aufhören zu schreiben, um nicht von ihnen überwältigt zu werden, jedenfalls kam es mir so vor). Habe ich das geschrieben, damit Du mich gebührend bedauern kannst? Ich weiß ja nicht einmal mit Sicherheit, ob Dich dieser Brief je erreichen wird. Also wohl doch eher für mich selber. Kann man Angst bewältigen, indem man sie in Wörter bannt? Das wäre eine Möglichkeit, über die nachzudenken sich vielleicht lohnen könnte.

Auf jeden Fall will ich jetzt diese düstere Szene verlassen. Auf dem Gefängnishof ist der Morgen angebrochen, eiskalt zwar, aber glashell, und ich fühlte mich merkwürdig gelassen, ja fast heiter, als wir in unseren Lastwagen stiegen, obwohl ich überhaupt nicht geschlafen hatte. Nach dem Aufstehen hatte man uns Marmeladebrote und heißen schwarzen Kaffee gegeben. »Zucker ist schon drin«, sagte der Gefangene, der uns die großen Tassen auf den rohen Holztisch stellte. Er grinste dabei und setzte, damit man seine makabre Anspielung nur ja richtig verstand, noch hinzu: »Es könnte euch ja beunruhigen, wenn ihr zuschauen müßtet, wie der Zucker sich in der schwarzen Brühe auflöst.«

Der glatzköpfige Verkäufer bekam schon wieder seinen ängstlichen Blick und schob die Tasse weg. Da legte ich ihm den Arm um die Schultern und sagte, er solle nicht auf dieses Geschwätz hören und seinen Kaffee trinken. Wahrscheinlich bekämen wir so bald nichts Warmes mehr in den Magen. »So lange das Zeug süß schmeckt«, sagte ich, »ist der Zucker ja noch vorhanden.« Wie kommt ein solcher Mensch, der selber im Gefängnis sitzt, dazu, andere zu verspotten, die seiner Meinung nach noch unglücklicher dran sind als er selbst?

Bis gegen Mittag fuhren wir durch das tief verschneite flache Land, anfangs noch zwischen heckengesäumten Feldern, später durch Brachland, auf dem regellos hin und wieder Buschwerk wuchs, das auf der weißen Ebene beieinanderhockte wie Gruppen von weißpelzigen, in sich zusammengekauerten Tieren. Die Straße wurde zunehmend schlechter, der Wagen holperte langsam durch Schlaglöcher und kam schließlich zum Stehen. Wir waren am Ziel.

Die Soldaten befahlen uns auszusteigen, und da sah ich zum erstenmal den Strom, eine breite, träge dahinziehende Wasserfläche, von deren gegenüberliegendem Ufer die schneebepuderten Bergwälder aufstiegen. Ein überwältigend schöner Anblick war das, und ich bekam Lust auf dieses Land, das dort drüben unter dem blassen Winterhimmel lag, nichts als Ufer, Berge und Wälder, keine Straße, kein Haus weit und breit, nur leere, ungestörte Landschaft (das war natürlich purer Ästhetizismus, wie sich gleich herausstellen sollte!).

Man ließ mir nicht viel Zeit, mich an diesem Anblick zu weiden. Kaum daß wir den Wagen verlassen hatten, trieben uns die Soldaten schon zu einem Boot, das mit tuckerndem Motor unterhalb der Straße an einem Landesteg lag. Was jetzt folgte, lief ab wie ein gut eingedrilltes Manöver. Kaum waren wir und ein paar Soldaten an Bord, legte das Boot ab und begann, schräg gegen die Strömung ansteuernd, mit der Überfahrt. Ein paar Verbannte starrten zurück zu dem Ufer, von dem aus noch eine Straße nach Hause führte und wo oberhalb des Bootsstegs, wenn auch schon klein wie ein Spielzeug, noch immer der Lastwagen stand, der uns hergebracht hatte. Die meisten jedoch blickten hinüber zu den Wäldern, die langsam näherrückten und dann unvermutet rasch dicht vor uns lagen.

Auch hier gab es einen Landungssteg, der an diesem unberührten Uferstreifen wie ein Fremdkörper wirkte. Der Steuermann nahm die Fahrt aus dem Boot, bugsierte es längsseits des Stegs, und nun hoben die Soldaten doch tatsächlich ihre Maschinenpistolen und drängten uns geradezu in Hast von Bord. Ihr Verhalten wirkte nach der ruhigen Fahrt plötzlich dermaßen aggressiv, daß einige von uns laut aufschrien, offenbar in der Angst, daß wir allesamt hier in dieser Einöde erschossen werden sollten. Kaum war der letzte auf den schwankenden Steg gesprungen (nur zwei Bretter, die man über ein paar Pfosten genagelt hatte), als das Boot schon mit aufheulendem Motor davonbrauste und eine breite Gischtbahn hinter sich zurückließ, die langsam zerfließend den Strom hinabtrieb.

Wenn ich mir heute diese Szene ins Gedächtnis zurückrufe, so meine ich, daß diese Soldaten nicht aggressiv waren, sondern ganz einfach Angst hatten vor diesem Land jenseits des Stroms. Daher die exerziermäßige Hast des ganzen Vorgangs und die Drohgebärde mit den Waffen. Ich bin überzeugt, daß sich keiner von ihnen auf der Rückfahrt noch einmal umgedreht hat. Leute, die hier gelandet waren, vergaß man am besten so schnell wie möglich und machte sich lieber keine Gedanken darüber, was mit ihnen weiter geschehen würde.

Das Boot hatte schon fast wieder das andere Ufer erreicht, und wir standen noch immer auf dem Landungssteg, als hätte man uns befohlen, uns nicht von der Stelle zu rühren. Hier gab es zwar niemanden mehr, der den Verbannten zu befehlen hatte, aber es schien so, als warteten wir alle darauf, daß dies einer tat. Allzu lange hatten wohl die meisten von uns im Gefängnis gesessen, hin- und herkommandiert von Aufsehern und Untersuchungsrichtern. Alle blickten jetzt hinüber zum Wald, der ein paar Dutzend Schritte vom Ufer entfernt sich aufbäumte wie eine eisige Woge, die, während sie vom Berghang zu Tal rollte, in einem plötzlichen Kälteeinbruch erstarrt war. So schön diese weißglitzernde, fremde Landschaft aus der Ferne ausgesehen hatte, jetzt wirkte sie abweisend und feindlich.

Irgend jemand fragte nach einer Weile, was nun weiter geschehen solle. Er bekam keine Antwort, und noch immer wagte keiner, einen Fuß von den Holzbohlen des Stegs hinab auf den Boden dieses Landes zu setzen. Ich fragte mich, ob es die blödsinnige Geschichte vom Zucker im Kaffee war, die jeden von uns hinderte, diesen verschneiten Boden zu betreten, und ertappte mich selbst dabei, daß ich mir vorzustellen versuchte, wie es aussehen mochte, wenn ein lebendiger Mensch in dieser schneeflirrenden Welt wie Rauch verging, und das war in der Tat vorstellbar. Weißt Du, Rachel, in einer solchen Situation nützt einem das bißchen Verstand, auf das man zurückgreifen kann, herzlich wenig. Da steigen unfaßbare Urängste auf, und man hält Dinge für möglich, über die man bei klarem Verstand lachen würde.

Es war schließlich eine Frau, die den Bann brach, eben jene ehemalige Sekretärin, die sich unterwegs dieses ängstlichen Verkäufers angenommen hatte. »Ich muß ein Stück laufen, sonst kriege ich kalte Füße«, sagte sie und sprang hinunter in den Schnee. Sie ging ein paar Schritte auf und ab, drehte sich dann um und rief: »Nun kommt schon! Ihr seht ja, daß an mir noch alles dran ist! Hat sich was mit Auflösen und solchem Unsinn. Wenn ihr noch länger dort stehen bleibt, seid ihr bis zum Abend steifgefroren.«

Damit hatte sie zweifellos recht, und da mit ihr nichts Auffälliges geschah, kam nun endlich Bewegung in die anderen (mich eingeschlossen). Nach einer Weile standen wir dann wieder beieinander im Schnee, und keiner hatte eine Ahnung, wie es weitergehen sollte

»Wenn die Verbannten sich tatsächlich nicht auflösen«, sagte schließlich einer, »dann müssen sie ja irgendwo geblieben sein. Ich schlage vor, daß wir den Waldrand absuchen, ob da irgendwo ein Weg hineinführt.«

»Willst du uns befehlen?« sagte ein anderer. »Davon habe ich die Nase voll.«

Doch der erste ließ sich nicht aus der Ruhe bringen, sondern sagte: »Da geht's dir genauso wie mir.« Er berichtete in aller Kürze, daß er Soldat gewesen und wegen irgendeines Disziplinarvergehens hierher an den Strom abkommandiert worden sei (nicht gerade ein ehrenvolles Kommando, wie Du Dir denken kannst). Als er dann die ersten Verbannten ans andere Ufer begleiten sollte, hat er schlichtweg den Befehl verweigert, weil er das für glatten Mord hielt. Daraufhin hat man kurzen Prozeß gemacht und ihn selber auf die andere Seite transportiert. So einfach ist das. »So viel habe ich jedenfalls noch sehen können«, sagte er, »daß die Verbannten irgendwo drüben im Wald verschwunden sind. Wenn ihr hier nicht anfrieren wollt, dann könnt ihr mir ebensogut helfen, den Weg zu suchen. Es muß einen geben.«

Die Leute begannen sich zu zerstreuen und den Hang zum Wald hinaufzustapfen. Der Soldat betrachtete prüfend das Gelände und sagte dann zu mir: »Versuchen wir's mal dort drüben« und zeigte auf eine Einkerbung im Berghang, die Einmündung eines Seitentals, wie sich herausstellte. Und dort schien tatsächlich ein Weg hineinzuführen. Der tiefe Schnee hatte zwar jede Spur zugedeckt, aber es sah so aus, als verlaufe oberhalb des Baches eine begehbare Trasse durch das dichte Gebüsch. »Das muß er sein«, sagte der Soldat und rief die anderen herbei.

Ich will es kurz machen: Es war tatsächlich ein Weg, und wir brauchten ihn nicht einmal weit zu gehen. Noch keine halbe Stunde waren wir unterwegs, als uns hinter einer Biegung ein Mann entgegenkam, der sich über diesen bunt zusammengewürfelten Haufen von Wanderern nicht weiter zu wundern schien. Er ging, ohne zu zögern, auf uns zu und rief mit dröhnendem Baß: »Willkommen im nicht vorhandenen Land! Gute Überfahrt gehabt? Ihr seid früh dran. Eben wollte ich nachsehen, ob sie uns heute wieder Zuwachs schicken.«

Er lachte schallend, umarmte jeden einzelnen von uns, Männer wie Frauen, und drückte sie alle an seine zottige

Pelzjacke, als sei ein lange ersehnter Besuch endlich eingetroffen. Das nahm einige Zeit in Anspruch und erweckte fast den Eindruck einer feierlichen Zeremonie. Inzwischen habe ich mich daran gewöhnt, daß die Leute hier bei einer Begrüßung einander gern umarmen, ja ich habe diese Sitte geradezu liebgewonnen. Es ist ein gutes Gefühl, von einem Menschen gehalten zu werden, auch wenn es mir noch lieber wäre, wenn ich Dich so begrüßen könnte, mein Herz. Aber hier geht es wohl vielen so, daß sie sich gern umarmen lassen, weil sie eine andere, ersehntere Umarmung entbehren.

Der Mann, er heißt übrigens Gustav und ist der Vormann der Stromwache, führte uns noch eine halbe Stunde weiter bis zu einem größeren Blockhaus, und hier fing, sobald wir die Stube betreten hatten, diese Umarmerei noch einmal an, diesmal zwischen uns und Gustavs Stromwächtern. Es war bullig warm hier, und bald saßen wir Neuverbannten um den Feuerplatz und tauten unsere eingefrorenen Zehen auf, während in einem Kessel über den Flammen schon eine Suppe brodelte – keine dünne Kohlsuppe, das kann ich Dir sagen! Beim Essen erfuhren wir, daß diese Hütte eigens zum Empfang der Neuankömmlinge gebaut worden und ständig von einer Wache besetzt ist, die regelmäßig den Strom beobachtet und dafür sorgt, daß es den Verbannten, die hier an Land gebracht werden, an nichts fehlt.

All diese Herzlichkeit, mit der wir empfangen wurden, war schon beeindruckend, denn darauf war wohl keiner von uns gefaßt gewesen. Was mir aber besonders auffiel, war die Art, wie diese Menschen redeten. Du weißt ja, wie das drüben bei Euch ist: Die meisten Leute bewegen sich mehr oder minder im Rahmen der öffentlich zulässigen Sprache und sind, überhaupt wenn sie mit Fremden zu tun haben, in ihren Äußerungen eher zurückhaltend. Nichts von alledem traf hier zu. Hadubaldsche Tempusformen schienen durchaus zur sprachlichen Norm zu gehören (deshalb hat man ja viele dieser Leute, vor allem auch ihre Vorfahren, überhaupt hierhergeschickt), und die Männer, die uns aufgenommen hatten, nahmen kein Blatt vor den Mund und redeten frisch von der Leber weg.

Während ich das niederschreibe, merke ich, daß ich eine weitere Eigenart ihrer Redeweise schon selbst übernommen habe: Sie machen reichlichen Gebrauch von bildhaften Redensarten und einer geradezu überwuchernden Metaphorik, wenn sie einem etwas erzählen. Jenseits des Stroms (von hier aus gesehen!) ist dergleichen ja fast abgestorben, da es sich kaum mit der Forderung nach Eindeutigkeit von Wörtern vereinbaren läßt. Außerdem haben die Menschen hier eine ausgeprägte Vorliebe fürs Geschichtenerzählen. Man braucht nur mit ein paar Leuten eine Viertelstunde beieinander zu sitzen und mit ihnen über irgend etwas zu reden, da sagt dann einer schon: »Weißt du, das erinnert mich an die Geschichte von ...« und hört nicht so bald wieder auf. Es gibt hier eben weder Radio noch Fernsehen, aber ich muß Dir sagen, daß ich weder das eine noch das andere vermisse.

So geschah es dann auch, als wir nach dem Essen wieder am Feuer saßen. Ich hatte eben berichtet, wie sich zunächst keiner von uns getraut hatte, den Boden dieses Landes zu betreten. Unsere Gastgeber lachten lauthals; denn auch sie wußten natürlich Bescheid über den Zucker im Kaffee, und als sie ausgelacht hatten, sagte einer der Stromwächter: »Das erinnert mich an die Geschichte von dem Funktionär, den man aus Versehen in die Verbannung geschickt hatte. Seine Verurteilung muß auf einem Mißverständnis beruht haben, auf irgendeinem blödsinnigen Irrtum; denn dieser Mann war so hundertprozentig linientreu wie eine öffentliche Verlautbarung der Sprachüberwachungsbehörde. Vielleicht war er damit sogar irgendeinem Vorgesetzten dermaßen auf die

Nerven gefallen, daß dieser ihn sich auf solche Weise vom Halse geschafft hat. Jedenfalls muß sein Fall in aller Eile betrieben worden sein; denn dieser Mann war damals der einzige Verbannte, der an Land gesetzt wurde, und das kommt sonst kaum vor.

Wir hatten am Nachmittag seine Ausbootung beobachtet und sahen ihn dann die längste Zeit am Ufer stehen und ergeben auf seine Auflösung warten. Zum Schluß tat er uns schon richtig leid, aber wir bleiben lieber im Wald, so lange Soldaten auf dem Strom sind. Als wir ihn schließlich abholen kamen und ihm sagten, daß es für heute nichts mehr werden würde mit dem Dahinschmelzen, fragte er allen Ernstes: ›Warum nicht mehr heute?‹

Das brachte Gregor, der damals mit von der Partie war, auf eine Idee. ›Ja, lieber Freund‹, sagte er, ›dafür bist du heute zu spät gekommen. Aufgelöst wird hier nur mittags Punkt zwölf.‹

Ihr werdet es nicht glauben, aber dieser Bursche nahm das hin wie einen behördlichen Erlaß. ›Hat das irgendwie mit dem Sonnenstand zu tun?‹ fragte er auch noch.

›Natürlich!‹ sagte Gregor todernst. ›Du bist ein schlaues Kerlchen. Bleib mittags schön unter Dach, und dir passiert überhaupt nichts.‹

›Das ist gut‹, sagte der Mann sichtlich erleichtert. ›Wissen Sie, das Ganze ist ein schrecklicher Irrtum. Sobald er aufgeklärt ist, holt man mich bestimmt wieder ab.‹ Dann vollführte er eine knappe Verbeugung und stellte sich vor: ›Oberinspektor Friedhelm Kaslatter.‹

Da hatten wir also einen leibhaftigen Oberinspektor bei uns, der jedes Wort, das man zu ihm sagte, völlig ernsthaft und eindeutig verstand. Die Sache begann, uns Spaß zu machen, und so sagten wir ›Sie‹ zu ihm, obwohl bei uns alle Leute einander duzen, und nannten ihm mit der gleichen Höflichkeit unsere Namen. Ein bißchen verwirrt war er schon, dieser Friedhelm. Er schaute uns an, wie wir in unseren hausgewebten Sachen vor ihm standen, und fragte uns, wer wir eigentlich seien und was wir hier machten.

›Eingeborene‹, sagte Gregor und spann seinen Faden gleich weiter. ›Über Mittag bleiben wir hübsch zu Hause oder verstecken uns im Wald, aber wenn wir erfahren haben, daß man wieder Leute über den Strom gebracht hat, kommen wir herunter zum Ufer. Nach ihrer Auflösung liegt dann immer so ein süßer, aromatischer Geruch in der Luft wie nach gezukkertem Kaffee, und das macht uns dann richtig Appetit aufs Abendessen.‹

Friedhelm fand das alles hochinteressant. ›Da sind diese Verbrecher wenigstens noch zu etwas nütze‹, sagte er. ›Ich hatte schon Angst, daß hier überall ihre Gebeine herumliegen.‹ Er sagte das, als handele es sich um die Beseitigung von Müll, aber Gregor zahlte ihm mit gleicher Münze zurück. ›Sie brauchen sich nicht zu beunruhigen‹, sagte er. ›Das geschieht alles schön säuberlich und ohne Rückstände. Heute müssen wir allerdings auf diesen Genuß verzichten, weil man Sie zu spät herübergebracht hat.‹

Friedhelm wurde ein bißchen blaß um die Nase. ›Das bedauern Sie wohl noch?‹ sagte er vorwurfsvoll.

›Warum sollten wir nicht?‹ sagte Gregor grinsend. ›Manche von uns sind geradezu süchtig nach diesem Duft.‹

Jetzt geriet unser Oberinspektor fast in Panik. Er schaute uns an, als habe er unversehens eine Horde von Menschenfressern vor sich. ›Sie werden mich doch nicht morgen Mittag …‹ stammelte er.

Doch Gregor hob abwehrend beide Hände wie ein Feinschmecker, dem der Ober Bratensoße über ein paniertes Schnitzel gießen will. ›Wo denken Sie hin!‹ sagte er aufs äußerste befremdet. ›Der Angstschweiß würde das Aroma völlig verderben.‹

Eigentlich wollte Friedhelm am Waldrand sitzen bleiben und warten, bis man ihn wieder abholte. Wir überredeten ihn dann doch, mit uns zum Blockhaus zu gehen. Gregor sagte, die Nächte seien noch sehr kalt hier am Wasser, und wir würden allein schon wegen eventuell zu erwartender Duftspender den Strom im Auge behalten. Diese Auskunft beruhigte und beunruhigte den Oberinspektor gleichermaßen, aber er entschloß sich doch, uns zu folgen.

Die anderen Stromwächter in der Stube merkten bald, was für einen seltsamen Vogel wir da aufgelesen hatten. Als einer zur Begrüßung rief: ›Wer fällt uns denn da in die Abendsuppe?‹ wähnte sich Friedhelm schon wieder unter Kannibalen, und die Aufforderung, einstweilen am Herdfeuer seine kalten Zehen anzubraten, machte es auch nicht besser. Metaphorik war jedenfalls nicht seine starke Seite. Aber er aß dann doch mit gutem Appetit und erzählte dabei ganz unbefangen von seinen Verdiensten in der Registratur der Sprachüberwachungsbehörde.

Das verschlug unseren Männern dann doch die Sprache. Erst nach einer Weile faßte sich einer namens Max, den wir Märchen-Max nennen, weil er so viele Geschichten weiß, und fragte: ›Was machen Sie da so?‹

›Akten anlegen über Verstöße gegen die Eindeutigkeit‹, sagte Friedhelm ganz harmlos.

›Und das tun Sie gern?‹ fragte Max.

›Natürlich‹, sagte Friedhelm. ›Wer gegen die Eindeutigkeit verstößt, begeht ein Verbrechen an der Sprachgemeinschaft. Solche Fälle müssen registriert werden, damit man das Übel augenblicklich ausrotten kann.‹

›So?‹ sagte Max. ›Muß man das? Ich will Ihnen gleich mal eine Geschichte erzählen, die Sie sofort ad acta nehmen können.‹

Da zog dieser Oberinspektor, ganz Beamter und immer im

Dienst, doch tatsächlich Papier und Bleistift aus der Tasche, um sich Notizen zu machen. Max ließ sich nicht stören, sondern begann sogleich mit seiner Geschichte.«

Ich schreibe sie Dir hier so hin, wie sie dieser Stromwächter nacherzählt hat:

In einem kleinen Dorf hier im Gebirge lebte einmal ein Bursche namens Hans. Er war nicht eben einer, der das Gras wachsen hörte, aber als er seine Kinderschuhe abgelegt hatte, bekam er Lust, sich eine Frau zu nehmen. Er hatte dabei auch schon ein Mädchen mit Namen Lisa im Sinn, nur wußte er nicht recht, wie man eine so schwierige Sache einfädelt. Deshalb holte er sich Rat bei seinem Vater, dem ja dieses Vorhaben seinerzeit geglückt sein mußte, und dieser sagte ihm, er solle dem Mädchen zunächst schöne Augen machen. Es sei aber gut, nicht gleich mit der Tür ins Haus zu fallen, sondern vorher erst einmal auf den Busch zu klopfen. Wenn er dann gesehen habe, wie der Hase läuft, könne er ja die Katze aus dem Sack lassen.

Gesagt, getan. Hans war froh, daß zu Hause eben Schlachttag war. Er nahm also ein Paar Schweinsaugen, briet sie in guter Butter und richtete sie schön an mit einem grünen Salat. Dann nahm er dieses Gericht und noch einiges andere und ging zu dem Haus, in dem seine Lisa wohnte. Gleich neben der Tür stand dort ein großer Fliederbusch in voller Blüte. Hans dachte an die Worte seines Vaters, griff sich einen Stekken und klopfte auf den Busch, daß die Blüten nur so herabregneten. Und als er dann auch noch einen Hasen davonrennen sah, den er mit all dem Lärm aus dem Krautgarten gescheucht hatte, da wußte er, daß es an der Zeit war, nun auch noch den Rest dieser Aufgabe in Angriff zu nehmen. Inzwischen waren die Eltern des Mädchens schon vors Haus gekommen, um zu sehen, was da eigentlich vor sich ging. Hans brauchte also die Tür gar nicht mehr aufzumachen.

Kräftig wie er war, hob er sie mit einem gewaltigen Ruck aus den Angeln und ließ sich auf dieser Unterlage der Länge nach polternd über die Schwelle fallen. Lisa stand mitten in der Stube und machte, wenn schon nicht schöne, so doch große Augen, aber als er dann auch noch die Katze aus dem Sack ließ und das verängstigte Tier wie der Leibhaftige in der Stube umherfuhr und die Teller von den Wandborden schmiß, kam die Sache erst richtig in Gang. Dabeisein hätte ich mögen, wie Hans seiner Lisa zu guter Letzt die Schweinsäuglein servierte, die so schön aus dem grünen Salat herausblickten. Lisa soll so laut geschrien haben, daß das ganze Dorf zusammenlief.

Später hat sie diesen Hans dann doch noch geheiratet, aber manche Leute behaupten, sie habe nur deswegen eingewilligt, damit er ihr so etwas nicht noch einmal antut.

Siehst Du, Rachel, so ist das hier: Da erzählen einem die Leute Geschichten, in denen Geschichten erzählt werden. Dieser Stromwächter sagte dann noch, daß Friedhelm es damals bald aufgegeben habe, Verstöße gegen die Eindeutigkeit zu notieren, weil er gar nicht mehr hätte entscheiden können, ob nun welche vorlägen oder nicht. Er habe nur seiner Verwunderung Ausdruck gegeben über die sonderbaren Sitten, die hierzulande herrschen, und schließlich gefragt, ob die Brautwerbung bei uns schon immer derart komplizierte Vorkehrungen erfordert habe. ›Erst seit man uns in die Verbannung ge-schickt hat‹, habe da einer gesagt, und da habe Friedhelm endlich gemerkt, in welche Gesellschaft er geraten war und daß man ihn die ganze Zeit über an der Nase herumgeführt hatte (so bezeichnet er das allerdings erst heute; damals habe er noch von arglistiger Täuschung gesprochen). Eine ganze Woche ist er bei den Stromwächtern geblieben, immer noch in der Hoffnung, daß man ihn abholen würde, und nach anfänglichen Sprachschwierigkeiten ist er mit der Zeit ganz gut mit den Männern zurechtgekommen, so daß er schließlich überhaupt nicht mehr verstehen konnte, warum man derart nette Leute hatte in die Verbannung schicken können. ›Das kann doch nur ein Irrtum sein!‹ habe er ein um das andere Mal gerufen. Heute lebt er hier als Gehilfe eines Schreinermeisters und ist nebenher zu einem geradezu fanatischen Sammler von Geschichten geworden, die er alle mit seiner korrekten Beamtenschrift säuberlich zu Papier bringt. Er gehört wohl nach wie vor zu jenen Menschen, die alles schwarz auf weiß haben müssen.

am 17. Dezember

Heute hat es die ganze Nacht über geschneit, und ich mußte in der Dunkelheit des frühen Morgens erst einmal vor die Tür, um den Weg freizuschaufeln. Während ich den Schnee zur Seite schippte, wurde es allmählich hell. Der Himmel hatte aufgeklart und wechselte von einem stumpfen Grau nach und nach zu blassem Blau mit einem Stich ins Grüne, und dann leuchteten plötzlich weit hinten im Tal die vereisten Bergspitzen flammend rot unter den ersten Strahlen der Sonne auf, während die Wälder darunter noch im Schatten lagen. Das war sehr schön, und ich hätte es Dir gern gezeigt, meine liebe Rachel.

Damals, als ich mit Gustav und den anderen Verbannten nach fast sechsstündigem Marsch aus dem verschneiten Wald heraustrat und den Talkessel mit dem Dorf vor mir liegen sah, erschien mir diese Landschaft erschreckend leer und wie abgeriegelt durch die hohe Gebirgskette, die den Horizont so eng begrenzt. Ich bin eben in der Stadt aufgewachsen und habe die meiste Zeit meines Lebens zwischen Häusern zugebracht. Es versetzte mir geradezu einen Schock, daß ich nun in einer dieser Hütten leben sollte, mitten zwischen endlosen Wäldern und ständig der schroffen Bedrohung dieser Gipfel ausgeliefert.

Nachdem ich nun ein Jahr hier verbracht habe, könnte es allerdings geschehen, daß ich mich in den engen Straßen einer Großstadt nicht mehr wohl fühle, aber auch das könnte sich – sollte ich je die Gelegenheit dazu bekommen – wieder ändern. Es ist sicher auch ein gutes Stück Gewöhnung dabei. Doch eines, glaube ich, würde mir bleiben: die Beziehung, die ich zu dieser Art von Landschaft gewonnen habe. Ich meine das nicht nur ästhetisch, etwa in dem Sinne, daß ich sie schön finde. Das auch, aber es bedeutet noch sehr viel mehr, für längere Zeit so dicht an diesen Wäldern und Bergen und all dem, was diese Landschaft ausmacht, zu leben, von Bäumen zu wissen, die *gute Bekannte* sind, weil man fast täglich an ihnen vorübergeht, vielleicht die Blätter eines herabhängenden Zweiges durch die Finger streifen läßt oder wie zum Gruß die Hand auf die schrundige Rinde legt und dabei den jährlichen Kreislauf ihres Lebens erfährt; oder ein Gefühl für das Wetter zu bekommen oder Ameisen nicht nur als lästiges Ungeziefer zu betrachten. Ich weiß nicht, ob Du das begreifen kannst. Ich selbst bin damit auch noch keineswegs zu Ende gekommen (soweit das überhaupt möglich ist). Im Gegenteil: Ich stehe noch ganz am Anfang, aber soviel ist mir schon klargeworden, daß ich damit eine neue Dimension von Erfahrung hinzugewonnen habe, die mir hilft, auch mich selbst besser zu verstehen (und auch das ist ein weites Feld!).

Jedenfalls weißt Du jetzt ein bißchen besser, wo und wie ich mich befinde. Damals, an jenem Tage, war ich allerdings eher deprimiert, als Gustav uns ins Dorf und dort zu einem Blockhaus führte, in dem, wie er sagte, Markus wohnt, der so etwas wie das Amt eines Bürgermeisters versieht. Markus, ein Mann von eher zierlicher Gestalt so um die sechzig, mit freundlichen grauen Augen und vielversprechenden Lachfältchen um die Mundwinkel, empfing uns unter der Tür und bat die ganze Gesellschaft in seine große Stube, wo wir uns auf die Bänke längs der Wände setzten. Er bot uns heißen Kräutertee an und hielt dann eine Begrüßungsansprache, in der er uns mitteilte, daß es außer diesem Dorf auch noch weitere Ansiedlungen von Verbannten weiter oben im Tal und in einem anderen Seitental des Stroms gebe und daß es uns freistünde, wo wir uns ansiedeln wollten. »Über eines müßt ihr euch im klaren sein«, sagte er dann. »Jeder muß hier, soweit er dazu fähig ist, hart arbeiten; denn das ist die einzige Möglichkeit, in dieser Wildnis zu überleben. Und viele von euch werden Dinge tun müssen, die sie ihr Leben lang noch nie getan haben. Was wir hier brauchen, sind Bauern, Schreiner, Zimmerleute, Schmiede und auch ein paar Ärzte, aber die Sprachüberwachungsbehörde schickt uns statt dessen mit Vorliebe Lehrer, von denen wir schon ein Dutzend zuviel haben, Bürokräfte, Verkäufer, Wissenschaftler der verschiedensten Fachrichtungen und manchmal sogar einen Polizisten.«

Er fragte dann jeden Verbannten nach Name, Beruf und besonderen Kenntnissen und machte ihm Vorschläge, in welchem Gewerbe er sich versuchen könne. Als ich ihm mitteilte, ich sei Philologe, seufzte er und sagte, daß ich hier zwar eine Menge Kollegen treffen würde, aber meinen philologischen Neigungen wohl nur nach Feierabend nachgehen könne. Ich mußte ihm zudem gestehen, daß ich neben meinen sprachwissenschaftlichen Kenntnissen kaum mit irgendwelchen anderweitigen Fähigkeiten aufwarten könne.

»Vielleicht hast du hier Bekannte?« fragte er schließlich in der Hoffnung, mich doch noch irgendwo unterbringen zu können.

»Nicht daß ich wüßte«, sagte ich, doch dann fiel mir dieser Bäckermeister ein, den man samt seiner märchenbegeisterten Tochter in die Verbannung geschickt hatte, nicht ohne meine Schuld, wie Du weißt. Ich nannte seinen Namen und sagte, wann er ungefähr hier eingetroffen sein mußte, aber ich wußte natürlich nicht, ob er hiergeblieben oder in ein anderes Dorf gezogen war.

»Da hast du Glück», sagte Markus. »Willi ist unser Dorfbäcker geworden. Wir haben ihm sogar ein eigenes Haus mit einer Backstube eingerichtet, und dort findet sich auch noch ein Platz für dich. Du kannst ihm ja einstweilen ein bißchen zur Hand gehen.«

Nun, das tue ich noch heute. Während ich mich damals zu dem Bäcker durchfragte und schließlich vor seinem teils (wegen der Brandgefahr) aus Bruchsteinen, im Wohnbereich aber wie überall hier aus rohen Balken gebauten Haus stand, machte ich mir schon Gedanken, wie dieser freundliche Mann mich empfangen würde. Der Geruch nach frischem Brot war jedoch so verlockend, daß ich allein schon wegen meines knurrenden Magens anklopfte. Es war Willis Tochter Hilde, die mir öffnete. Sie erkannte mich trotz meines Bartes sofort und begrüßte mich wie einen alten Freund der Familie. Dann nahm sie mich bei der Hand und schleppte mich im Eiltempo zu ihrem Vater, der in der Backstube stand und schwitzend Teig knetete.

»Das habe ich mir schon gedacht«, sagte er, »daß Sie eines Tages hier auftauchen werden, Herr Doktor«, und ich mußte ihn erst einmal bitten, das hier unübliche *Sie* und die förmliche Anrede wegzulassen und mich künftig als seinen Lehrling zu betrachten.

Am Anfang bereitete diese Demontage gesellschaftlicher Schranken uns beiden einige Schwierigkeiten, aber auf die Dauer erwies es sich doch als zu umständlich, wenn Willi beispielsweise sagte: »Würde es Ihnen etwas ausmachen, Herr Doktor, wenn Sie mir heute abend den Backofen vorheizen?« Außerdem ist das Leben hier so geartet, daß man dergleichen Formalitäten ohnehin rasch vergißt. Ich sorge dafür, daß Willi das Feuerholz nicht ausgeht, und helfe ihm auch sonst bei seiner Arbeit. Mein anfängliches Ungeschick hat es ihm beträchtlich erleichtert, bald auf immer zum vertraulichen *du* überzugehen, und inzwischen bin ich nach meinem ersten Lehrjahr auf dem besten Wege, die Grundzüge des Bäckerhandwerkes zu begreifen. Diese Arbeit macht mir sogar Spaß, weil man täglich sehen kann, was dabei an konkreten Ergebnissen aus dem Backofen geholt wird. Und diesen Duft nach heißem, frisch gebackenem Brot mochte ich schon als Kind so gern, daß ich manchmal für eine Weile vor einem Bäckerladen stehenblieb.

Das klingt alles ziemlich idyllisch, aber so problemlos ging dieser Wechsel auf eine andere Kulturstufe (ich zögere, sie eine niedrigere zu nennen) durchaus nicht vonstatten. Versuche Dir einmal vorzustellen, was es bedeutet, von einem Tag auf den anderen auf sämtliche Errungenschaften unserer technischen Zivilisation zu verzichten. Es gibt hier weder elektrischen Strom noch Wasserleitungen und somit nichts von alledem, was einem bei Euch das tägliche Leben auf eine dem einzelnen kaum noch bewußte Weise erleichtert. Keinen Kühlschrank also, keine Waschmaschine, kein Wasserklosett, kein Telefon, keine vollautomatische Heizung, keine Autos. Was dergleichen Dinge betrifft, so haben wir hier nichts, absolut nichts. Wenn man Wasser braucht, muß man mit zwei Eimern zum (allerdings erfreulich sauberen) Bach gehen und welches ins Haus schleppen; will man heizen, muß man erst einmal Holz hacken; Fleisch – soweit es überhaupt welches gibt – muß man einsalzen oder räuchern, wenn es längere Zeit halten soll; und wenn man mit jemandem reden will, muß man eben zu ihm hingehen, wie scheußlich das Wetter auch sein mag. Anfangs fand ich das außerordentlich zeitraubend und ermüdend. Man ist den größten Teil des Tages dermaßen damit beschäftigt, auch nur das Allernotwendigste zu erledigen, daß man kaum Gelegenheit findet, sich einmal für eine Weile irgendwo hinzusetzen und nachzudenken. Man lernt dabei allerdings auch sehr rasch, welche Dinge wirklich notwendig sind und auf welche eingelernten Gewohnheiten man ohne weiteres verzichten kann, um einmal eine Viertelstunde für sich herauszuschlagen, zum Beispiel jetzt, um an diesem Brief weiterzuschreiben.

Eine Viertelstunde ist jetzt ohnehin kein brauchbares Zeitmaß mehr für mich. Irgendwann blieb meine Armbanduhr einfach stehen, weil die Batterie leer war. Doch hier gibt es keinen Laden, in dem man sich eine neue Batterie oder gar eine Uhr kaufen kann. Seither komme ich also ohne Uhr aus. Das hat mich in den ersten Tagen ganz nervös gemacht, weil ich ständig das Gefühl hatte, bei allem, was ich tat, zu spät dran zu sein (manchmal war ich es wirklich!). Allmählich habe ich dann ein Gespür für die Tageszeit entwickelt, und ich weiß nicht einmal selber genau, woran ich mich dabei orientiere. Ein bißchen am Sonnenstand vielleicht (soweit der Himmel nicht bedeckt ist), aber sicher auch an den Mahlzeiten. Mein Magen ist zu einer recht zuverlässigen Uhr geworden; denn mit Nahrungsmitteln muß hier gespart werden. Bestellbarer Boden ist knapp, daneben gibt es noch ein paar Herden von Ziegen, halbwilde Tiere, deren Urahnen schon vor langer Zeit von unseren Vorgängern in den Bergen eingefangen wurden, außerdem Wildgemüse, Beeren, Pilze und Haselnüsse und ein bißchen Jagdbeute aus dem Wald. Das ist dann aber auch schon alles.

Willi hat mir erzählt, daß er ähnliche Anpassungsschwierigkeiten gehabt habe, aber er war mir eben ein paar Wochen voraus. Seiner Tochter, sagt er, sei das viel leichter gefallen. Sie habe sich mit den Dorfkindern, die zumeist schon hier geboren sind, rasch angefreundet und sei vor allem ganz begeistert von den Lehrern in der Schule, und das ist gut zu verstehen. Nach Lage der Dinge sind es ja nicht die Schlechtesten, die man in die Verbannung schickt, sondern in der Regel sprachsensible Menschen, die auf irgendeine Weise versucht haben, aus den engen Grenzen der staatlich verordneten Redeweise auszubrechen. Hier sei es wenigstens nicht verboten, Märchen zu erzählen, hat mir Hilde damals gleich zur Begrüßung gesagt.

Diese Vorliebe der Dorfbewohner fürs Geschichtenerzählen hat mir überhaupt von Anfang an geholfen, mich mit der ungewohnten Lebensweise anzufreunden. Mir ist dabei auch klargeworden, warum es in früheren Geschichtsepochen, in denen die Menschen ähnlich leben mußten wie wir hier, vorwiegend eine nur mündlich tradierte Literatur gegeben hat. Zum Lesen (soweit man es überhaupt gelernt hat) braucht man Zeit; man muß sich hinsetzen und die Hände frei haben, um das Buch zu halten und umzublättern. Erzählen kann man aber auch, während man irgendeiner Arbeit nachgeht, und diese Art von Literatur hat es offenbar zu allen Zeiten gegeben, Geschichten, in denen man die schwer begreifbaren Erfahrungen mit der Welt und den Menschen faßbar zu machen versuchte. Vor diesem Hintergrund erscheint mir das meiste, was an sogenannter Literatur jenseits des Stroms von Staats wegen gefördert oder wenigstens zugelassen wird, immer mehr als eine Perversion dessen, was der Mensch eigentlich an sprachlich gestalteter Welterfahrung zum Leben braucht, und das liegt wohl vor allem daran, daß von diesen Bücherschreibern nur noch selten eigene Erfahrungen oder Fragen notiert, sondern zumeist nur noch vorgegebene ideologische Modelle mehr oder minder geschickt ausgefüllt werden.

Hier im Dorf erzählen die Leute Geschichten, weil ihnen dieses Spiel mit Wörtern einfach Spaß macht oder zuweilen wohl auch, um mit den eigenen Ängsten dadurch fertig zu werden, daß man sie in ein sprachliches Gefüge bannt und auf diese Weise anderen mitteilen kann. Manchmal, wenn ich für eine Weile zum Fenster hinausstarre in die eisige Landschaft und mich verzweifelt bemühe, mir Dein Gesicht vorzustellen oder doch wenigstens den Klang Deiner Stimme, nehme auch ich meine Zuflucht zu solchen Beschwörungsformeln, und für Augenblicke meine ich dann, Deinen Blick zu spüren oder Dich reden zu hören, bis das Geschrei der Krähen, die draußen frierend auf den kahlen Ästen hocken, alles wieder zunichte macht. Ein paar solcher Texte habe ich aufgeschrieben und will sie diesem Brief beilegen.

am 20. Dezember

Heute will ich Dir von einem Bereich unserer Welt erzählen, von dem ich Dir bisher noch nichts geschrieben habe. Ich kam erst etwa drei Wochen nach meiner Ankunft mit ihm in Berührung, und der Grund dafür war außerordentlich schmerzhaft. In meinem Ungeschick hatte ich mir beim Nachheizen des Backofens die rechte Hand scheußlich verbrannt. Willi versuchte, die Wunde mit irgendwelchen alten Bäcker-Hausmitteln zu heilen, aber es kam eine Entzündung hinzu, die nicht abklingen wollte und mich zudem bei meiner Arbeit behinderte. »Da hilft alles nichts«, sagte Willi schließlich. »Du mußt zum Kloster gehen.«

Ich hatte von dieser Einrichtung noch nichts gehört und wußte nicht einmal, was dieses Wort überhaupt bedeutet. Klaustrophobie, dachte ich, Angstgefühle in engen Räumen. Ob das damit zusammenhängt? Irgendwie war mir das Wort unheimlich. Auf meine Frage hin erklärte mir Willi, auch er sei noch nie dort gewesen und habe nur von anderen Leuten aus dem Dorf gehört, daß dies ein uralter, ziemlich weitläufiger Gebäudekomplex sei, der etwa drei Stunden Wegs bachaufwärts inmitten eines Talbodens stehe und von Männern bewohnt würde, die sich auf mancherlei Künste verstünden, unter anderem auch auf alle möglichen Heilpraktiken. »Die Leute hier«, sagte er, »nennen sie *Brüder* und halten ziemlich viel von ihnen.«

Da meine Hand am nächsten Morgen eher noch schlimmer aussah als am Tag zuvor, machte ich mich also auf den Weg. Zum Glück hatte es seit einigen Tagen nicht geschneit, und ich konnte einem schmalen Trampelpfad folgen, der oberhalb des Bachs talaufwärts über den Altschnee führte. Irgendwie beruhigten mich diese Fußspuren, und ich sagte mir, daß offenbar noch andere Leute zum Kloster gegangen waren. In meiner Hand klopfte die Entzündung, doch der Schmerz war nicht so schlimm, daß ich diesen Spazierweg nicht genossen hätte. Der Himmel über den kahlen Zweigen der Bäume war von einem so tiefen Blau, wie man es bei Euch in der Stadt kaum je zu sehen bekommt. Es war zwar Frostwetter, aber die Sonne wärmte schon ein bißchen und hatte allerlei Tiere aus ihren Schlupfwinkeln hervorgelockt, vor allem Vögel, die auf den Zweigen herumturnten. Hie und da lugte ein Eichhörnchen aus einer Astgabel zu dem Wanderer herunter, der hier durch den Schnee stapfte.

Gegen Mittag sah ich dann das Kloster zwischen den Stämmen auftauchen. Es war von einer Mauer aus Bruchsteinen umgeben, die von den Dächern einiger Gebäude überragt wurde, darunter eines, das höher war als die anderen und einen kleinen Turm trug. Ich hatte so etwas noch nie gesehen und fragte mich, wer diese merkwürdigen Häuser errichtet haben mochte. Eine Zeitlang blieb ich am Waldrand stehen und schaute mir diesen mauerumfriedeten Komplex an, der hier inmitten der Wildnis stand wie eine kleine, in sich abgeschlossene Stadt.

Schließlich trieb mich der Schmerz in meiner Hand weiter, und ich folgte dem Pfad bis zu einer Tür, neben der das rostige Gestänge eines Klingelzugs herabhing, das weiter oben durch ein Loch in der Mauer nach innen verlief. Ich zog kräftig an dem Griff und brachte damit eine hell und rein klingende Glocke zum Tönen, deren Läuten in einem weiten Raum nachhallte. Gleich darauf wurde eine Art Klappfenster in der oberen Hälfte der Tür geöffnet, und dahinter erschien das breite Gesicht eines graubärtigen Mannes, der mich freundlich begrüßte und fragte, womit er mir helfen könne. Sobald er erfahren hatte, daß ich ärztlichen Beistand brauche, schloß er auf und ließ mich hinein.

Die Kleidung dieses Pförtners war recht merkwürdig: Er trug einen langen, bis über die Waden herabreichenden Kittel aus grobem schwarzen Wollstoff, der mit einem dicken weißen Strick gegürtet und mit einer Kapuze versehen war, die über den Rücken herabhing. Ich muß ihn wohl ziemlich verblüfft angestarrt haben, denn er lachte und fragte mich, ob ich ein Neuankömmling sei. Als ich nickte, sagte er: »Das ist wohl alles noch ein bißchen verwirrend für Sie, aber Sie werden sich schon eingewöhnen wie die anderen. Kommen Sie jetzt mit mir zur Krankenstube. Bruder Anselm wird sich um Ihre Hand kümmern.«

Wir gingen nebeneinander über abgetretene Steinfliesen durch einen langen eingewölbten Gang, von dessen gekalkten Wänden unsere Schritte widerhallten. Rechter Hand war die Mauer von paarweise angeordneten Rundbogenfenstern durchbrochen, die jeweils durch ein zierliches Säulenpaar getrennt waren. Man blickte hinaus auf einen weiten verschneiten Garten, in dessen Mitte ein Brunnenbecken stand, das jetzt allerdings mit einem dicken Schneepolster gefüllt war. Der Pförtner blieb schließlich stehen, öffnete zur Linken eine Tür und ließ mich eintreten.

Das erste, was mir in diesem von einem Kreuzgewölbe überspannten Raum auffiel, war der intensive Geruch nach getrockneten Kräutern. So müssen in alten Zeiten die Apotheken gerochen haben, ehe die Medizin sich diesen geruch- und farblosen chemischen Präparaten zugewendet hat. Die Quelle dieser Düfte war wohl das Regal, das die ganze rechte Seitenwand füllte und in dessen Fächern zahlreiche, mit seltsamen Buchstaben beschriftete Büchsen standen. Der Rest der Einrichtung ähnelte schon eher einer ärztlichen Ordination, wenn auch einer ziemlich altertümlichen ohne technische Apparaturen: zwei Untersuchungstische, ein paar Stühle, ein Waschbecken und daneben ein gefüllter Wasserkrug, sogar ein Kasten mit blitzendem chirurgischen Besteck war da.

Während ich mir das alles ansah, kam durch eine Seitentür ein Mann herein, der zwar genauso gekleidet war wie der Pförtner, diesem aber sonst in nichts glich. Er war groß und von hagerer Gestalt, ja schon fast dürr zu nennen und begrüßte mich mit einer weit ausholenden Armbewegung. Sein langgezogenes, fast fleischloses Gesicht hätte melancholisch wirken können, wenn um Augen und Mundwinkel nicht ein Anflug von Ironie oder gar Witz gezuckt hätte. Das also war Bruder Anselm. Er ließ sich kurz berichten, was mir passiert war, forderte mich zwischendurch zum Sitzen auf und zog einen der Untersuchungstische heran, damit ich meinen Arm darauflegen konnte. »Ein bißchen ungeschickt zugefaßt?« sagte er. »Sie haben wohl früher was anderes gemacht als Backöfen heizen?«

Ich sagte ihm, womit ich mich zuvor beschäftigt hatte und brachte ihn damit zum Lachen. »Ihr habt dort jenseits des

Stroms eine sonderbare Administration«, sagte er. »Erst bildet man euch zu Philologen aus, und wenn ihr dann so gut seid, daß ihr diesen ganzen ideologischen Unfug durchschaut, dann schmeißt man euch hinaus. Vermutlich bleiben da nur Unbegabte oder Opportunisten übrig.«

»Nicht nur«, sagte ich und dachte an Erwin und seine Freunde.

»Freut mich zu hören«, sagte Bruder Anselm, löste geschickt den Verband von meiner Hand und untersuchte die Verletzung. »Sieht scheußlich aus«, sagte er. »Aber das kriegen wir schon wieder hin.« Er reinigte die entzündete Stelle mit einer klaren Flüssigkeit, die wie Feuer auf dem nackten Fleisch brannte. »Tut ein bißchen weh«, sagte er dabei gleichmütig, »hört aber gleich auf«, womit er glücklicherweise recht behielt. Dann holte er aus dem Regal eine Büchse und öffnete sie. »Eine gute Brandsalbe«, erläuterte er und ließ mich daran riechen. »So was hat Ihr Bäckermeister nicht. Kommen Sie beim nächsten Mal lieber gleich zu mir.«

»Ich hoffe«, sagte ich, »daß es kein nächstes Mal gibt.«

»Kann ich mir denken«, sagte dieser offenkundig recht geübte Medizinmann, bestrich ein Stück Leinen mit der Salbe und legte es vorsichtig auf die Wunde. »Sie brauchen übrigens nicht zu warten, bis Ihnen wieder was fehlt. Sie können auch so herkommen, wenn Sie Zeit und Lust haben. Wissen Sie, daß es hier eine Bibliothek gibt?«

Diese Mitteilung überraschte mich dermaßen, daß ich unwillkürlich meine Hand bewegte. »Schön ruhig halten, bis ich fertig bin!« sagte Bruder Anselm und legte mir einen kunstvollen Verband an. »Hab mir schon gedacht«, fuhr er währenddessen fort, »daß Sie das interessiert. Da stehen eine Menge Bücher, und nicht nur theologische.« Ich konnte mir zwar nicht recht vorstellen, was er mit diesem Wort meinte (vielleicht, dachte ich, hat das irgendwie mit *Theorie* zu tun und bezeichnet einen besonderen Grad von Abstraktheit), aber allein schon die Tatsache, daß es irgendwo in diesem Gebäude Bücher gab, machte mich ganz kribbelig.

Der Bruder hatte inzwischen sein Werk vollendet und sagte: »So kann's jetzt erst mal bleiben. Aber in ein paar Tagen kommen Sie lieber noch einmal her, damit ich mir's anschauen kann. Die Bibliothek können Sie nach Tisch besichtigen. Sie bleiben doch zum Mittagessen?«

Dagegen hatte ich nichts einzuwenden, zumal mir meine Magenuhr sagte, daß es Zeit dazu war. Ich folgte Bruder Anselm durch weite, hallende Gänge, und unterwegs stießen immer mehr von diesen schwarzgekleideten Brüdern zu uns, die uns jedoch nicht weiter beachteten, sondern mit gesenktem Kopf wie in tiefen Gedanken verloren schweigend in die gleiche Richtung gingen wie wir. Als Bruder Anselm meinen erstaunten Blick bemerkte, sagte er: »Die haben auch nur Hunger.« Einige von ihnen sah ich vor uns in einem mit schönen Steinreliefs verzierten Portal verschwinden, durch das auch wir gleich darauf den Speisesaal betraten. Die einzige Einrichtung dieses Raums bestand aus einem langen Tisch und zwei schlichten Holzbänken zu beiden Längsseiten. Nur das obere Ende der Tafel war mit einem hochlehnigen Stuhl besetzt, neben dem ein mittelgroßer, weißhaariger Klosterinsasse stand und uns entgegenblickte.

»Ich muß Sie erst dem Vater Abt vorstellen«, sagte Bruder Anselm, führte mich zu ihm hin und nannte ihm meinen Namen und meine Profession. Dieser Abt (das ist der Titel für die leitende Funktion im Kloster) unterschied sich in seiner Kleidung von den Brüdern nur darin, daß er eine goldene Kette um den Hals trug, an der ein kreuzförmiger Anhänger befestigt war. Dieser Würdenträger begrüßte mich mit der gleichen Freundlichkeit wie jene Brüder, mit denen ich schon zu tun gehabt hatte, fragte mich nach dem Zeitpunkt meiner

Ankunft und wies mir als Gast den Platz zu seiner Rechten an. Inzwischen hatten sich auch die restlichen Brüder um den Tisch versammelt, insgesamt etwa dreißig, und blickten auf den Abt, als warteten sie auf ein Zeichen. Statt dessen sprach dieser einen kurzen Text, den ich wegen des merkwürdigen Wortgebrauchs nicht recht verstehen konnte (irgendwie war von danken die Rede, ich bekam aber nicht heraus, wem und wofür gedankt wurde). Erst dann setzten sich alle auf ihre Plätze, und das Essen wurde von zwei Brüdern aufgetragen, die offenbar den Küchendienst zu versehen hatten. Es gab eine dicke Suppe aus weißen Bohnen und dazu eine Scheibe Roggenbrot. Sicher nahrhaft, aber nicht eben eine Delikatesse. Im Winter kann man jedoch hierzulande nichts Besseres erwarten. Dazu las einer der Brüder, der am unteren Ende des Tisches saß, eine höchst phantastische Geschichte vor, in der von einem Mann erzählt wurde, der so felsenfest an die Existenz eines übernatürlichen, alles beherrschenden Wesens glaubte, daß er imstande war, jede Art von Schmerzen zu ertragen und Dinge zu tun, die offenkundig den Naturgesetzen widersprachen. Nicht eben eine Geschichte für die Funktionäre in der Sprachüberwachungsbehörde, wie Du Dir denken kannst. Ich war jedenfalls trotz einer gewissen Naivität der Erzählweise ziemlich beeindruckt und mußte an Rabbi Menachem denken, der lieber die wahre Wirklichkeit zu begreifen versuchte, als den Dingen dieser Welt nachzujagen.

Das sagte ich auch dem Abt, der mich nach dem Essen, das begreiflicherweise nicht sehr lange Zeit in Anspruch nahm, in sein Zimmer geführt hatte, um sich mit mir zu unterhalten. Er schien zunächst ein wenig irritiert zu sein über diesen Vergleich, meinte dann aber, daß ich damit so unrecht nun auch wieder nicht hätte. »Wie sind Sie überhaupt an diese alten rabbinischen Geschichten geraten?« fragte er. »Nach meinen

Informationen soll doch dergleichen Literatur in dem Land hinter dem Strom verboten oder gar ausgerottet sein.«

Da erzählte ich ihm einiges über Erwins Badezimmer, über die Literatur, die ich dort kennengelernt hatte, und über die Leute, die dort verkehrten. »Das alles hat mir schließlich die Verbannung eingebracht«, sagte ich. »Aber ich finde, es war der Mühe wert. Was man gelesen hat, trägt man ständig bei sich, und keiner kann es einem mehr nehmen.«

»Deshalb jagt man Leute wie Sie aus dem Land«, sagte der Abt. »Sie sind nicht mehr integrierbar in dieses System und stellen eine Kraft dar, die sich den Methoden der Massenbeeinflussung widersetzt. Haben Sie das nicht gespürt?«

»Ja«, sagte ich. »Das habe ich. Besonders durch die Texte aus einem alten Buch, das nicht einmal in Erwins Badezimmer zu finden war.« Nun berichtete ich ihm auch noch, wie Du mir aus diesem Buch vorgelesen hast und welche Wirkung diese Worte auf mich ausgeübt haben.

Mir schien, daß der Abt mit erhöhter Spannung zuhörte. »Es gibt also dort noch Menschen, die wenigstens vom Alten Bund wissen. Das ist schön. Diese Frau ist Ärztin, sagen Sie? Das wundert mich nicht. Ihre Leute sind seit Jahrtausenden gute Ärzte gewesen. Sie fehlt Ihnen wohl sehr?«

»Sie sind ein kluger Mann«, sagte ich, »und verstehen auch Dinge, die man nicht sagt.«

»Wenn das ein Trost für Sie ist«, sagte der Abt, »dieses Buch werden Sie in unserer Bibliothek finden, und zwar in unsere Sprache übertragen. Bruder Anselm hat mir gesagt, daß Sie sich für die Bibliothek interessieren. Ich zeige Ihnen den Weg.«

Er stand auf, und dann gingen wir wieder durch die weiten Flure des Klosters, umrundeten in einem Wandelgang mit offenen Arkaden zur Hälfte einen quadratischen Innenhof und betraten auf der gegenüberliegenden Seite die Bibliothek, einen langgestreckten Saal, dessen Wände ringsum bis zur halben Höhe von dicht gefüllten Bücherregalen besetzt waren, und darüber auf einer umlaufenden Empore, die man über eine Treppe erreichen konnte, war noch ein zweites Stockwerk mit Bücherschätzen aufgetürmt. Dieser Anblick verschlug mir die Sprache, zumal die abgeschabten Pergamenteinbände und Lederrücken das Alter dieser Bücher verrieten.

Hinter einem Schreibpult neben einem der schmalen Fenster stand ein Bruder auf und kam mit raschen, fast ungeduldig wirkenden Schritten auf uns zu. Er war noch ziemlich jung, vielleicht Anfang Dreißig, hatte schwarzes, krauses Haar und blickte mich aus unruhigen dunklen Augen an. »Das ist Bruder Thomas«, sagte der Abt und machte mich mit ihm bekannt. »Unser Gast«, setzte er noch hinzu, »ist ein verbannter Philologe und hatte nicht erwartet, in dieser Wildnis irgendwelche Bücher vorzufinden.« Dann verabschiedete er sich von mir, nicht ohne mich aufgefordert zu haben, ihn wieder zu besuchen, und ließ mich mit dem Bibliothekar allein.

Bruder Thomas betrachtete mich fast ein bißchen amüsiert und sagte: »Sie kommen also von drüben, von jenseits des Stroms, wie man hier sagt.«

»Kommen ist wohl nicht der richtige Ausdruck«, sagte ich. »Man hat mich herüberexpediert.«

»So wie man mich im vergangenen Sommer hierher expediert hat«, sagte Bruder Thomas. »Allerdings von der anderen Seite her, aus dem Land, das jenseits des Gebirges liegt.«

Darüber hatte ich noch gar nicht nachgedacht, was auf der anderen Seite dieser Bergkette liegen mochte, und ich fragte den Bruder, ob wir uns auf dem Staatsgebiet dieses Landes befänden.

»Nein«, sagte er. »Dieser schmale Streifen zwischen Strom und Gebirge ist tatsächlich ein nicht vorhandenes Land. Keiner hat dieses Stück Wildnis, in dem es weder nennenswerte Bodenschätze noch genug brauchbaren Ackerboden gibt, je haben wollen. Es lohnte einfach nicht, darüber in Streit zu geraten oder gar Kriege zu führen. Übers Gebirge kommt man nur auf einem schwer begehbaren Saumpfad, und auch das nur im Sommer, und auf der anderen Seite ist der Strom, den ständig überqueren zu müssen viel zu mühsam wäre.«

»Warum hat man dann hier dieses Kloster gebaut?« fragte ich.

Bruder Thomas lachte. »Eben deswegen!« sagte er. »Sie wissen wohl nicht viel über Klöster?«

»Überhaupt nichts«, sagte ich. »Ich sehe so etwas zum ersten Mal. Steht es schon lange hier?«

»Die älteren Teile stammen noch aus der Zeit Hadubalds des Scharfsinnigen, falls Ihnen das etwas sagt«, erklärte er. »Damals sind die ersten Brüder übers Gebirge gezogen, um hier ungestört ihr klösterliches Leben zu führen. Sie haben das Stück Land ringsum urbar gemacht und sich selbst versorgt. Seither werden von Zeit zu Zeit junge Brüder von drüben in dieses Kloster versetzt, damit es am Leben bleibt.«

»Und wozu das alles?« fragte ich. »Hat das vielleicht religiöse Gründe?« Dieser Gedanke war mir während des Gesprächs mit dem Abt gekommen, aber ich hatte mich nicht getraut, ihn zu äußern.

Bruder Thomas blickte mich verblüfft an und lachte dann lautlos in sich hinein. »Sie haben tatsächlich keine Ahnung, wo Sie sich befinden«, sagte er dann.

»Entschuldigen Sie bitte, wenn ich Unsinn rede«, sagte ich. »Ich dachte nur …«

»Sie haben schon richtig gedacht«, sagte er. »Es ist nur so erfrischend, mit jemandem zu reden, der noch nie von Klöstern und ihrer Funktion gehört hat und deshalb auch keine Vorurteile mitbringen kann. Natürlich hat das mit Religion zu tun. Wir sind sozusagen von Berufs wegen religiös und führen hier ein Leben zwischen Arbeit und Betrachtung.«

»Betrachtung?« sagte ich und mußte wieder an Rabbi Menachem denken. »Versuchen Sie zu ergründen, was wirklich ist?«

Bruder Thomas stutzte bei dieser Frage und dachte eine Weile nach. Schließlich sagte er: »So könnte man es nennen. Mir gefällt es sogar sehr gut, wie Sie das umschreiben. Leider gibt es auch unter uns manche, die meinen, sie hätten auch die letzte Wirklichkeit schon begriffen.«

»Wie unsere Staatsideologen«, sagte ich. »Gibt es in Ihrem Land auch eine Sprachüberwachungsbehörde?«

Bruder Thomas schüttelte lächelnd den Kopf. »Drüben in dem Land, aus dem ich komme, kann jeder tun, reden und denken, wozu er Lust hat – in einem gewissen Rahmen, versteht sich. Aber das hat die meisten Leute offenbar nur dazu gebracht, das Bequemste oder das Einträglichste zu tun, möglichst unverbindlich zu reden und dabei möglichst wenig zu denken. Sie nennen das Freiheit und halten sich viel darauf zugute, aber im Grunde sind sie nur auf Freizeit aus, in der sie ihren Vergnügungen nachgehen können. Ich habe das ein paarmal so laut und noch dazu vor den falschen – oder vielleicht gerade den richtigen! – Ohren gesagt, daß man mich aus dem Verkehr ziehen mußte und für eine Weile hierher in die Einöde geschickt hat. Zur inneren Besinnung, wie man das nennt.«

»Und zur Pflege dieser Bücher hier«, sagte ich.

»Bücher!« sagte Bruder Thomas abfällig. »Ich fürchte, man hat mich in diese Bibliothek gesetzt, weil ich mich lieber mit Menschen als mit Büchern abgebe. Das soll wohl so eine Art asketischer Übung für mich sein. Drüben gibt es massenhaft Bücher jeder Art. Aber wer liest sie schon? Ein paar Spinner allenfalls. Die meisten Leute begnügen sich mit der

Morgenzeitung, die ihnen zum Frühstück die neuesten Sensationen liefert. Dann gibt es noch den Sport oder was man so nennt. Nur zum Zuschauen natürlich; die Akteure sind hochbezahlte Profis. Das sieht man sich am liebsten in aller Bequemlichkeit abends im Fernsehen an.«

Ich vernahm dies mit Erstaunen. »Das hört sich ja an«, sagte ich, »als ginge es dort drüben nicht viel anders zu als bei uns zu Hause.«

»Wundert Sie das?« sagte dieser aufsässige Bruder. »Was haben denn Sie von Ihrer Sprachüberwachungs-Diktatur schon gemerkt, ehe Sie in das alles hineingestolpert sind? Und wer kümmert sich bei uns schon um die Politiker, die den Staat managen? Das sind für viele Leute doch auch nur ein paar Profis, für die man nicht viel anders Partei ergreift als für seinen Fußballklub. An die Verhältnisse gewöhnt man sich, wie sie auch sein mögen. Man richtet sich ein, verdrängt das Unangenehme und kümmert sich im übrigen um seinen eigenen Kram.«

Ich konnte mir inzwischen vorstellen, auf welche Weise dieser Klosterbruder in Schwierigkeiten geraten war, aber ich begriff auch, was er damit sagen wollte. Es würde wenig helfen, bei uns jenseits des Stroms diese Diktatur, wie er es nannte, zu beseitigen, wenn sich das Bewußtsein der einzelnen Menschen nicht änderte. Als ich etwas dergleichen äußerte, lachte er bitter und sagte: »Das wäre es ja eigentlich, wozu der Verein, zu dem ich samt meinen Klosterbrüdern gehöre, gegründet worden ist. Aber davon haben Sie offenbar keine Vorstellung.«

»Vielleicht den Beginn einer Ahnung«, sagte ich. »Irgendwie scheint das alles mit jenem zusammenzuhängen, der in den rabbinischen Geschichten der *Erbarmer* genannt wird.«

»Ja«, sagte Bruder Thomas, »da sind Sie schon auf der richtigen Spur. Es wäre nur noch hinzuzufügen, daß dieser Erbarmer seinen eigenen Sohn unter die Menschen geschickt hat, um ihnen sein Wesen begreiflicher zu machen. Doch so genau wollten es viele gar nicht wissen, weil das ihre selbstgebastelten Weltentwürfe oder auch nur ihr ruhiges Gewissen gestört hätte, und da haben sie ihn einfach umgebracht. Es wird aber berichtet, er sei drei Tage nach seiner Hinrichtung zurückgekehrt, um auf diese Weise zu zeigen, daß der Tod keine endgültige Macht besitzt. Da haben Sie den Kern der ganzen Geschichte. Sie kommt Ihnen wohl ziemlich phantastisch vor?«

»Ich habe eine gewisse Vorliebe fürs Phantastische«, sagte ich. »Manchmal erscheint es mir sogar wirklicher als das, was andere schon für die ganze Wirklichkeit halten. Was hat denn die Leute an diesem Sohn so irritiert?«

»Das ist leicht gesagt und schwer zu begreifen«, sagte Bruder Thomas. »Er hat sie aufgefordert, jeden einzelnen Menschen zu lieben, was dieser ihnen auch immer antun mag.«

Die Auskunft traf mich wahrhaftig wie ein Blitzschlag. Da hatte einer tatsächlich versucht, die Hypothese der Liebe konsequent in die Tat umzusetzen. »Eines begreife ich noch immer nicht«, sagte ich. »Wenn das so ist, wie Sie sagen, dann müßte doch eigentlich jeder, der davon weiß, diese Nachricht Tag und Nacht herausschreien, damit sie jedermann hören kann. Das wäre doch wie der Einbruch einer neuen, jede andere Perspektive außer Kraft setzenden Dimension in dieser Welt.«

»Das sollte man meinen«, sagte Bruder Thomas. »Aber die meisten Leute drüben in unserem Land finden das gar nicht mehr so aufregend. Das sind schließlich alte Geschichten, die man ihnen schon in ihrer Kindheit erzählt hat. Die Wörter, die man dazu benützt, sind abgeschliffen vom häufigen Gebrauch, glatt und ohne Widerhaken. Man führt sie zwar im

Munde, aber man denkt nicht mehr allzuviel darüber nach, weil sonst das feste Gefüge der vertrauten Gewohnheiten ins Wanken geraten könnte. Das ist ja gerade das Problem: Man meint zu wissen, welche Nachricht man allen in die Ohren schreien müßte, aber sobald man sie in Worte faßt, fehlt ihr die entscheidende Kraft: Das Unerhörte wird vernehmbar, das Unsagbare läßt sich ohne weiteres aussprechen, und das Unverfügbare wird verwendbar, geht durch Tausende von Händen, bis es so abgegriffen ist, daß jeder meint, es sei eine alte, abgebrauchte Sache, die ihn nichts mehr angeht. So ist es mit der Zeit dazu gekommen, daß manche meiner Brüder nur noch in ihrer Zelle hocken und darüber nachgrübeln, wie man diese Nachricht besser und zutreffender formulieren könnte, statt daß sie hingingen zu den Leuten und wenigstens durch ihr Verhalten zeigten, was sich mit Worten nur unzureichend sagen läßt.«

»Und das haben Sie zu tun versucht«, sagte ich.

»Ja«, sagte er. »Und ich bin dabei gewaltig ins Schlittern gekommen. Wissen Sie, überall, wo Menschen etwas in die Hand nehmen, bauen sie nach und nach, ob sie das nun wollen oder nicht, ein festes Gebäude, in dem man sich häuslich einrichten kann. Das ist nicht nur bei Ihren Ideologen von der Sprachüberwachungsbehörde so. Auch wir haben das auf unsere Weise getan, und wahrscheinlich muß das auch so sein, weil kaum ein Mensch es auf die Dauer ertragen kann, im Unbehausten zu leben. Insoweit hat das seine Richtigkeit. Aber es ist eine gefährliche Sache, sich ein festes Haus aus Wörtern zu bauen, wenn man dabei vergißt, daß Wörter nicht die Sache selbst sind, sondern nur auf eine ziemlich ungenaue Art auf sie hindeuten. Dann werden diese Mauern eines Tages so dicht, daß jene, die im Haus sitzen, nicht mehr hinausschauen können, und jene, die draußen sind, nur noch das Haus sehen und nicht die Bedeutung, die es ursprünglich haben sollte. So kam es mir jedenfalls vor, und da bin ich ausgebrochen.«

»Allein?« fragte ich.

»Ja«, sagte er. »Allein. Und das war wohl mein Fehler. Man sollte Freunde haben, mit denen man reden kann.«

»Glücklicherweise hatte ich Freunde dort drüben jenseits des Stroms«, sagte ich. In vielem, was der Bruder sagte, erinnerte er mich an Erwin und seine Badezimmer-Besucher, und so erzählte ich Bruder Thomas, was wir dort getrieben und worüber wir geredet hatten.

»Diese Freunde würde ich gern kennenlernen«, sagte er, nachdem er höchst interessiert zugehört hatte. »Es sieht fast so aus, als müßten Bücher erst verboten werden, damit die Leute ihren Wert zu schätzen beginnen. Vielleicht mache ich Ihrem Freund einmal einen Besuch.«

»Das dürfte schwierig sein«, sagte ich.

Doch er zuckte mit den Schultern und sagte: »Schwierige Dinge haben mich schon immer gereizt.«

Über diesem Gespräch hatte ich ganz vergessen, daß ich in den Bücherschätzen der Bibliothek hatte stöbern wollen. Nun war es zu spät dazu, wenn ich noch vor Einbruch der Dunkelheit nach Hause kommen wollte. Ehe ich mich verabschiedete, fragte ich den Bruder jedoch noch nach dem Buch, von dem der Abt gesprochen hatte. Erst verstand Bruder Thomas überhaupt nicht, worauf ich aus war, doch als ich ihm aus dem Gedächtnis einige Zeilen zitierte, wußte er sofort, was ich meinte, und sagte, davon gebe es hier so viele Exemplare, daß er mir eine handliche Ausgabe leihen könne. Seither habe ich viel in diesem Buch gelesen, und oft war mir dabei zumute, als schautest Du mir über die Schulter, meine liebe Rachel.

am 22. Dezember

Gestern mußte ich mich – wie schon mehrfach in den letzten Tagen – erst einmal ausschlafen; denn am Tag zuvor hatte ich bis tief in die Nacht an diesem Brief geschrieben, weil ich die Nachricht bekommen hatte, daß ich ihn noch vor Jahreswechsel abgeschlossen haben muß, und ich habe doch noch soviel zu berichten. Wer weiß, wann sich – wenn überhaupt – je wieder eine solche Gelegenheit bietet. Ich will also gleich wieder meinen Faden dort aufnehmen, wo ich ihn fallengelassen habe.

Seit diesem Gespräch in der Klosterbibliothek habe ich nach und nach mehr über dieses Kloster und seine Bewohner erfahren. Offenbar ist es ihnen zu verdanken, daß die ersten Verbannten, die vor über zweihundert Jahren hier angekommen sein müssen, überhaupt am Leben geblieben sind. Die Brüder haben sie anfangs bei sich aufgenommen, ihnen geholfen, Häuser zu bauen, Land zu roden und sie aus ihren Vorräten mit Saatkorn versorgt. Auch die ersten Werkzeuge stammen von ihnen, bis hier eine eigene Schmiede eingerichtet werden konnte. Manche Dinge wie zum Beispiel Papier und Bleistifte muß man sich noch heute bei ihnen besorgen (von Zeit zu Zeit erhalten sie Nachschub von jenseits des Gebirges).

Die alten Familien hier im Tal haben sich zum größeren Teil der Religion der Brüder angeschlossen, aber so viele sind das gar nicht. Die meisten Verbannten sind nach einigen Jahren in das Land jenseits des Gebirges ausgewandert, weil sie das harte Leben auf die Dauer nicht ertragen konnten oder in ihren alten Berufen arbeiten wollten. Der gefahrvolle Weg über den Paß ist allerdings nur den Brüdern bekannt.

Ich habe später einmal den Abt gefragt, warum er die Verbannten nicht gleich in dieses andere Land bringen läßt, statt sie hier diesem entbehrungsreichen und harten Leben auszusetzen, und dabei andeutungsweise auch den Verdacht geäußert, daß er es darauf anlege, die Neuankömmlinge erst zu seiner Religion zu bekehren, ehe er sie endgültig in die Freiheit entlasse.

»Freiheit?« sagte er darauf und hob seine Arme wie der alte Rabbi Menachem. »Was heißt dieses Wort? Daß ich tun kann, wozu ich gerade Lust habe? Daß es keinen gibt, der über mich bestimmt? Genügt das schon? So einfach ist es nicht, in einem solchen Land zu leben. Dort gibt es zwar keine Sprachüberwachungsbehörde, dafür aber eine Menge mehr oder minder anonymer Mächte, unter deren Zwang man geraten kann. Wenn ich diese Menschen unvorbereitet dort hinüberschicke, würden die meisten von ihnen sehr schnell unter die Räder kommen. Das Land, in dem sie früher gelebt haben, erzieht seine Bewohner seit Generationen zu geistiger Unselbständigkeit, und sogar euch Verbannten, die ihr auf irgendeine Weise mit diesem System in Konflikt geraten seid, steckt noch genug davon in den Knochen. Ich weiß, das ist eine harte Schule hier, aber man lernt dabei, eigene Initiativen zu entwickeln, dem Nachbarn zu helfen, wenn er es nötig hat, vor allem aber erfährt man am eigenen Leibe, welche Dinge für das Leben des Menschen wirklich wichtig sind. Ich wäre ein schlechter Abt, wenn ich nicht auch meinen Glauben zu diesen Dingen rechnen würde, aber die Zugehörigkeit zu unserer Religion zählt nicht zu den Bedingungen, von denen die Reise über das Gebirge abhängt.«

Mir war noch immer nicht ganz klar, was sich dieser Abt von dem einfachen, den Unbilden der Natur ausgesetzten Leben versprach, dem er uns bewußt aussetzte. »Halten Sie technische Errungenschaften für etwas Schlechtes?« fragte ich. »Oder stehen diese womöglich im Widerspruch zu Ihren religiösen Anschauungen?«

»Nein«, sagte er entschieden. »Keines von beiden ist der Grund. Die hochentwickelte Technik in unseren Ländern, Ihrem wie meinem, könnte viel dazu beitragen, den Menschen das Dasein zu erleichtern, ihnen zum Beispiel Arbeit abzunehmen, damit sie Zeit finden, sich mit wesentlichen Dingen zu beschäftigen. Aber tun sie das denn? Das ist doch die Frage! Mit jedem Gerät, das er erfindet und in Gebrauch nimmt, wächst dem Menschen eine neue und größere Macht zu. Doch um sie sinnvoll zu nutzen, müßte zugleich auch sein Sinn für Verantwortung mit anwachsen. Leider ist das nicht so. Die Moral des Menschen ist im wesentlichen die gleiche geblieben wie vor der Zeit der Technisierung, und die Leute, die heute hinter den Computern sitzen, haben im Grunde noch die archaischen Anschauungen von Stammeshäuptlingen, die erst einmal an sich selbst denken und allenfalls noch an ihren Clan. Begreifen Sie nicht, daß der Mensch auf diese Weise unter eine noch viel schlimmere Tyrannei gerät, als sie Menschen ausüben könnten? Wer jedoch erfahren hat, was ein Mensch wirklich braucht und was der Natur dieser Erde, auf der er leben muß, wirklich dienlich ist, der wird vielleicht imstande sein, sich solcher Apparaturen auf eine sinnvollere Weise zu bedienen. Ihr Freund Erwin hat das offenbar schon begriffen.« Im übrigen könne ich ja, fügte er noch hinzu, an den Behörden meines Landes sehen, wie auch sie schon der Faszination der Technik erlegen seien. Er könne sich durchaus vorstellen, daß dort die entscheidenden Leute über die Ansiedlungen der Verbannten Bescheid wüßten; die eigentliche Bestrafung bestünde wohl in der Hauptsache darin, den Delinquenten jeden Zugang zu technischen Hilfsmitteln abzuschneiden, weil man sich ein Leben ohne sie überhaupt nicht mehr vorstellen könne.

Es hat sich also auf diese Weise ergeben, daß der Abt dieses Klosters jeweils auch eine gewisse Verfügungsgewalt über die anderen Bewohner des Tals ausübt, wenn auch nur in dem Sinne, daß er darüber entscheidet, wer – soweit er überhaupt den Wunsch dazu verspürt – über das Gebirge auswandern darf. Ob ihn das in Konflikte stürzt? Ich weiß es nicht. Jedenfalls hat er nichts dergleichen geäußert. Natürlich muß er besser als jeder von uns Verbannten wissen, was einen dort droben erwartet; denn er hat ja selbst viele Jahre in diesem Land gelebt. Aber woher will er wissen, ob seine Perspektive die richtige auch für andere Menschen ist? Vermutlich hat er das Leben dort drüben auch nur aus dem Blickwinkel des Klosters kennengelernt, wenn man von seiner Kindheit absehen will. Wahrscheinlich ist er sich darüber sogar im klaren, denn er ist ein kluger Mann. Wie dem auch sei – er fühlt sich verantwortlich für die Menschen, die ohne sein Zutun in seine Umgebung geraten sind. Man sagt auch, daß er lange mit ihnen spricht, ehe er seine Entscheidung fällt. Aber ich möchte nicht in seiner Haut stecken.

Nachdem ich nun soviel über das Kloster und seine Insassen geschrieben habe, darfst Du nicht annehmen, daß ich dort ständig ein und aus ginge. Dazu hätte ich gar keine Zeit. Es würde mich ja jedesmal einen ganzen Tag kosten, und wer heizt dann den Backofen?

Im Frühjahr, als die Zeit der Feldbestellung heranrückte, wurde ich für ein paar Wochen zur Stromwache eingeteilt. Ein Bauer, der dort den Winter über seinen Dienst versehen hatte, wurde nun für die Arbeit auf den Äckern gebraucht. Nebenbei wollte er auch noch dafür sorgen, daß meinem Bäkker der Ofen nicht ausging. Ich war einigermaßen beschämt darüber, wie gering meine Arbeitsleistung anzuschlagen war, wenn dieser Mann das noch so nebenbei erledigen konnte. Aber was kann man schon von einem Philologen erwarten, der zeit seines Lebens nur mit Wörtern jongliert hat?

Wir waren zu viert oder eigentlich zu fünft in der Wächterhütte, außer Gustav, der hier als Vormann nämlich ständig mit seiner Frau wohnt, noch zwei ältere Knaben wie ich, die bei der Feldarbeit nicht besonders gut zu brauchen sind. Der eine von ihnen, Kasimir, war früher Schauspieler, was man ihm noch immer anmerkt. Seine Gesten wirken eine Spur zu abgezirkelt, und wenn er redet, hat man zuweilen den Eindruck, er wende sich an eine imaginäre Zuschauermenge. Aber er hat so viel Humor, daß er, wenn er sich bei solch theatralischem Gehaben ertappt, über sich selbst zu lachen versteht.

Der andere war jener Radioverkäufer, der sich auf unserem Hertransport so gefürchtet hatte. Erst hier habe ich ihn näher kennengelernt. Er heißt Emil und ist ein eher zurückhaltender, aber eigentlich recht phantasievoller Mensch. Vielleicht ist diese Begabung zur Phantasie überhaupt die Wurzel seiner Ängste. Man konnte ihm damals anmerken – auch wenn er nicht darüber sprach –, daß er den Beobachtungsposten am Waldrand über dem Strom nur ungern bezog Vielleicht lag das nur an der Nähe des in Sichtweite vor ihm liegenden Landes, in dem man ihm so übel mitgespielt hatte; womöglich überfiel ihn aber, wenn er allein dort draußen stand, noch immer die Angst daß ihm irgend etwas Unnennbares passieren könnte. Offenbar saß das bei ihm sehr tief. Kann sein, daß er sein Leben lang aus was für Gründen auch immer in Ängsten gelebt hat, die nun in dieser blödsinnigen Geschichte vom Zucker im Kaffee vorstellbare Qualität gewonnen hatten. Gustav merkte das bald und ließ ihn nicht mehr allein diesen Posten beziehen.

Einmal, als ich mit Emil zusammen dort im Unterholz stand und hinüberblickte über den Strom, der hochgeschwollen war vom Schmelzwasser des Frühjahrs und noch viel breiter erschien als an dem Wintertag, an dem man uns herübergebracht und ausgebootet hatte, an diesem warmen Frühlingstag also, der sonnig war, mit einem blitzblauen Himmel, in den trillernd Lerchen aufstiegen und an dem überall auf dem Grashang über dem Ufer büschelweise der Huflattich zum ersten Mal seine gelben Blütensterne geöffnet hatte, damals geschah etwas Merkwürdiges.

Du bist eine aufmerksame Leserin, meine liebe Rachel, und wirst schon gemerkt haben, wie ich zögere, zur Sache zu kommen und statt dessen ins Detail abschweife, lieber davon erzähle, wie noch ein paar Möwen, die hier den Winter verbracht hatten, tief über dem Wasser dahinsegelten, einmal dicht vor uns und dann wieder am anderen Ufer, oder daß ich drüben über dem Landungssteg winzig klein einen Posten stehen sah, der sich kaum bewegte und vielleicht genauso wie wir auf den träge sich dahinwälzenden Strom hinausstarrte. Die Einzelheiten dieses Vormittags sind mir mit derart photographischer Genauigkeit im Gedächtnis haften geblieben, daß ich sie noch immer greifbar deutlich vor mir sehe, die schlierigen Strudel in der braunen Oberfläche des Wassers, auf dem abgerissene Äste, hie und da sogar ganze Baumstämme, die das Hochwasser unterspült und mitgerissen hatte, langsam sich drehend dahintrieben und dabei zerschlissenes Wurzelwerk emporreckten; oder auch die aufbrechenden Blattknospen neben mir an den Zweigen der Sträucher, all das sehe ich noch in allen Einzelheiten vor mir wie auch das, was dann dort geschah.

Ich muß es jetzt wohl erzählen, auch auf die Gefahr hin, daß Du an meinem gesunden Menschenverstand zu zweifeln beginnst. Ich stand also neben Emil am Waldrand, sah das alles und merkte plötzlich, daß mein Begleiter am ganzen Leibe zitterte, während er mit schon fast glasigem Blick hinaus über den Strom starrte. Und ehe ich noch irgend etwas Tröstendes sagen oder ihm wenigstens die Hand auf die Schulter legen konnte, begann er allmählich durchscheinend zu werden. Es war grauenhaft. Ich schaute durch ihn hindurch wie durch milchiges Glas, sah zunächst verschwommen und dann zunehmend klarer das Buschwerk hinter ihm, braune, feucht glänzende Ruten mit hervorsprießendem Grün, und als ich schließlich einen kleinen Käfer entdeckte, der auf winzigen Beinchen an einem der Zweige hinaufkrabbelte, merkte ich, daß Emil verschwunden war, als hätte er sich in Luft aufgelöst. Bis zu diesem Zeitpunkt hatte ich seine Verwandlung eher mit fasziniertem Entsetzen beobachtet, aber als mir jetzt voll ins Bewußtsein fuhr, was gerade geschehen war, durchzuckte mich ein eisiger Schock, der mich zur Bewegungslosigkeit erstarren ließ.

Der Strom zog vor mir vorüber in seiner ewig gleichförmigen Bewegung, aber dann erkannte ich, daß er eigentlich still stand und nur das Land, das ich unter meinen Füßen spürte, unaufhaltsam davontrieb ins Endlose hinaus, als werde es angesogen von der unendlichen Leere des Weltraums, um dort in Atome zu zerstäuben. Während die Angst mein Gehirn schon überschwemmte, suchte ich am Horizont nach irgendeinem festen Halt, und da sah ich Dich, Rachel, drüben am anderen Ufer stehen, das mit gleicher Stetigkeit davontrieb; Du warst winzig klein und eigentlich kaum erkennbar, aber ich sah Dich doch scharf und deutlich wie durch ein umgekehrtes Fernrohr. Bewegungslos und gleich mir festgebannt standst Du dort droben und blicktest über den Strom zu mir herüber. Ich schrie in meiner Angst und mit einem letzten Rest von Hoffnung, daß Du mich hören könntest, aber da schoß tief über dem Strom eine Schar kreischender Möwen vorüber und löschte das Bild aus.

Nach einiger Zeit, von der ich nichts weiß, fand ich mich schweißgebadet und zitternd am Fuß eines Baumstamms sitzen, und vor mir stand Emil und betrachtete mich aus schreckgeweiteten Augen. »Was ist los mit dir?« stammelte er. »Erst hast du gebrüllt wie ein Wahnsinniger, und dann bist du zusammengesackt, als hätte dich der Schlag getroffen.«

Ich kann Dir gar nicht sagen, wie froh ich war, daß ich Emil wieder sehen konnte. Er sah aus wie eh und je, glatzköpfig und ein wenig zu dick, völlig lebendig und kein bißchen ätherisch. Das beruhigte mich ungemein. Ich rappelte mich auf und versuchte, auch ihn zu beruhigen. Er war noch immer ganz verstört und fragte, was da eigentlich über mich gekommen sei.

Daß ich gesehen hatte, wie er sich vor meinen Augen buchstäblich auflöste, wollte ich ihm lieber nicht sagen, um ihn nicht noch mehr in Schrecken zu versetzen, aber meine Antwort war auch so schon ehrlich genug. »Angst«, sagte ich. »Ich hatte auf einmal entsetzliche Angst.«

Das konnte er zunächst gar nicht fassen. »Du hast Angst?« sagte er ein um das andere Mal. »Ich habe immer gedacht, du fürchtest dich vor gar nichts.«

»Unsinn!« sagte ich. »Natürlich habe ich Angst, sogar ziemlich oft. Jeder Mensch, der einigermaßen bei Verstand ist und über ein bißchen Vorstellungsgabe verfügt, bekommt von Zeit zu Zeit Angst. Hast du das noch nie bemerkt?«

Das hatte er offenbar nicht. Im Gegenteil: Dieser Gedanke war ihm völlig neu. »Bisher habe ich immer gemeint«, sagte er, »ich sei – vielleicht außer ein paar Kindern – der einzige Mensch, der vor allem und jedem Angst hat. Geradezu minderwertig habe ich mich deswegen gefühlt. Wahrscheinlich habe ich aus diesem Grund auch noch nie etwas mit einer Frau gehabt.«

»Damit war auch ich ziemlich spät dran«, sagte ich. »Das kannst du ja hier noch nachholen. War da nicht jemand, der sich unterwegs auf dem Transport auf recht liebevolle Weise deiner angenommen hat?«

Jetzt stieg ihm wahrhaftig vor Verlegenheit das Blut in seine feisten Wangen. »Das tut Adele noch immer«, sagte er verschämt. »Aber was soll sie mit einem wie mir anfangen?«

»Das wird sie schon selber wissen«, sagte ich. »Du kannst sie ja einmal fragen.«

Seit diesem Tag war Emil irgendwie verändert, vielleicht ein wenig selbstsicherer, und nach ein paar Tagen meinte er eher beiläufig, daß er künftig auch allein den Wachposten beziehen könne.

»Hast du denn keine Angst mehr, wenn du allein dort unten am Strom stehst?« fragte Kasimir.

»Doch«, sagte Emil. »Hast du keine?«

»Was für eine Frage!« rief Kasimir mit einer weitausholenden theatralischen Geste und ersparte sich damit eine genauere Auskunft. Doch später, als wir beim Essen saßen, kam er darauf zurück. »Was weißt denn du von den unauslotbaren Ängsten der Mimen, du banausischer Handelsmann«, sagte er. »Wir hatten da einmal einen blutjungen Eleven, der war frech wie eine Kulissenwanze, aber sobald er auf die Bühne hinaustreten sollte, zitterte er am ganzen Leibe wie Espenlaub vor Lampenfieber. Ha, das sind die dämonischen Urängste der Zauberer, die man in solchen Augenblicken durchbrechen muß, ehe man den magischen Zirkel der Bühne betreten kann, um dem gaffenden Publikum eine Wirklichkeit vorzuspielen, die es eigentlich gar nicht gibt und die den Leuten dennoch dermaßen unter die Haut geht, daß ihnen der Mund offensteht und die Tränen aus den Augen springen. Das ist Kunst, du Erdenwurm, und Kunst ist ohne Ängste nicht zu haben. In dir selbst gewinnt die Figur, die du darstellen sollst, an Leben und Wirklichkeit, sie ergreift Besitz von dir, und wenn dies ein Mörder ist, dann bist du plötzlich selbst dieser Mörder, und dir graut vor den Trieben, die du in dir selbst wachgerufen hast. Aber du mußt dieser Mörder sein für die Zeit, in der du dich auf den Brettern bewegst und tief unten vor dir im Dunkel das vielköpfige Ungeheuer darauf lauert, daß du einen Fehler machst, dich versprichst oder stolperst oder ganz einfach nicht gut bist, und du weißt, daß es dich fressen wird, dieses Ungeheuer, wenn du auch nur die geringste Schwäche zeigst. Deine äußerste Kraft mußt du aufbieten, um es zu bannen, und das bis zum letzten Vorhang. Erst der Applaus zeigt dir, daß du noch einmal mit dem Leben davongekommen bist. Verstehst du jetzt, warum unsereiner so gierig nach Beifall ist?«

Nun, wir spendeten ihm den gebührenden Applaus für dieses dramatische Extempore, und er lehnte sich befriedigt zurück. Doch als er wieder zu Atem gekommen war, sagte er zu Emil: »Ich möchte wirklich wissen, warum ein Mensch wie du überhaupt unter Ängsten leidet. In deinem Geschäft hat man doch immer festen Boden unter den Füßen.«

»Ich weiß nicht«, sagte Emil. »Das sieht von außen betrachtet wohl nur so aus. Es wird dir vielleicht komisch vorkommen, aber die wohlgeordnete Welt, in der ich aufgewachsen bin und immer gelebt habe, hat mir schon als Kind Ängste eingejagt. Überall, wo ich hinkam, war schon immer alles ohne mein Zutun geregelt, und wenn ich einmal etwas anders machen wollte, dann hieß es immer gleich: Nein, das macht man so und so! Als ich noch klein war, habe ich nachts, wenn ich nicht schlafen konnte, manchmal aus lauter Verzweiflung irgendwelche unbenennbaren Wesen herbeigerufen in der Hoffnung, sie würden diese unerträgliche Ordnung in meinem Zimmer zerstören, aber wenn sie dann wirklich aus dem Dunkel hervorkrochen, eine meterdicke, düsterbraun geschuppte Schlange zum Beispiel, die sich träge, aber unaufhaltsam heranschob und alles, auch mein Bett und mich selbst, unter sich zu zerdrücken drohte, dann schrie ich so gellend, daß meine Mutter herbeistürzte und mir auf meine stockend vorgebrachten Auskünfte hin völlig verständnislos beteuerte, daß doch alles in bester Ordnung sei in meinem Zimmer. Oder stell dir vor, du stehst tagein tagaus in einem Laden für Fernsehapparate, in allen Regalen sind sie säuberlich nebeneinander aufgereiht, und alle sind eingeschaltet, damit der Kunde die Bildqualität vergleichen kann, nur der Ton ist abgedreht. Da geschieht dann neben dir und hinter dir und überall im Raum vierzigmal gleichzeitig das gleiche. Der gleiche Mann kommt in ein Zimmer, sagt irgend etwas, das du nicht verstehst, eine Frau springt auf und reißt vor Entsetzen den Mund auf, wahrscheinlich schreit sie, aber du kannst es nicht hören, und der Mann zieht einen Revolver aus der Tasche oder vierzig Männer ziehen vierzig Revolver aus der Tasche und schießen lautlos vierzig Frauen nieder, die alle mit der gleichen langsamen Drehbewegung zu Boden sinken. Und da soll einer keine Angst bekommen. Zehnmal lieber würde ich auf eine Bühne hinaustreten und einen endlosen Monolog deklamieren. Da könnte ich mir wenigstens vorstellen, daß ich jemand bin.«

»Touché!« sagte Kasimir lachend. »Ich gebe mich geschlagen.«

Da prahlten sie nun beide mit ihren Ängsten, und das ist wohl der beste Weg, um sich an sie zu gewöhnen. Auf diese Weise waren die Tage in der Stromwächterhütte ganz unterhaltsam. Wir blieben dort bis zum Frühsommer, nahmen zwischendurch einen neuen Transport von sechzehn Verbannten in Empfang und machten nun schon selber unsere Witze über den Zucker im Kaffee (auch wenn es mir dabei noch immer kalt über den Rücken lief).

An einem Tag Ende Juni tauchte Bruder Thomas auf zusammen mit einem sanften Riesen, den ich damals beim Mittagessen im Kloster schon einmal flüchtig gesehen hatte. Ich erkannte die beiden zunächst gar nicht, denn sie trugen nicht mehr ihre schwarzen Kapuzenkittel, sondern ziemlich schäbige Parkas, und jeder hatte einen prallen Tourenrucksack auf dem Buckel. Thomas stellte mir den Zweimetermann als Bruder Raffael vor, und als ich ihn fragte, was in aller Welt dieser Aufzug bedeuten solle, sagte er, das sei eine längere Geschichte und sie hätten einiges mit mir zu besprechen.

Ich mußte ohnehin gerade meinen Posten beziehen, und so nahm ich die beiden mit, nachdem sie ihr Gepäck abgestellt hatten. Als wir dann im Gebüsch über dem Strom saßen und den Uferschwalben zuschauten, die so dicht über das Wasser dahinpfeilten, daß ihre Flügelspitzen manchmal die Oberfläche berührten, fragte ich Thomas, ob er wieder einmal ausgebrochen sei.

»Nicht so, wie Sie meinen«, sagte er. »Ich habe viel nachgedacht nach unserem Gespräch damals, und dabei habe ich immer stärker den Wunsch verspürt, mit Ihren Freunden dort drüben in diesem Land zu reden.«

»Das wird kaum möglich sein«, sagte ich.

»Wissen Sie das so genau?« erwiderte er. »Wenn man lange genug sucht, wird sich schon ein Weg finden.«

»Und was sagt Ihr Abt dazu?« fragte ich.

»Zunächst wollte er nichts davon wissen«, sagte Bruder Thomas. »Aber was Sie ihm über Erwins Badezimmer erzählt haben und über die Leute, die sich dort und anderswo treffen, hat ihn ziemlich neugierig gemacht, und so habe ich es eigentlich Ihnen zu verdanken, daß er schließlich in meinen Plan eingewilligt hat. Allein wollte er mich diesmal allerdings nicht ziehen lassen, schon weil das den Gebräuchen unserer Klostergemeinschaft widersprechen würde. Aber ich bin aufgrund meiner früheren Erfahrungen inzwischen zu der Meinung gekommen, daß dies eine vernünftige Vorschrift ist. Wie soll man sonst seine subjektiven Vorstellungen überprüfen, wenn man niemanden hat, mit dem man reden kann?

Deshalb werde ich also zusammen mit Bruder Raffael auf die Suche gehen.«

Man hätte sich keinen größeren Gegensatz denken können als jenen zwischen den beiden *Brüdern:* Thomas dunkelhaarig, eher von graziler Gestalt und mit einem unruhigen Temperament, und der athletisch gebaute Raffael mit seinem blonden Bauernschädel und dem sanften Gehaben. Aber es war wohl gerade die Unterschiedlichkeit der beiden, die den Abt veranlaßt haben mochte, diesen Bruder als Begleiter auszuwählen. Zwei solche Feuerköpfe wie Thomas wären wohl geradewegs ins Verderben gerannt.

Als ich etwas dergleichen äußerte, sagte Bruder Raffael: »Es gibt da auch einen praktischen Grund. Ich bin hier im Tal als Sohn eines Verbannten aufgewachsen und habe mich in meiner Jugend mit meinen Freunden zuweilen in den Wäldern am Strom herumgetrieben.«

»Er untertreibt wie immer«, sagte Bruder Thomas lachend. »Raffael weiß schlichtweg alles über das Leben in den Wäldern: wo man ein Nachtlager findet, wie man Feuer macht oder einen Hasen fängt oder sich versteckt, wenn man nicht gesehen werden will. Er wird ein unschätzbarer Begleiter bei diesem Abenteuer sein.«

»Und was haben Sie jetzt vor?« fragte ich.

»Raffael meint«, sagte Bruder Thomas, »wir sollten zunächst stromaufwärts am Ufer entlang durch die Wälder marschieren. Irgendwo weiter im Norden bricht der Strom durchs Gebirge, und in diesem unübersichtlichen Gelände müßte es nicht allzu schwierig sein, ihn zu überqueren, ohne daß die Posten einen dabei erwischen. Heute wollen wir noch in der Stromwächterhütte schlafen, und morgen früh machen wir uns auf den Weg.«

So geschah es dann auch, und wenige Tage später wurde ich abgelöst und kehrte zu meinem Bäckermeister zurück.

am 27. Dezember

Nun muß ich mit diesem Brief, der nachgerade autobiographische Ausmaße anzunehmen beginnt, rasch zu Ende kommen; denn morgen wird ihn Bruder Raffael abholen. Er wird wohl das halbe Dorf abklappern müssen, weil es noch eine Menge anderer Leute gibt, die den beiden Brüdern *Post* mitgeben wollen. Schon jetzt, wo sie noch nicht einmal unterwegs sind, kann ich ihre Rückkehr kaum erwarten in der Hoffnung, daß sie mir Nachricht von Dir mitbringen, meine liebe Rachel.

Zunächst aber will ich Dir noch in aller Kürze berichten, wie sich die Dinge damals nach dem ersten Aufbruch der beiden Brüder hier weiter entwickelt haben. Ich nahm also meine Arbeit in Willis Bäckerei wieder auf, und er behauptete zumindest, daß er froh sei, jetzt wieder den ganzen Tag über einen Helfer zur Verfügung zu haben. In den ersten Wochen war ich voller Unrast, und je mehr Tage vergingen, ohne daß die Brüder etwas von sich hören ließen, desto sicherer war ich, daß sie am nächsten Tag zurückkehren würden. Aber nichts dergleichen geschah, und ich begann zu befürchten, daß ihnen etwas zugestoßen sein könnte.

Etwas Ablenkung brachte im Spätsommer eine Hochzeit, die von allen Dorfbewohnern mit großem Aufwand gefeiert wurde: Emil heiratete seine Adele (oder, genauer gesagt, Adele ihren Emil). Der Bürgermeister gab sie zusammen, und Emil platzte fast vor Stolz, daß er es nun doch noch über sich gebracht hatte, ›etwas mit einer Frau zu haben‹. Er erzählte jedem, der es hören wollte, daß er der glücklichste Mann zumindest hier im Dorf sei und daß ihm alle Radiogeschäfte der Welt gestohlen bleiben könnten. Irgendwo in den Wiesen hat er sich ein paar Fasane eingefangen und will mit ihnen eine Art Hühnerzucht aufbauen. Stell Dir das einmal vor! Gelegentlich legen seine Hennen sogar ein paar Eier, und die zeigt er dann im ganzen Dorf herum wie ein Großbauer seinen Zuchtbullen. Und da es hier keine Hühner gibt, sind die Leute sogar ganz versessen auf die Früchte von Emils landwirtschaftlichem Ehrgeiz und tauschen sie gegen Mehl, Ziegenkäse oder sogar einen Hasenbraten ein, beileibe zu keinem schlechten Kurs. Aber so viele Eier können seine Fasanenhennen gar nicht legen, daß dieser Handel sein Kraut fett machen würde, auch wenn er mittlerweile ein paar von ihnen zum Brüten gebracht hat. Dafür versteht sich seine Adele aufs Nähen, Stricken und jede andere Art von Handarbeit und verdient damit den Hauptteil der Brötchen für die Familie (inzwischen scheint da nämlich etwas unterwegs zu sein, soweit ich meinen in diesen Dingen unerfahrenen Augen trauen darf). Du siehst: in gewissen Grenzen gibt es hier doch so etwas wie Idyllen, und wenn ich ehrlich sein soll, dann muß ich Dir gestehen, daß ich diesen kleinen dicken Handelsmann in seiner rührenden Spätblüte beneide.

So verging die Zeit, der Herbst kam, die Wälder färbten sich und rochen nach Pilzen, und noch immer kehrten die Brüder nicht zurück. Erst als ich die Hoffnung schon aufgegeben hatte, an jenem 10. Dezember, an dem ich dann diesen Brief angefangen habe, stand Bruder Raffael, schon wieder in seinem Klostergewand, auf einmal in der Backstube, als sei er nie fortgewesen. Was er mir erzählt hat, will ich für Dich in aller Kürze zusammenfassen.

Die beiden sind also zunächst viele Tage am Ufer des Stroms entlanggewandert, ohne eine geeignete Stelle für den Übergang zu finden. Sie gewöhnten sich daran, im Freien zu biwakieren, und lebten, um ihre Vorräte zu sparen, von Beeren, Pilzen und etwas Niederwild. Schließlich – wo und auf welche Weise, behalte ich lieber für mich, falls dieser Brief in falsche Hände gerät – sind sie dann doch im Spätherbst ans andere Ufer gelangt, wenn auch mit knapper Not; denn ein Posten hätte sie fast erwischt. Sie haben sich dann ein bißchen umgesehen, wie Bruder Raffael das nannte, um das Verhalten der Leute kennenzulernen und überhaupt die Art, wie man dort zu leben pflegt, und blieben, bis ihnen die Vorräte auszugehen drohten (ohne Geld konnten sie ja nichts kaufen). Sie waren schon auf dem Rückweg, als sie eine bemerkenswerte Begegnung hatten, von der ich Dir doch noch ausführlicher erzählen muß.

In einer Kleinstadt saßen sie am Nachmittag auf einer Parkbank, um sich ein bißchen auszuruhen und dabei den Leuten zuzusehen, die dort spazierengingen. Da kam ein älterer Mann mit einem kleinen Mädchen, das vielleicht zehn oder elf Jahre alt war, und setzte sich zu ihnen. Eine Weile redeten die beiden über dies und jenes, und dann bat die Kleine den Mann, der offensichtlich ihr Großvater war, eine Geschichte zu erzählen.

»Worüber?« fragte der Großvater und rückte seinen altmodischen goldenen Zwicker zurecht.

Das Mädchen schaute sich rasch im Park um und sagte dann: »Über den Papierkorb dort«, und zeigte auf einen grünen Abfallbehälter aus Metall, der auf knubbeligen Spreizfüßen gleich neben der Bank stand und oben mit einem gewölbten Deckel verschlossen war, unter dessen Rand eine breite Öffnung klaffte, durch die man Dinge hineinwerfen konnte, die man nicht mehr brauchte.

»Papierkorb?« sagte der Großvater. »Das ist gar kein Papierkorb. Siehst du nicht, daß dieser komische kleine Bursche, der sein Maul so weit aufreißt, ein Sumpfzwerg ist?«

Das Mädchen schien das sofort zu akzeptieren und fragte: »Was tut denn ein Sumpfzwerg?«

»Tja«, sagte der Großvater, »darüber ließe sich eine Menge sagen. Sumpfzwerge wohnen, wie schon ihr Name verrät, normalerweise in Sümpfen. Sie haben an ihren breiten Füßen ziemlich lange Zehen mit Schwimmhäuten dazwischen, so ähnlich wie Wasserfrösche, und an den Zehenspitzen solche runden Knubbel, an denen sie sehr empfindlich sind. Sie spüren schon Stunden vorher, wie das Wetter wird. Wahrscheinlich hängt das irgendwie mit der Wassertemperatur oder der Luftfeuchtigkeit oder dem Verhältnis von beidem zueinander zusammen, ich weiß das nicht genau. Jedenfalls braucht man nur einen Sumpfzwerg zu fragen, wenn man wissen will, ob morgen die Sonne scheint oder ob es regnen wird.«

»Warum fragen dann die Wettervorhersagemänner im Fernsehen nicht einfach einen Sumpfzwerg, statt sich auf ihre Apparate zu verlassen, die nie stimmen?« fragte das Mädchen.

Der Großvater lachte. »Wenn das so einfach wäre!« sagte er. »Sumpfzwerge sind heutzutage sehr selten geworden. Man hat ja fast alle Sümpfe trockengelegt, um ordentliches Ackerland draus zu machen oder Häuser zu bauen. Hier, wo jetzt der Park ist mit seinen sauberen Wegen und abgezirkelten Rasenflächen, war früher auch einmal ein Sumpf. Jetzt ist davon nur noch der kleine Teich übrig, auf dem zahme Enten schwimmen und sich füttern lassen.«

»Und was ist mit dem grünen Sumpfzwerg hier?« fragte das Mädchen.

»Nicht so laut!« sagte der Großvater. »Er muß nicht unbedingt hören, daß wir von ihm sprechen.«

»Warum?« fragte das Mädchen. »Können wir ihn nicht fragen, wie das Wetter wird?«

»Du weißt noch nicht, worauf du dich da einläßt«, sagte der Großvater. »Sumpfzwerge sind ziemlich eigen. Und der hier ganz besonders. Aber ich muß dir erst noch erklären, wie sich das so im allgemeinen mit Sumpfzwergen verhält. Sie sind nämlich außerordentlich neugierig, mußt du wissen. Wenn du also einen ansprichst, so wird er sagen: Fragst du mich, frag ich dich! Und das meint er auch so. Er wird dir nach und nach deine ganze Lebensgeschichte aus der Nase ziehen und alles wissen wollen, was du je getan hast und woran du dich erinnern kannst. Das kann Tage dauern! Und wenn du ihm erzählst, was du für fabelhafte Dinge erlebt hast, dann wird er sagen: Auch schon was! und mit seinen kaum sichtbaren Schultern zucken. Aber wenn er Dinge herausbekommt, die du lieber vergessen würdest, weil sie nicht besonders rühmlich für dich sind – und er kriegt sie heraus, verlaß dich drauf! –, dann lacht er wie ein heiseres Bläßhuhn und sagt: Hab mir schon gedacht, daß du so eine bist!«

»Das klingt nicht sehr nett«, sagte das Mädchen. »Und was ist an dem grünen Zwerg hier so Besonderes?«

»Das liegt doch auf der Hand«, sagte der Großvater. »Seit hier kein Sumpf mehr ist, hat er viel zu trockene Füße, wenn's nicht gerade mal regnet, und das macht ihn nicht nur mißmutig, sondern schwächt auch das Gefühl in seinen Zehenknubbeln. Wenn du ihn also nach dem Wetter fragst, und es regnet gerade, wird er sagen: Langsam erholen sich meine Zehen; heute in einer Woche kann ich dir sagen, wie morgen das Wetter sein wird. Und regnet es nicht, dann knurrt er sowieso nur: Hoffentlich regnet es bald! Nun sag selbst, ob einem das viel nützt.«

»Der arme Sumpfzwerg!« sagte das Mädchen. »Wenn ihn keiner mehr fragt, dann erfährt er auch nichts, wo er doch so neugierig ist.«

»Dafür hat sich dieser Gnom schon etwas einfallen lassen«, sagte der Großvater. »Was meinst du denn, warum er hier neben dieser Bank hockt und sein Maul so weit aufreißt? Er tut so, als wäre er ein Papierkorb, und dabei belauscht er die Leute, die sich hier hinsetzen. Den ganzen Klatsch aus der Nachbarschaft kriegt er auf diese Weise mit; Mütter sitzen hier und reden über ihre Kinder, oder Männer streiten sich über das letzte Fußballspiel. Manche reden auch über das Wetter, und das interessiert den Sumpfzwerg natürlich ungemein.«

»Oder Liebespaare, die miteinander schmusen und solche Sachen reden«, sagte das Mädchen.

Der Großvater griente und sagte: »Du weißt ja auch schon allerlei. Neugierig bist du wie ein Sumpfzwerg!«

»Sieht man doch alle Tage«, sagte das Mädchen. »Und warum reißt er sein Maul so weit auf? Nur damit man glaubt, er sei ein Papierkorb?«

»Vor allem deshalb«, sagte der Großvater, »damit die Leute etwas hineinwerfen. Am liebsten hat er bedrucktes Papier, besonders Zeitungen.«

»Warum Zeitungen?« fragte das Mädchen. »Können Sumpfzwerge denn lesen?«

»Die können alles mögliche«, sagte der Großvater. »Irgendwie muß dieser Sumpfzwerg ja seine Neugier befriedigen, vor allem, wenn schlechtes Wetter ist und sich niemand auf diese Bank setzt. Manchmal benützt er die vielen Wörter in seinem Bauch sogar dazu, um sich mit Leuten zu unterhalten.«

»Wollen wir ihn jetzt fragen, ob er mit uns reden will?« fragte das Mädchen.

»Das wäre zu riskant«, sagte der Großvater. »Ich weiß da eine bessere Methode.« Er stand auf, ging die paar Schritte zu dem Papierkorb, der eigentlich ein Sumpfzwerg war, griff vorsichtig in dessen aufgesperrtes Maul, zog nach einigem Herumtasten den Fetzen einer Illustrierten-Seite heraus und schaute ihn sich an. »Da haben wir schon etwas!« sagte er befriedigt und setzte sich wieder neben seine Enkelin. Er deutete auf eine Textzeile und sagte: »Lies mal, was da steht!«

»Das sind ja nur drei Wörter«, sagte das Mädchen, »und die geben keinen Sinn. Alles übrige ist abgerissen.«

»Lies es trotzdem laut vor!« sagte der Großvater.

»Bedenken und Einreden«, las das Mädchen und fügte hinzu: »Das heißt doch nichts!«

»So einfach ist es nicht, sich mit einem Sumpfzwerg zu unterhalten«, sagte der Großvater. »Er muß ja die Wörter verwenden, die er von den Leuten bekommt.« Mit einem Bleistift, den er aus der Tasche gefischt hatte, zog er ein paar Striche durch die Druckzeile. »Jetzt lies es noch einmal«, sagte er, »aber so, wie ich die Wörter unterteilt habe.«

»Bedenke nun dein Reden«, las das Mädchen diesmal und blickte den Großvater erschrocken an. »Er hat uns doch zugehört!« flüsterte es.

»Kann schon sein«, sagte der Großvater leise. »Wir können ja mal sehen, ob er mit uns spielen will. Manchmal hat er Lust dazu und gibt einem Rätsel auf. Wollen wir's versuchen?«

»Traust du dich?« fragte das Mädchen.

»Was soll mir altem Mann schon geschehen?« sagte der Großvater. »Laß mal sehen!« Er drehte das zerfledderte Blatt um und studierte es gründlich. »Vielleicht meint er das Ding hier«, sagte er dann und zeigte auf ein gelbes, zusammengeknäueltes Gebilde, das, soweit sich das auf dem zerknitterten und zur Hälfte abgerissenen Farbfoto erkennen ließ, auf irgendeinem Bretterboden lag, vielleicht auf einem Bootsdeck; denn darüber war windbewegtes Wasser unter einem leicht bewölkten blauen Himmel zu sehen.

»Das ist doch nichts Besonderes«, sagte das Mädchen. »Irgendein Stück gelbe Schnur, das jemand aufgewickelt hat.«

»So?« sagte der Großvater. »Bist du da sicher? Ich könnte mir vorstellen, daß der Sumpfzwerg anderer Meinung ist.« Er versuchte die Überreste von Text am unteren Rand des Bildes zu entziffern. »Siehst du!« rief er plötzlich. »Da steht schon was! Lies das mal!«

Er gab das Blatt seiner Enkelin, und diese las langsam: »... Mädchen die Segelbedingungen auseinanders ...« Sie stockte und fügte dann hinzu: »Hier fehlt ein Stück. Das soll wahrscheinlich ›auseinandersetzen‹ heißen. Irgend so ein Bericht über ein Mädchen, das segeln lernt. Aber was hat das mit der aufgewickelten gelben Schnur zu tun?«

»Du mußt nachsehen, was diese Wörter sonst noch alles heißen könnten«, sagte der Großvater.

»Gibst du mir deinen Bleistift?« sagte das Mädchen und fing an, nun selbst Striche zwischen den Buchstaben der Wörter einzufügen. Es brauchte ziemlich lange, doch dann rief es: »Der Sumpfzwerg hat wirklich geantwortet! Hör mal, was er meint: ›Mädchen, diese gelbe Ding ungenau, sein anders.‹ Besonders gut kann er sich aber nicht ausdrücken!«

»Still!« sagte der Großvater. »Willst du ihn beleidigen? Schließlich muß er nehmen, was er kriegt. Die Hauptsache ist doch, daß man verstehen kann, was er sagen will. Jedenfalls wissen wir jetzt, daß er wirklich dieses gelbe Ding meint. Was könnte es denn sonst noch darstellen?«

»Spaghetti vielleicht«, sagte das Mädchen.

»Glaub ich nicht«, sagte der Großvater. »Die sind nicht so gelb.«

»Eine Schnecke!« rief das Mädchen. »Das Ding sieht genauso aus wie die Frau Schnecke in meinem Märchenbuch.«

»Zeig mal her!« sagte der Großvater. »Ja, das könnte stimmen. Hier auf der anderen Seite ist noch ein Stück Text. Da könnte die Antwort drinstehen. Schau mal in dieser Schlagzeile hier!«

Das Mädchen warf einen Blick auf die fettgedruckte Überschrift und rief: »Ich weiß, was da steht! Meine Mutter hat das neulich vorgelesen. Es geht da um ein paar junge Leute, die im Zoo zu den wilden Tieren ins Gehege geklettert sind, nachdem sie Hasch geraucht hatten. Kiffen nennt man das.«

»Was du nicht alles weißt!« sagte der Großvater kopfschüttelnd. »Hier ist aber nur noch die Überschrift erhalten.«

»Die kenne ich auswendig«, sagte das Mädchen. »Sie lautet: Jugendliche im Kif-Rausch necken ein Nashorn.«

»Und was hat unser Sumpfzwerg daraus gemacht?« sagte der Großvater. »Vorn hat er ein Stück abgerissen, und in der Mitte ist ein Loch, wo das N von Nashorn sein sollte. Allmählich solltest du doch begriffen haben, wie Sumpfzwerge sich zu äußern pflegen.«

Das Mädchen sah sich die Schlagzeile noch einmal an und sagte dann: »Warte mal, jetzt hab ich's heraus, wie man das lesen muß: ›Frau Schnecke: nein. Ashorn‹. Was heißt Ashorn?«

»As-Horn ist ein Musikinstrument«, sagte der Großvater. »Ein Horn aus gelbem Messing, das auf den Grundton As gestimmt ist. Schau dir das gelbe Ding doch an! Es ist genauso gewunden wie ein solches Horn, und das aufgedröselte Ende ist der Schalltrichter.«

»Aber eigentlich ist es doch nur eine Schnur«, sagte das Mädchen lachend.

»Was heißt denn schon *eigentlich?*« sagte der Großvater. »Wenn ich *Schnur* sage, dann ist das nur eine Folge von irgendwelchen Lauten, die mit dem, was eine Schnur ist, gar nichts zu tun haben. Wir könnten das ohne weiteres ändern, indem wir zum Beispiel eine Schnur von heute an Rabunze nennen, und das würde genauso funktionieren.«

»Nur die anderen Leute würden nicht mehr verstehen, was wir damit meinen«, sagte das Mädchen.

»Richtig«, sagte der Großvater. »Aber das könnte man ja bekanntmachen, etwa in der Zeitung. Und irgendwann würden dann alle Leute wissen, was eine Rabunze ist, und könnten sich auf diese Weise miteinander verständigen, nicht schlechter als vorher, aber auch nicht besser. Das, was wirklich ist, kann man mit Wörtern ohnehin immer nur annähernd beschreiben; ein Wort ist eben nie genau die Sache selber. Du hast ja gesehen, wieviel verschiedene Bedeutungen man aus einer Folge von Buchstaben herauslesen kann.«

»War das schon immer so?« fragte das Mädchen.

»So lange ich mich zurückerinnern kann«, sagte der Großvater, »auch wenn manche Leute das nicht wahrhaben wollen. Aber es gibt da eine alte Geschichte, daß es ganz am Anfang einmal anders gewesen sein soll. Damals gab es überhaupt noch nichts auf dieser Welt außer einem, der die richtigen Wörter wußte. Und als dieser eine zum Beispiel sagte: ›Ich will, daß da ein Meer ist‹ – er gebrauchte natürlich das eigentliche Wort, in dem alle Wahrheit über das Meer drinsteckt –, da war das Meer auf einmal da. Und auf die gleiche Weise sagte er die Wörter für Sonne und Mond, für die Pflanzen und Tiere, und das alles gab es dann zugleich mit den Wörtern, die er aussprach, zuletzt auch den Menschen.«

»Warum hat er den Menschen nicht die richtigen Wörter gesagt?« fragte das Mädchen.

»Das hat er wohl getan, wenn man dieser alten Geschichte Glauben schenken darf«, sagte der Großvater. »Aber Menschen machen sich eben ihre eigenen Gedanken. Es genügte ihnen nicht, daß es da beispielsweise einen Wald gab; schon kam einer daher und sagte: ›Das ist mein Wald‹ und nannte ihn so und so, und ein anderer war nicht damit zufrieden, daß es Kühe gab oder wie die eigentlich in Wahrheit heißen mögen. Er nahm sich welche und nannte sie so, wie es ihm gerade in den Sinn kam. Du kannst dir ja vorstellen, was passiert, wenn viele, ja nahezu alle Menschen sich so verhalten: Es gibt ein fürchterliches Durcheinander, jeder streitet mit jedem, und jeder hat sich neue Wörter für die Dinge ausgedacht, weil er meint, wenn er sie so nennt, gehören sie auch schon ihm. Und so ist es gekommen, daß die eigentlichen Wörter in Vergessenheit geraten sind und man heutzutage nie so ganz genau wissen kann, was einer eigentlich meint mit dem, was er sagt.«

Du kannst Dir denken, meine liebe Rachel, daß die beiden Brüder das Spiel des Großvaters und seiner Enkelin mit steigendem Interesse verfolgten. Nicht nur, daß der alte Mann entgegen allen Informationen, die sie über dieses Land bekommen hatten, es geradezu darauf anlegte, die Eindeutigkeit von Wörtern in Frage zu stellen; er schien obendrein zumindest eine Ahnung von der Geschichte zu haben, die am Anfang Deines alten Buches steht und die den Brüdern ebenso vertraut ist wie Dir. Vor allem deshalb sprach Thomas den Mann an und sagte: »Sie halten wohl nicht viel von der hierzulande für so unerläßlich gehaltenen Eindeutigkeit von Sprache?«

Der Großvater erschrak dermaßen, daß ihm sein Zwicker bis zur Nasenspitze rutschte. Er hatte wohl ganz vergessen, daß er mit seiner Enkelin nicht allein auf der Bank saß. Aber er faßte sich schnell und sagte schon wieder ganz ruhig: »Irgendwann mußtet ihr Kerle von der Sprachüberwachungsbehörde mich ja mal erwischen.«

Die Brüder hatten zunächst einige Mühe, ihn davon zu überzeugen, daß sie keine amtlichen Spitzel seien, und sagten ihm, wieviel Spaß ihnen dieses Spiel mit der Sprache gemacht habe. »Daß Sie noch etwas von der alten Geschichte wissen, die Sie eben erzählt haben, freut uns am meisten«, hätte Bruder Thomas zum Schluß gesagt.

Der alte Mann lud sie daraufhin zu sich nach Hause ein, und als die Brüder Einwände machen wollten, meinte er, es sei selten genug, daß man einen Menschen treffe, mit dem man sich vernünftig unterhalten könne – von Kindern einmal abgesehen –, und bat sie inständig, ihm doch diese Freude zu machen. So sind sie dann noch einige Zeit bei diesem Großvater geblieben und haben in den Gesprächen mit ihm viel über das offizielle und auch das inoffizielle Leben in unserem Lande erfahren. Er hatte sogar, wenn auch um ein paar Ecken, Verbindung mit Leuten, die man zu Erwins Freunden zählen könnte. Es sieht so aus, als seien sie schon an allen möglichen Orten zu treffen. Bruder Raffael meinte, dieses seltsame Sprachüberwachungsregime habe es immerhin dahin gebracht, daß manche Leute wieder bereit wären, solche alten Geschichten ernst zu nehmen.

Die Brüder haben sich dann erst im November wieder auf den Rückweg begeben (damals lag schon Schnee) und dabei festgestellt, daß man im Winter den Strom an jener Stelle wesentlich leichter überschreiten kann. Vor allem aus diesem Grund wollen sie so bald wie möglich wieder aufbrechen, um diesmal weiter im Land herumzukommen. Dabei wollen sie nicht nur Dich und die Adressaten ihrer *Post* aufsuchen, sondern auch Erwin, mit dem Thomas unbedingt sprechen möchte. Deshalb habten sie mich vor einigen Tagen gebeten, noch einmal zum Kloster zu kommen, damit sie mich nach Adressen (die sie auswendig lernen) fragen und auch sonst noch allerlei Informationen von mir bekommen können.

So habe ich die letzten drei Tage wieder einmal in dem alten Gemäuer verbracht. Über das Gespräch mit den Brüdern brauche ich Dir nicht zu berichten, denn das würde Dir kaum etwas Neues bieten. Aber eines muß ich Dir zum Schluß noch erzählen. Während dieser drei Tage wurde im Kloster ein großes Fest gefeiert, und zwar der Geburtstag eben dieses Sohnes, den die Brüder verehren. Sogar die sonst recht karge Klosterkost war aus Anlaß der Feierlichkeiten bemerkenswert; vorgestern gab es zu Mittag beispielsweise einen köstlichen Wildbraten, gewürzt mit Wacholderbeeren und allerlei Kräutern und dazu eingesäuertes Kraut, das der Küchenbruder hervorragend zuzubereiten versteht (es waren, glaube ich, kleingeschnittene Wildäpfel drin und ein bißchen Honig). Außerdem wurde in dem großen Haus, in dem die Brüder ihre religiösen Feiern abhalten, mehrmals am Tag gesungen. Die auf- und abschwingenden Melodien summten ständig unter den hohen Gewölben.

Als Thomas und Raffael gegen Abend wieder einmal hinüber in das große Haus gingen, habe ich sie begleitet und mich hinten in der hohen, von vierkantigen Pfeilern getragenen eiskalten Halle in meinen Pelz eingehüllt, während die beiden nach vorn gingen, wo zahllose Kerzen brannten und die anderen Brüder mit dem Abt schon versammelt waren. Dann begann ihr Gesang zu der hohen, flach getäfelten Decke aufzusteigen, deren Kassettenmuster im Halbdunkel kaum zu erkennen war, brach sich vielfach in den Gewölben der Seitenräume, bis der Klang schließlich wie ein sich ständig verändernder, vielstimmiger Akkord den riesigen Raum füllte.

Ich spürte die Kälte nicht mehr, obwohl einem beim Ausatmen der Dampf in flüchtigen Wolken vorm Gesicht stand, fühlte mich eingehüllt in dieses Auf- und Abschwellen der Stimmen, konnte nun auch einzelne Worte verstehen und erkannte manche Texte wieder, kaum noch überrascht davon, daß es dieselben Lieder waren, die Du mir aus Deinem alten Buch vorgelesen hast, so daß sich in meiner Vorstellung nun auch der Klang Deiner Stimme in diesen Gesang mischte. Die Brüder trugen die Verse abwechselnd in einer Art Sprechgesang vor, und dazwischen intonierten ein paar besonders geschulte Sänger dann wieder eine reich verzierte, in langen Tonketten ausschwingende Melodie.

Schließlich trat ein einzelner vor und rezitierte singend einen Text, dessen ersten Satz ich nie vergessen werde. Er begann: »Im Anfang war das Wort«. Als ich das hörte, mußte ich an die alte Geschichte denken, die jener Großvater seiner

Enkelin erzählt hatte. Das war die Geschichte, von der hier gesungen wurde, die Geschichte der Welt, die mit dem Wort begann, das wir Menschen zu einer billigen Gebrauchsware verdorben haben, bis es kaum noch dazu taugt, die wahre Wirklichkeit auch nur annähernd zu bezeichnen, und mich überkam die Hoffnung, ob jener Sohn, dessen Geburt hier gefeiert wurde, der Welt eine Vorstellung von der wahren Bedeutung der Wörter zurückgebracht haben könnte.

Das ist es, was ich Dir noch schreiben wollte, meine liebe Rachel. Ich kann Dir kaum sagen, wie ich Thomas und Raffael darum beneide, daß sie bald vor Deiner Tür stehen werden. Am liebsten würde ich mit ihnen gehen, aber sie sagen, der Übergang über den Strom sei nichts für einen Mann in meinem Alter. Außerdem würde ich bei meinem Ungeschick wohl schon am ersten Tag einem Häscher der Sprachüberwachungsbehörde in die Hände laufen und damit auch noch die Brüder in Gefahr bringen. Und was würde Willi ohne seinen Bäckerlehrling anfangen? Im Ernst: Meine Leistung mag vielleicht nicht allzu hoch einzuschätzen sein, aber ich habe in meinem Berufsleben zum ersten Mal das Gefühl, daß meine Arbeit einen Sinn hat und den Menschen dienlich ist. Das ist immerhin ein Trost.

Ich umarme Dich, mein Herz, und freue mich jetzt nur noch auf eine Nachricht von Dir!

Dein Albert

Flucht ins Gehäuse der Wörter
trügerische Geborgenheit
zwischen den Zeilen
Leere
nicht aufzufüllen
sinnlose Silben
treiben hinaus
wer fügt sie zusammen
draußen im Unerreichbaren
um sich ein Bild zu machen

Abtasten der Grenzen
wo höre ich auf
wo fängst du an
eingeschlossen im Käfig
meiner Wörter
baue ich Brücken
doch sie erreichen
niemals dein Ufer

Was suche ich denn
Lust der Erfahrung
Erfahrung der Lust
im Begreifen des anderen
abtasten der Grenzen
der eigenen Haut
höre ich nie auf
fängst du nie an

Ich sehe dich stehen
drüben am Ufer
deine Stimme klingt
herüber zu mir
zu wem du sprichst
weiß ich nicht
deine Wörter
fressen die Möwen.

Deine Stimme
fern wie Amselflöten
im Winter
vorstellbar noch
aufgespeicherter Klang
hervorgeholt
zum Trost
wenn vor dem Fenster
die Krähen schreien

An Wörter
kann ich mich erinnern
am Abend
suche ich sie hervor
aber der Zusammenhang
zerrinnt unter den Händen
Sätze zerkrümeln
zwischen den Fingern
wie war die Bedeutung

Deine Augen
treffen mich manchmal
am Tage
beschleunigen meinen Puls
und ich bedenke neu
was ich tue
unter deinen Augen
vergeht mir der Zorn
die Hände werden behutsam

L., am 20. Januar

Lieber H.,

als ich Dich neulich besuchte und Du mir die Erzeugnisse Deiner hübschen kleinen Druckerei gezeigt hast, habe ich Dich gebeten, mich unter die Abonnenten dieser in unserem Lande recht ungewöhnlichen literarischen Reihe aufzunehmen. Heute muß ich Dir nun mitteilen, daß Du meine Adresse wieder streichen kannst, allerdings nicht deshalb, weil ich das Interesse an Deinen Publikationen verloren hätte, sondern weil es keine Adresse mehr geben wird, an die Du sie schicken kannst.

Du entsinnst Dich vielleicht, daß ich Dir während dieses Besuchs von einem Freund erzählt habe, in dem Du sicher einen besonders eifrigen Leser Deiner Editionen gefunden hättest, wenn er nicht seit nunmehr über einem Jahr spurlos verschwunden gewesen wäre. Wie ich Dich kenne, wirst Du mir sicher angemerkt haben, wie ich zu diesem Freund stehe, obwohl Du dich in Deinem nicht zu überbietenden Taktgefühl nicht dazu geäußert hast. Ich war damals sehr traurig, ja eigentlich verzweifelt, weil ich auf keine Weise in Erfahrung bringen konnte, was Albert zugestoßen sein mochte.

Um so größer war meine Freude, als vor einigen Tagen zwei junge Männer bei mir erschienen und mir einen langen Brief von Albert brachten. Er lebt also, dem Erbarmer sei Dank, und befindet sich in der Verbannung. Diese beiden Boten scheinen die ersten zu sein, denen es je gelungen ist, über den Strom in unser Land herüberzugelangen. In etwa drei Wochen werden sie nach einer Art Studienreise zurückkehren, und ich habe mich entschlossen, sie zu begleiten. Der Übergang über den Strom soll zwar nicht gerade einfach sein, aber ich bin durch meine Ausflüge ins Gebirge ganz gut im

Training und werde das schon schaffen. Sobald Du die Briefe gelesen hast, die ich Dir hier samt einigen beigefügten Texten schicke, wirst Du verstehen, daß ich mein weiteres Leben zusammen mit Albert verbringen will.

Und nun meine Bitte: Ich möchte, daß Du diese Papiere vollständig und so, wie sie sind, druckst und unter die Leute bringst (Du weißt schon welche). Bitte keine Streichungen, etwa in Rücksicht auf meinen *guten Ruf* oder dergleichen Unsinn! Ich kenne zur Genüge Deinen chevaleresken Hang zur Diskretion, was Damen betrifft. Aber was über mich in diesen Briefen steht, kann meinetwegen jedermann lesen, ja es gehört auf jeden Fall zu der Geschichte, die Albert zu erzählen hat.

Du brauchst Dir keine Sorgen zu machen, daß Du Erwin durch die Veröffentlichung in Gefahr bringen könntest. Er hat schon vor ein paar Monaten seine Stelle im Konzentrationsmagazin *aus Altersgründen* (genauer gesagt: Es gab für ihn dort nichts mehr zu holen) aufgegeben und ist samt seinem Badezimmerinventar an einen anderen Ort gezogen. Die beiden Boten, denen ich dieses Paket anvertraue, werden Dir seine Adresse sagen können, damit Du ihm ein Exemplar dieser Veröffentlichung zuschicken kannst. Du wirst in ihm einen auf jede Deiner Neuerscheinungen begierigen Abonnenten gewinnen, möglicherweise sogar einen Autor.

Damit ist eigentlich alles Wesentliche gesagt. Meine Praxis habe ich samt der Wohnung einer befreundeten Kollegin übergeben, die bisher im Krankenhaus gearbeitet hat. Viel werde ich nicht mitnehmen können, nur was ich ohne allzu große Belastung selber tragen kann, und das werden wohl zum größten Teil medizinische Gerätschaften sein. Ärzte werden dort drüben jenseits des Stroms dringend benötigt, hat man mir gesagt, also brauche ich mir nicht einmal vorzuwerfen, ich hätte wegen einer Liebesgeschichte meinen Beruf aufgegeben. Ich kann es kaum erwarten, daß die Reise beginnt. Leb wohl, mein Lieber, und laß Dich nicht erwischen!

Deine Cousine Rachel